Valérie Perrin

星期天
被遗忘的人

〔法〕瓦莱莉·佩兰 著

王 恬 译

Les Oubliés
du Dimanche

人民文学出版社

著作权合同登记号　图字 01-2022-4304

Valérie Perrin
Les Oubliés du Dimanche
©Editions Albin Michel – Paris 2015
All rights reserved.

图书在版编目（ＣＩＰ）数据

星期天被遗忘的人 /（法）瓦莱莉·佩兰著；王恬译.
-- 北京：人民文学出版社, 2023（2024.2重印）
（瓦莱莉·佩兰作品系列）
ISBN 978-7-02-018022-6

Ⅰ.①星… Ⅱ.①瓦…②王… Ⅲ.①长篇小说－法国
－现代 Ⅳ.①I565.45

中国国家版本馆 CIP 数据核字 (2023) 第 097286 号

责任编辑	朱卫净　何炜宏
封面设计	李苗苗

出版发行	人民文学出版社
社　　址	北京市朝内大街 166 号
邮　　编	100705
印　　刷	上海盛通时代印刷有限公司
经　　销	全国新华书店等
字　　数	180 千字
开　　本	889 毫米 ×1194 毫米　1/32
印　　张	10.25　插页 2
版　　次	2023 年 7 月北京第 1 版
印　　次	2024 年 2 月第 2 次印刷
书　　号	978-7-02-018022-6
定　　价	59.00 元

如有印装质量问题，请与本社图书销售中心调换。电话：010-65233595

献给
瓦朗坦、苔丝、艾玛、加布丽埃尔

所谓年长,就是比别人年轻的时间更长。
——菲利普·格吕克[1]

---

[1] 菲利普·格吕克(Philippe Geluck,1954—),比利时作家、漫画家和喜剧演员。

1

我去普罗斯特老爷的店里买了个本子。我选了一本蓝色的。我不想在电脑上写埃莱娜的小说,我想把她的故事装在口袋里,随身而行。

回到家。我在封面写上标题:《海滩上的女子》。然后,在第一页上写下:

埃莱娜·埃尔出生了两次。
第一次是1917年,生于勃艮第的克莱蒙。
第二次是她遇见吕西安·佩兰那一天,1933年,夏季来临之前。

我把蓝色的本子藏在床垫和床板之间,爷爷每个星期天晚上看"午夜剧场",那些黑白电影里的主人公都是这么做的。

接着,我又回去工作了,因为这一天,轮到我值班。

2

我叫朱斯蒂娜·雪。二十一岁。在一家名叫"绣球花"的养老院工作三年了。我是一名护工。通常,养老院都用树的名字来命名,比如"椴树""栗树",等等。但我们这家养老院建在一个开满绣球花的山坡上,所以,没人去树名里找灵感,虽然养老院紧挨着一大片树林。

我这辈子喜欢两样东西:音乐和老人。基本上每隔两周,星期六晚上,我都会去离绣球花养老院三十公里开外的天堂俱乐部跳舞。我的"天堂"在一片草场中央,是个水泥砌起来的俱乐部,边上是个临时停车场,凌晨五点左右,车子常常会碾到喝得烂醉、东倒西歪的男男女女。

当然,我也喜欢我的爷爷奶奶和弟弟朱尔(其实他是我的堂弟)。朱尔是我在家里认识的唯一的年轻人。我是跟着老人们长大的。我跳了一级。

我的日常由三个部分组成:白天做护理工作,晚上在老人们的节奏里看书,周六晚上去找寻1996年以来失去的成年人的乐趣。

成年人,是我的父母和朱尔的父母。他们四个在某个星期天的早上因为车祸一起送了命。我见过奶奶留着的剪报。那本是藏着不让我们看到的，假如，我不去翻箱倒柜的话。然后，我也看到了那辆汽车的样子。

就是因为他们，我和朱尔每个星期天都得去村里的墓园，给他们的坟上换鲜花。那是一个宽大的坟墓，上面装点着小天使的雕像，还放着我的爸爸妈妈和伯父伯母的结婚照。照片上的两位新娘，一位金色头发，一位棕色头发。棕色头发的是我妈妈，金色头发的是朱尔的妈妈。而照片上的两位新郎，看起来像是同一个人。一样的正装，一样的领带，一样的笑容。我的爸爸和伯伯是双胞胎兄弟。两个外表一模一样的男人，怎么会爱上两个不同的女人？而两个不同的女人，怎么会爱上同一个男人？每次我推开墓园的铁栅大门时，这个问题总是在脑海里浮现。但是没有人能回答我的问题。也许正因为如此，我才过早失去了那种无忧无虑的感觉，因为克里斯蒂安、桑德莉娜、阿兰和安妮特·雪从来没有告诉我答案。

在墓园里，以前死的人的墓穴都在下面，而新的都在窄小的格子里，靠边挤着。仿佛他们来晚了。我家的墓在村子上面，离爷爷奶奶的家五百米的距离。

我的村子名叫密里，四百人左右。在地图上想找到它，得用放大镜。村里有一条路，那是让-饶勒斯路。路的中央有一座罗马式教堂和一块小广场。至于商店，除了普罗斯特老爹的杂货店，就只有一个彩票中心、一间修车厂和一家理发店，但是理发店去年关门了，因为老板实在厌倦了一天到晚只做染发或者吹风的生意。那曾经存在过的服装店和花店，被银行和一间医疗化验室给取代了。这条商业街上其他一些倒闭的店铺，都住了人，有的用报纸糊住了橱窗，有的完全改造成住宅，原来挂着衣服裤子的地方，换上了白色的窗帘。

几乎所有的房子上都挂着"出售"的牌子。但是，离这里最近的高速公路在七十公里开外，最近的火车站在五十公里之外,所以,没有谁来买房子。

小学依然存在,就是我和朱尔上的那所学校。

想要去上初中、高中、看医生、去药店、买鞋子,都得搭公交车。

自从理发师走了以后,由我负责给奶奶卷头发。她就顶着一头湿头发,坐在厨房里。她把卷发夹子一个一个递给我,我就把她一缕缕的白发卷起来,再用一个塑料发夹固定住。全部卷好以后,再用一个网罩笼住头,用一个电罩烘干头发,她不到五分钟就会睡过去,等到头发全部干了的时候,我就把发卷一个个取下来,头发那规整的弯曲度可以持续到下个星期。

自从我的父母过世以后,我很少有感觉冷的记忆。在我们家,从来不会有低于四十度的温度。而他们过世之前的事情,我几乎一片空白。这个,我后面还会再讲起。

弟弟和我是穿着过时的衣服长大的,可是那些衣服都是用柔软剂洗过的,穿起来非常舒适。从来没被打过屁股,也没挨过耳光,实在厌倦了打蜡地板上又铺了垫子使屋里只剩静默时,我们会跑到地下室,用一部黑胶唱片机和调音台,捣鼓出一些声响来。

我其实挺向往可以晚睡,指甲里总是嵌点脏东西,在荒山野地里瞎折腾、蹭破膝盖、闭眼骑车下坡之类的事情。我其实挺向往肚子痛或者尿床。但是因为奶奶的存在,这一切都不可能。她的手里总有一瓶神奇的药水。

从小,她就用棉签帮我们把耳朵洞都掏得干干净净,每天用搓澡手套给我们洗两回,禁止一切危险的行为——例如独自穿过马路,我觉着可能自从我俩的父母都死了以后,她一直在担心我们会重蹈覆辙。但是事故一直都没发生。朱尔长着一张安妮特的脸。而我,长得不像任何人。

虽然他们是爷爷奶奶,但他们比"绣球花"里大部分的老人都年轻。当然，我其实并不清楚，究竟从什么时候开始，我们算是老了。我们的院长勒加缪夫人认为，"老"从一个人无法再独立打理屋子开始，从我们不得不将汽车锁在车库里，以免成为公共危险分子开始的，然后，以摔断股骨结束。而我认为是从感觉孤独开始——当另一半离开，去了天堂或者去了别人那里。

我的同事祖儿说当我们开始说话颠三倒四的时候，就开始老了，但那是一种病，有可能很年轻的时候就得这病。另一个同事玛丽亚说，是从耳背开始，从一天要找十遍钥匙开始。

我只有二十一岁，可是每天我都得找十遍钥匙。

3

1924 年

就着烛光，埃莱娜在父母的裁缝作坊里工作到深夜。
她没有兄弟姐妹，是一个人在衣服和裙子堆里长大的。
在作坊的墙上，她玩着用手比画影子的游戏。总是同一个花样。她用一只手团起来放在另一只手心里，做小鸟啄食的样子。右手的食指充当鸟嘴。小鸟看着像一只海鸥。当它想飞的时候，小女孩子就把两个大拇指并在一起，其他的手指头都张开，仿佛鸟儿在扇动翅膀。但每次小鸟飞走之前，她都会悄悄地告诉它一个愿望——永远是同一个——鸟儿得带着飞上天，到上帝那里。

4

"奶奶?"

"唔。"

"爸爸妈妈都死了的那天早上,他们要去哪里啊?"

"去一个孩子的洗礼仪式。"

"哪个孩子?"

"你爸爸小时候一个好朋友的儿子。"

"奶奶?"

"嗯。"

"为什么他们会出车祸?"

"我已经跟你讲过上百遍了。因为公路上结了冰。他们的车子应该是打滑了。然后……还正好有那棵树。如果没有那棵树……他们怎么也不会……嗨,我们不说这个了。"

"为什么啊?"

"什么为什么?"

"为什么你从来都不想讲这个?"

5

我对老人的爱,源自初二的一次经历:法语老师佩蒂夫人,带着我们整个班去"三棵松"养老院待了一下午(那时候密里的"绣球花"还不存在)。那天吃过午饭,我们全班一起搭上公交车,颠了一个多小时。我记得自己往一只牛皮纸袋里吐了两次。

"三棵松"的那些老人在养老院的食堂里等着我们。食堂里充斥着蔬菜汤和乙醚的味道。那种气味让我想吐。当我们开口向他们问好时,我只能屏住呼吸。可是,那种味道特别有刺激性,搞得我浑身汗毛直竖。

我们班准备了一个节目,就是演唱ABBA组合的那首歌《吉姆!吉姆!吉姆!》。大家都穿着从学校戏剧俱乐部里借来的白色戏服和发套。

表演完之后,我们和老人们围坐在一起吃可丽饼。他们所有人都用冰冷的手紧紧拽着餐巾纸不放。对我来说,一切就是从那一刻开始的:他们开始给我们讲故事。那些老人,当他们除此之外别无他事时,就会把过去讲得比任何人都好。根本不需要找寻任何书或电影作比,他们的故事完全是独一无二的。

那一天,我领悟到:对于老人,只需要靠近他们,抓起他们的手，他们就会开始讲故事。仿佛在海边，只要在沙滩上挖个洞，就会有水自动地渗进来。

在"绣球花"，我有自己最喜欢的故事。她叫埃莱娜。埃莱娜是19号房间的那位女士。她是唯一一个会给我假日感觉的老人。如果你了解一个养老院护工的日常生活的话，你就会知道，这真是一种奢侈。

院里的同事们都管她叫"海滩上的夫人"。

我刚入职的时候，他们就跟我说，这位夫人每天都在海滩上，在一顶阳伞下过日子。自从她来了我们养老院，有一只海鸥也把我们的屋顶当成了家。

在我们这个地区，本是没有海鸥的。这里是法国的中部。乌鸫、麻雀、乌鸦、八哥这些，有很多，但从来不可能有海鸥。除了飞来我们屋顶上那一只。

埃莱娜是唯一一个，我直呼其名的老人。

每天早上，洗漱之后，我们就把她推到窗前。我发誓，她所看到的，绝不是密里的屋顶，而是一种美得无与伦比的东西，就像一抹蓝色的微笑。然而，她的眼睛跟这里的其他老人一样：有一种褪色了的床单的感觉。不过，每当我情绪低落的时候，我都会许愿，希望生活也能给我送来一顶她那样的遮阳伞。她的那顶伞名叫吕西安，是她的丈夫，或者说像丈夫一样的男人，因为他从来没有真正娶她。埃莱娜给我讲了她的一生。一切都像拼图游戏般零碎。仿佛她送给我自己家里最美的一个物件，但在给我之前，她已经不小心将它摔成了千百个碎片。

几个月来，她讲得少了，似乎她生命之歌的唱片播放到尾声，音量在减弱。

每一次我离开她的房间，为她双腿盖上毯子，她都会对我说"我要得日晒病了"。埃莱娜从来不觉得冷。哪怕是大冬天温度最低的日子，我们所有人都喜欢贴着"绣球花"里那摇摇欲坠的暖气片时，她也会坚持晒日光浴。

我所认识的埃莱娜唯一的亲人，是她的女儿，罗丝。罗丝是位画家。她用炭笔画了很多她爸爸妈妈的人像，大海、港口的景色、花园和各种各样的鲜花。埃莱娜的墙上贴满了这些画。罗丝住在巴黎。每个周四，她都会坐火车到最近的车站，然后租辆车开过来。每一次，都是同样的仪式。埃莱娜看着她从远处走来，仿佛，来自她曾经生活过的地方。

"您是谁啊？"

"是我，妈妈。"

"我不认识您啊，女士。"

"是我啊，妈妈，罗丝。"

"不可能……我女儿只有七岁，她跟她爸爸去游泳了。"

"啊……她去游泳了啊……"

"是的，跟她爸爸一起。"

"你知道他们什么时候回来吗？"

"一会儿就回来。我在等他们。"

接着，罗丝会打开一本小说，读些片段给她妈妈听，通常都是些爱情小说。当她读完以后，常常会把书留给我。那是她以自己的方式向我致谢。谢谢我像照顾自己的妈妈一样照顾着埃莱娜。

我这一生中最疯狂的篇章，是上周四下午三点左右开始的。我推开19号房间的门，我看见了他，他就坐在埃莱娜的轮椅边上。吕西安的画像挂在墙上。就是他。我仿佛被定住了一样盯着他们，一动都不敢动：吕西安拉着埃莱娜的手。她的脸上有一种我从来没见过的表情，就像她刚刚发现了不可思议的东西。他对着我微笑。然后他说：

"您好，您就是朱斯蒂娜？"

我想，嘿，吕西安知道我的名字。那应该是正常的。幽灵应该都了解活人的名字。他们应该知道很多我们不知道的事情。不过更重要的是,我想着:我终于明白为什么埃莱娜要在一片海滩上等着他。我理解了为什么她让时间停滞。

我们常常会在一瞬间明白一切:面对这样的男人,简直就是生活给你送了一份超级大礼。

他的眼睛……我从来没有见过那么蓝的眼睛。哪怕是奶奶那些邮购指南上的模特儿也没有。

我结结巴巴地问:

"您是来接她的吗?"

他没回答。埃莱娜也没说话。她盯着他的那种样子几近痴迷。她的眼睛,褪色的床单,这一刻都不复存在了。

我走近他们,在埃莱娜的额头上亲了一下。她的皮肤比平时更热。而我的感觉,简直就是人们常说的那种魔鬼嫁女儿时候的天气:我的脑海里阳光灿烂,同时,又下着倾盆大雨。那应该是我最后一次见她了吧,吕西安是从水里上来的,要把她带去天堂。

我拉起埃莱娜的手。

"你们要把海鸥也一起带走吗?"我嗓子眼发紧,怯怯地问吕西安。

以他看我的方式,我觉着他没听懂我的意思。在我眼前的这个人,原来不是幽灵。

那一刻,我倒吸了一口凉气。原来这家伙在真实的生活里存在。我掉头就走,像个小偷一样落荒而逃。

6

吕西安·佩兰于1911年11月25日出生于密里。

在他家里，父传子，子传孙，代代都是盲人——那是种遗传性疾病，只有男性会得。而且，并不是孩子生下来就盲，他们总是慢慢变成盲人。视觉障碍一般都在童年时期开始，多少代以来，这个家里从来没有一个男孩能看到自己二十岁生日蛋糕上的烛光。

吕西安的爸爸艾蒂安·佩兰遇见他妈妈艾玛时，艾玛还是个孩子。他是在还能看见世界的时候认识她的。后来，她就渐渐在他的视野里消失了，仿佛她的脸被蒙了一层雾气。他用记忆爱着她。

为了拯救自己的眼睛，艾蒂安试验了一切可能的方法。他把所有的东西都往眼睛里倒：各种各样的药水，各地的泉水，魔法药粉，用荨麻或者洋甘菊煮的汤，玫瑰水，矢车菊水，冰水，热水，盐水，茶水，圣水。

吕西安是个意外。他爸爸并不想要孩子。他不希望这个魔咒继续传承下去。当他得知生了个男孩，而不是女孩时，他就绝望了。

艾玛告诉他孩子的长相：黑色的头发，蓝色的大眼睛。

在佩兰家，从来没有过蓝眼睛。那些男孩子生下来都是黑眼睛，分不清瞳孔和虹膜。然后随着时间的推移，眼睛的颜色会越来越淡，最后变成像粗粒盐那样的灰色。

艾蒂安心里就暗暗期待吕西安的蓝眼睛可以令他远离魔咒。

跟父亲、祖父、曾祖父一样，艾蒂安也是管风琴演奏者和调音师。人们总是找他去为宗教仪式弹奏管风琴，整个地区的管风琴调音也都找他。

此外，艾蒂安还教人学盲文。他的教材书都是他的一个堂兄弟在巴黎五区的一家小作坊里制作的，那个堂兄弟也是一个盲人。

1923年的一天早上，艾玛离开了艾蒂安。他没有听到她把门带上的声音，非常轻。当时他正在教学生。他也没有听到在街对面等着他妻子的男人的嗓音。不过，吕西安是看着她离开的。

他没有去挽留妈妈。因为他以为妈妈过一会儿就回来。她坐着那位先生的漂亮汽车去兜一圈，这很正常。因为爸爸永远不可能带她这样兜风。她也有权利去玩一会儿。

7

以前，奶奶有自杀倾向。她常常会正常地生活一个月，或者更长一点时间，然后，突然之间，吞下三盒药片，或者把头伸进烤炉里，或者从二楼往下跳，或者在杂物间里上吊。她对我们说"晚安，我的小宝贝们"，两个小时以后，朱尔和我，从睡梦中惊醒，听到医疗急救队或者消防队从天而降到我们家的声音。

她那些自杀行为总是发生在夜里，仿佛她要等所有人都安然入眠了再与这个世界作别。但她显然忘记了爷爷睡不着觉的次数跟他找眼镜的次数相当。

她最近的一次自杀是七年前了。她成功地从一个代班医生那里拿到了两盒镇静剂的药方，那个代班医生居然没有看到奶奶的医疗档案上用红色水笔写着"长期抑郁症，有自杀倾向"。我们这个地方的所有药房都知道，如果没有爷爷作陪的话，不可以给奶奶任何药方上的东西。

普罗斯特老爹也知道，不能卖给奶奶灭鼠灵之类的毒药，以及可以通下水道的那种有腐蚀性的产品。奶奶用白醋来洗刷整个屋子，并不是因为她热爱环保，而是因为大家都怕她会吞了洗涤用品而一命归西。

最后一次，她真是差一点就成功了。但当她看到朱尔的眼泪（我是被吓呆了，没有哭），她发誓说再也不会这么做了。尽管如此，在我们家浴室的药柜里，从来没有90度的酒精，也没有刮胡子用的刀片。

她看过几个月的心理医生。但是离密里最近的心理医生诊所也在五十公里外，而且，总得等几个月才能约到，所以，她说不如等她死了，到天堂再去找一个，更方便些，在此之前，她保证再也不会自杀了。"我发誓，亲爱的宝贝们，我就等着自然死，如果死亡会来临的话。"她从来不会向爷爷发什么誓，却总是会对我们这两个孙子孙女说。

我们的父母们过世的第二年，她到比往常更高一点的地方跳下来，髋部粉碎性骨折。因此，她变成了跛子，手上总得拿着一根拐杖。

我刚给她弄完卷发。朱尔在我们边上，大口吃着涂了巧克力酱的长棍面包。爷爷坐在桌子另一头，翻着《巴黎竞赛画报》。客厅里，电视机在空空荡荡的沙发前喧哗，那声音太吵了，到最后，我们都听而不闻。

"爷爷，你认识埃莱娜·埃尔吗？"我问。

"谁？"

"埃莱娜·埃尔。那个到1978年一直开着路易老爹咖啡馆的女人。"

我那个固执而忧郁的爷爷合上他手里的杂志，咂巴了一下嘴，卷着浓重的小舌音，用这里人特有的腔调说：

"我从来不去酒馆。"

"可您每天去工厂都会从那个咖啡馆门口经过的。"

爷爷咕哝了几句。自从那对双胞胎兄弟死了以后，奶奶时不时会自杀，还总是希望在我和朱尔的脸上找到自己两个儿子的影子。而爷爷，则是从那一天开始，不再期待任何东西。我从来没见他笑过，可在我爸爸和阿兰伯伯童年的照片上，爷爷穿着彩色的游泳衣，经常一副没心没肺的样子。现在他已经没什么头发了，可照片上的他，曾经有过那么好看的头发，那照片是一个七月的星期天，他们仨一起在爬密里的大山坡。在我这张最喜欢的照片的背面，写着"1974 年 7 月"。那时候的爷爷三十九岁。他一头浓密的黑头发，穿着一件大红色的 T 恤，露出广告般的笑容。当我的爷爷还只是爸爸的时候，他很帅。如今，唯一从年轻时代留下来的，是他那一米九三的身高。他那么高，感觉就像一座水塔。

他重新翻看《巴黎竞赛画报》。那里头讲的那些八卦，他到底能读懂些什么呢？更何况，他真的对那些东西感兴趣吗？他是个离世界如此远的人，离我们很远，离他自己也很远。一场发生在中国的地震，和一场在他厨房的地震，对他而言，有什么区别吗？

"我记得她家的狗。看起来像匹狼。"

狼宝（狗的名字），爷爷居然记得狼宝。

"你记得狼宝！那你一定也记得埃莱娜！"

他站起身来，离开了厨房。他害怕我对他提问题。他害怕自己的记忆。在他的记忆里，有他的孩子们。自从他把孩子们埋入地下的那一天，他就把自己的记忆也一起扔了。

我真想问他记不记得他小时候，村里有一只海鸥。但我不用开口就已经猜到他的回答了：一只海鸥？我怎么会记得一只海鸥……咱们这地方，没有海鸥。

8

每逢主日，那匹名叫"小宝贝"的老马，就会带着吕西安和他爸爸去图尔努、马官、奥屯、圣樊尚-德布雷或者萨奥地区夏隆。去的地方因为季节的不同而变换。比如冬天，死人就比婚礼多。

吕西安陪着他爸爸见过这个地区所有的管风琴。他变成了爸爸的拐杖，引领他到琴键前安顿下来。以前，那是他妈妈艾玛的工作。可艾玛自从出去兜风，就再也没有回来。

吕西安参加弥撒、婚礼、洗礼和葬礼。

在艾蒂安演奏或者调音的时候，吕西安就在他身旁，观察着眼前那些正在祈祷或者歌唱的人。

吕西安不是个信徒。他想，宗教，其实就是音乐的美。一样控制人的东西。他从来不敢跟爸爸这样说，每天晚上，吕西安都毫无怨言地诵念着餐前祝福经。

艾蒂安从来不愿意教自己的儿子学盲文和音乐。他一直害怕这会给孩子带来厄运。他恳求吕西安去做那些盲人无法做的事情，仿佛那是对失明的驱魔令，可以让失明闻风而逃。为了安慰他爸爸，吕西安骑单车、跑步、游泳。

他去市立小学上学，跟其他孩子一样学习读书写字。但是，他的想法跟艾蒂安完全相反，吕西安觉得终有一天，这一切努力都会是场空。所以，他一个人偷偷地自学着盲文，偷听着爸爸给学生们上的课。

十三岁的时候，吕西安陪爸爸去了趟巴黎。他们是去那个盲人书匠亲戚处进货的。那一次，他们也借机去看了眼科医生，医生为吕西安做了非常仔细的检查，盯着他的眼底看了很久。之后，十分肯定地下结论：吕西安没有他爸爸的那种眼疾的基因。他的眼睛遗传了他妈妈的眼睛。艾蒂安如释重负，欣喜若狂。吕西安也假装开心。

终有一天，会轮到他拄着白色的手杖走路，正是因为这个原因，他妈妈才会不辞而别。终有一天，别人不会再叫他"瞎子的儿子"，而是"瞎子"。他也会变成那个依赖别人的人。正因如此，他才学会了盲文，却没有告诉任何人。

自从他妈妈离开他们之后，吕西安就学会了闭着眼睛做所有的事情：刷锅，擦地，打井水，除草，走到果园里，劈柴，提水，上下楼梯。他和爸爸两个人住的房子总是一片漆黑。吕西安总是有意地拉上窗帘，却不让爸爸知道。正是这个原因，家里的植物总会枯萎，因为缺少光线。

他们带着整箱整箱的书从巴黎回来之后，吕西安没有改变习惯，他一本又一本从爸爸那边偷来新的盲文书读。

9

"讲个故事给我听吧。"

"我还以为你不喜欢听我讲那些老人的故事呢。"

朱尔做了个鬼脸，吸了口烟，冲着我的墙纸抽着烟卷。他正在让我听本·克劳克的《零度以下》，克劳克是柏林柏格海恩的驻场DJ，他说。我常常感觉自己跟一个外星人住在一起。

我找到绣球花养老院的工作时，朱尔曾经气得大叫。那是有生以来第一次。在我们家，从来没有人大吼大叫。除了电视机。

我觉得真正令他生气的，是我去离家五百米的地方工作。对朱尔来说，人生的成功就是离开密里。九月份，高中会考之后，他就要去巴黎了。他嘴里只有这一个词：巴黎。

"把窗子打开。我受不了你的烟味。"

他直起那一米八七的大高个，把我房间的窗户打开了一半。我爱他。尽管有时候，我觉得他以我们、以这一家子为耻，可我依然爱他。每次看他在我眼前晃动，我就更爱他了。他简直就是长着一双钢琴家的手的舞者，看起来仿佛从天而降，被爷爷在花园里捡到的。他长得一点儿也不像密里这种小地方的人，而像是从大都市来的，有一个天文学家爸爸和一个文学老师妈妈。他举手投足间是那么优雅，仿佛周围的一切都围绕着他在起舞。他对我而言不仅仅是个弟弟。也许因为他不是我的亲弟弟。可是，他走路的时候很大声，他啥都不会整理。他还是个大烟枪，尤其喜欢在我房间里抽烟。

虽然我还没有孩子，但我觉得我肯定也会带孩子，因为我有他这个弟弟。他好看得不可思议。我经常对他说，这么好看应该被禁止。我时不时亲他的脸颊，仿佛是为了弥补那些爷爷奶奶欠他的亲吻。在我们家，亲吻只发生在因为生日或者圣诞节收到礼物而答谢的环节。从来没有毫无理由的亲吻。这一切，都是因为对从未降临的又一个事故的深深恐惧。此外，我认为爷爷奶奶一直以来都没有接受安妮特，朱尔的妈妈。奶奶不喜欢金发女郎，每当电视里出现这样的女子时，她总会露出鄙夷的神情。其实那神情稍纵即逝，不易察觉，却逃不过我的眼睛，在这个家里，我的眼睛最尖。

朱尔失去他父母时才两岁。他总是认为他爸爸比我爸爸更有钱，他去巴黎上学的钱，是他想象里的英雄——我的阿兰伯伯死后留在他银行户头的钱。而事实上，阿兰伯伯一无所有。他的学费，是我在"绣球花"工作以后，一分一角攒下来的。但是这一切，我宁死也不愿意让他知道。我一个月挣一千四百八十欧。如果上夜班的话，会多挣一些。我每个月都会在一个户头上留六百欧。我已经为他攒了一万三千八百欧。我给爷爷奶奶五百欧当家用。每年那额外的第十三个月的工资，我把它花在天堂俱乐部里。

朱尔想要成为建筑师，我敢肯定，日后，当他会造城堡的时候，他就不会再来看我们了。到时候，他只会一年回来一次，那一次，也不是为了看望我们，而是为了他自己。我对他的脾气了如指掌，几乎可以预言他的一举一动。

朱尔没有任何依恋之情，因为他就活在当下。昨天发生了什么，他完全不在乎，而明天，太遥远。每天早上，他跨出这个家门，去高中，就完全把我们抛在了脑后。每天晚上，他回家的时候，见到我们总是很高兴，但他并不会想念我们。

我们从来都不曾了解，究竟那一天，是他爸爸还是我爸爸开的车，对于那些赶到现场的急救人员而言，这两个男人完全一模一样。我们永远也无法知道，那天早上，到底哪里出了问题。我们永远都不可能清楚，他们是怎么轮流开车的，究竟是双胞胎兄弟中的哪一个杀了另一个。

朱尔趴在我的床上，盯着我，仿佛在说：来吧，讲个故事吧。于是，我开始讲：

"埃普廷夫人在她的小狗死了的那一天，决定搬来绣球花住。因为那一天，她突然发现自己再也没有任何用处。她对我说，她见过生活中一切大风大浪。她经历过战争、饥饿、对德国人的恐惧，甚至失恋的痛苦。但一切都不如她小狗的死更令她悲伤。那只小狗名叫凡高，因为它原先的主人不喜欢它耳朵上的刺青，就把它的耳朵给割了。"

"混蛋。"朱尔一边说，一边又点了支烟。

"这是今天的故事。"

"这就结束了？"他又追问。

"不，还没有真正结束。接着，我又问她：埃普廷夫人，您能跟我讲讲失恋的事儿吗？她听到我的问题就笑得不能自已，差点把假牙都笑出来了，不得不用手按着嘴巴。'他叫米歇尔。'米歇尔是个好听的名字呀，我应着说，但是我不得不走了，今天我实在是忙爆了。她看着我，一副不理解的样子：啥爆了？忙爆了。就是我今天早上迟到了，还有一大堆该做的事情都还没做。等傍晚的时候，您再跟我讲米歇尔的故事好吗？她点了点头，我就把她以及她那个失恋的故事和她的小狗留在45号门后面。当我晚上再过去看她的时候，她的轮椅和床上都是空的，她突发脑溢血,已经走了。你看,这就是我的日常。去聆听是件紧急的事儿,因为寂静,总在我们四周徘徊。"

"他妈的,真恶心。"

"但是每天,我们还总是有机会大笑。"

"在换尿片之间,在轮椅上?"

我笑起来。朱尔沉默了。他站了起来,就像所有自恋的王子那样,他没有意识到自己活在只属于他的领地上。他打开窗子,把烟头扔到花园里,我骂了他一句,因为窗外灌进来的风好冷。

10

1926 年

上帝并没有帮助埃莱娜实现她的梦想,她依然不会识字看书。

这天晚上,她决定去死。她已经听说过自杀的事情。在村子里,前一年,有个男人吞了很多药丸中毒死了。在埃莱娜眼里,有毒的,是那块大黑板。

上完课,她就躲进杂物间里头,就是那间堆放着粉笔、墨水、纸张和小驴帽的小屋子。她的心怦怦直跳,屏着呼吸,她听见同学们零零散散离开教室的声音,然后是他们的老师蒂波先生,一边咳嗽,一边整理着东西,最后,他合上那个大手提包,从讲台下去,出了门,随手把门关上。

当走廊和外面的院子里都一片寂静时,埃莱娜把小驴帽放在自己的口袋里,回到了空空荡荡的教室。奇怪的感觉。然而,这个空荡荡的教室又是她最熟悉的,因为每次课间休息的时候,她都因为没能完成课文的学习而被惩罚,一个人关在里面。只不过,平常的时候,她总能听到其他孩子在外面奔跑嬉闹的声音。而这一晚,却完全沉浸在寂静中。

她盯着老师位置旁边的那个书柜，排得整整齐齐的书。她有种强烈的冲动，想把那些书的每一页都扯下来，撕个粉碎，朝着墙面扔过去——那些书，被放得那么整齐，一副不可一世的样子。当然，她从来都没这个勇气真的这么做。

她面向黑板。心里怀着最后一丝希望，她想试着读出蒂波先生在黑板上用几种不同颜色的粉笔写的那段话里的第一个句子，他还在几个词下面画了重点线：她打破了那一小瓶牛奶。

ELCASSÉPELETIOITLA.

埃莱娜看到的却是这样一串字母。

蒂波先生已经放弃了改变她的想法。刚开始的时候，他还试着分解每个音节，来帮助她。他让她把每个词抄写十遍，因为埃莱娜仿佛记不住任何东西。仿佛她眼里的词永远会随风飘散。

可这一年，他把她安排在教室的最后一排。一个人坐。谁会愿意坐在一个没法让人抄一点东西的同学边上呢？以前，老师还会拿出那顶小驴帽。可现在，更为糟糕。她感觉他可怜她，他已经对她不抱任何希望。在他惩罚她的时候，至少说明还是对她有信心，有希望的。

ELCASSÉPELETIOITLA.

她眼睛里再也没有泪水。很久以前，她的悲伤就枯竭了。所有的泪水，在上学的第一年，都已流尽。

她把嘴巴贴在黑板上，开始像小动物一样，舔起了黑板。她踮起脚尖，却发现，那第一行字实在太高了，她依然够不着。她站到了老师的椅子上。她舔着每一个词，无论那个词是红色的、蓝色的还是绿色的。她要把它们吞下去，她想吞下这些毒药。她的嘴唇擦着那些大写字母，那些句号和逗号。

当整块黑板变得干干净净，而她的嘴巴变成了彩虹，她就回到自己的座位上。在教室尽头。背靠着暖气炉。她等着死亡。

她等着，毕恭毕敬地坐着，等着那些被她生生吞下去的词将她杀死。等着它们完成她进学校第一天起就该执行的任务。

她穿了一件漂亮的红裙子。就像小红帽的那件，这是她站在妈妈的缝纫机前提的要求。那时候她还不知道，那只大灰狼，会以一块黑板的形式现身。

可是，死亡并没有降临。ELCASSÉPELETIOITLA并没有那些致命小药丸的功效。她曾经以为，一切会很快发生，就像每年都会看到邻居家里杀猪那样：从脑袋后面，一刀了事。

她不想活着离开教室。

她决定喝下同学们放在书桌上的所有墨水，最后，连老师那瓶都喝了，这样应该可以保证死去。如果这还不够，她就会用自己一直藏在口袋里的那枚缝衣针，万一肚子痛得受不了的话，她会用针扎自己的腿。

她起身，打开了第一瓶墨水。那是班上最好的学生弗朗西娜·佩里耶的墨水瓶。她是班里的第一名，什么题都会做，从来不会乱涂乱画。蒂波先生看她的时候，总是带着一丝微笑。弗朗西娜的字写得很漂亮，仿佛鸟儿飞翔的优美轨迹，她念课文的时候，声音听起来就像在歌唱，她从不会碰到一个逗号就停顿下来。

可就在埃莱娜把嘴唇浸到弗朗西娜·佩里耶的墨水瓶里时，一个声音吓了她一跳。有什么东西刚刚撞了一下教室的玻璃窗，就像有人朝她的方向扔了一颗小石子。有人在看着她。埃莱娜的心提到了嗓子眼。她把弗朗西娜·佩里耶的墨水瓶放下来，躲在了老师桌子后面。

两分钟过去了。不再有任何声响。

她等了一会儿，终于忍不住从书桌后面起身，走向那扇玻璃窗前。可她什么都没看见。学校的院子里空空荡荡的。大橡树最后的几片叶子正飘落下来。埃莱娜的目光追随着其中一片落叶。树叶在夜色降临的那一刻同时落地,叶子掉进了一洼白色的水里。埃莱娜盯着它看了几秒钟。那不是一洼水,那是一只掉在地上的鸟儿。它还在动。埃莱娜赶紧跑向院子。她穿过那个有着一排挂衣钩的走廊,衣钩是空的,上面没有一件衣服。为了保证没有人知道她今天放学后还留在学校里,这天早上,她故意没有穿披风。

在橡树底下,她先在离鸟儿几厘米的地方停下来。那是一只海鸥。她的海鸥!那只从她小时候起就像她的影子一样一直跟着她的海鸥。就是她平常总能看到天上的那一只,每次当她想从眼前那一堆看不懂的句子里抽神出来,让眼睛歇一会儿时,抬头就能看到的那只海鸥。就是那只她在家里的作坊墙上,用手指的影子比画出来的海鸥。它真的存在。它不是自己单纯的想象。

海鸥受伤了,但依然活着。它嘴巴微微张开,艰难地呼吸着,也看着埃莱娜,似乎心也跳得很快。它看起来很难受。埃莱娜立刻明白了,刚才正是它飞身撞到了玻璃窗上,为了让她从那间受诅咒的教室里出来。或者是,它希望和埃莱娜同时死去。

鸟儿和女孩就这样相互凝望着。埃莱娜在受伤的海鸥面前跪下来,她不敢伸手去碰它。她怕那样会让它更痛。但她也不能不管它。埃莱娜没有兄弟,也没有姐妹。她不想放弃自己的同伴。

终于,她小心翼翼地伸手将海鸥抱起来,轻轻地放到自己外套里面的大口袋里,靠近心脏的地方。

11

19号房间。

那个蓝眼睛的幽灵在。他坐在埃莱娜的边上。我进去的时候，他合上了正在给她念的书。

"上一次真是不好意思，我把您当成吕西安了。"

"没关系，有时候我也会认错人。"

他居然没觉得奇怪，我差点把他当成一个将近一百零二岁的人。他用手插入自己的头发里。那是我第一次看到他做这个动作，却觉得这应该是他的一个习惯动作。

"您怎么知道她的海滩上是白天还是黑夜呢？今天一天，她都没说过一个字。我真是感觉她睡着了。"

"在埃莱娜的沙滩上，没有早晚，只有永恒的白天。"

"她这样子很久了吗？呃，就是在……"

"度假？从我认识她开始，就一直这样。我相信那是因为她和吕西安1936年的那一次度假。"

他盯着埃莱娜看了好久。接着，蓝眼睛就转向我。我敢用自己的脑袋打赌：埃莱娜眼前的大海一定就是这样一种蓝色，正因为如此，她才永远不想回来。

"您怎么知道的？"

"她跟我说了很多。"

"她还跟您说了些什么?"

"在沙滩上……爸爸们追着孩子跑,妈妈们喝着饮料。那些大孩子把耳朵贴着收录机听流行音乐榜,或者倒着磁带……有时候,她会踩到一块石头,崴到脚,我会听到她自言自语说:哎哟,石子儿今天好热啊。或者是:噢,糟糕,我吃到沙子了。有时候,她会高声跟路过的人打招呼,聊天,一个卖冰淇淋的人,或者一个把浴巾放在她边上的女人。埃莱娜会问:您经常来这里吗?她总是提问题,却很少回答。"

在我给水瓶里加水的时候,幽灵默不作声待了很久。

"那不应该是我们给她读小说,而应该是她来说给我们听。"他说。

他这句话让我想笑。但我忍住了。都是他那双蓝眼睛,害我越来越不自在。通常,我们看什么东西久了以后,就会习惯。可是在他这儿,行不通,他越是看我,我越是手足无措。

"那么……她在那片海滩上做什么呢?"

"她边看着爱情小说,边等着吕西安回来,吕西安和小女孩出去游泳了。"

他仿佛被我的回答震到了。事实上,他可能没想到我会给他一个答案。我觉得他或许只是对着墙发呆,心里想着,随口自言自语。

"小女孩?"

"罗丝,您的母亲。呃,罗丝是您的母亲吧?"

"是的。"

我喂埃莱娜小口小口地喝水。心里咕嘟着,他可能把我们俩当成疯子了吧。

"哪一种爱情小说呢?"

"就是您的母亲每次来都给她念的那些。"

"这简直就像您刚刚为我解读了一种诗意的操作指南。"

听他这么一说,我就明白,他应该是我们的同类,我们永远不相信世界就是眼前的样子。我们是一群白痴,一群天真、乐观的人。

12

当埃莱娜推开自己家店铺的门时,有个女人在试衣间,她的妈妈正趴在那个女人面前,标记着裙子要改的长度。她的爸爸在收银台后面,见到她,差点惊叫出来。

埃莱娜对他撒谎了。差生都会撒谎。谎言是他们的第二层肌肤。正是这个原因,那些差生往往比别的学生更有想象力。她告诉爸爸那些同学把她的眼睛蒙住,逼她吞了很多粉笔。她再也不想回学校上学了,那里的人都那么残酷,反正她决定了,逼她也没用。她会留在他们身边工作。她会乖的。如果他不同意,她就去自杀。

说完她就走了,任由父母争论、商量,作出决定。她非常清楚他们会说的话。她早已听到过他们在背后说关于她的话:

"蒂波先生说她永远得不到文凭……哪怕是留级……她也学不会……她九岁了还不认识钟表上的时间……"

上楼梯回自己房间的时候,埃莱娜感觉海鸥在衣服里层的口袋里动来动去。她用手摸了一下,感觉它是温热的。它的心跳正常,翅膀也没折断。埃莱娜用在牛奶里泡过的面包喂它。她从来没见过比这只有着橙色嘴巴的白色海鸥更美的东西。哪怕是树也没这么美。哪怕是新娘的礼服也没这么美。哪怕是那个偶尔来作坊的公爵夫人也没这么美,那位夫人有一辆漂亮的汽车,腿很长,脸蛋精美得像布娃娃。哪怕是所有她见过的风景也没有这么美。没有任何东西比这只鸟儿更美。埃莱娜打开自己房间的窗户,让它飞出去。

"你是可以飞到天上的,你是否可以问一下上帝:请它帮我把眼睛治好,让我可以识字看书,好吗?求求你了!"

鸟儿飞了起来,在空中盘旋。在满月清亮的光辉照耀下,仿佛一颗闪亮的星星。

13

　　这天早上,幽灵在19号房间的门口等我。我差点就显得有点不礼貌了。有时候,太多的美,太多的蓝,让人烦。再说,我不喜欢被打扰。而且,我知道他会把我的生活搅得一团糟。他是那种轻轻一挥手就可以让人改变所有习惯的家伙。
　　"早上好,朱斯蒂娜。我可以跟您聊五分钟吗?"
　　我听见我的同事祖儿在我身后咯咯笑,还没等我回答,她就说:
　　"去吧,朱朱,你的活儿,我来接上。"
　　朱朱。她这么叫我。朱朱,好无聊的叫法。当那个自己暗暗喜欢的人在眼前,有时候,居然会令人厌恶一切平常习惯的东西。这样一种同事间习惯成自然的亲密,偏偏在这个时刻,不想让对方看到。
　　"我没多少时间,因为早上,总是忙得乱七八糟的。"
　　我说了这个词:乱七八糟。而且我还脸红了。我差点撞到推车,失去了平衡。羞耻。纯粹的羞耻。
　　我提议他跟我去那个工作人员的休息处。就在办公室边上,那边有一台咖啡机、一只微波炉、一台冰箱、一张桌子和几把椅子。通常,我们是不能让老人或者他们的家属进入我们的休息处的，但"他"并不是普通人。长着那样一张脸的人，他去哪里都有畅通无阻的特权。

我们穿过三个走廊，上了两层楼，然后，我让他先进去。

早上，走廊里都很喧闹。所有房间的门都开着，因为所有的护理人员都进进出出，忙得不可开交。所以，有时候，我们就会听到那些"无自理能力者"胡言乱语，对着墙壁大吼大叫，喊着"救命"。从半开的门里，有时候可以看到某些老人如同丧尸，他们的眼睛并不是盯着一扇窗户，而是望着一道深渊。

夏尔·波德莱尔曾经描绘一个疯人院，当夜幕降临，就会因为尖叫声四起而散发出恐怖的气息。而我们的养老院里，是当太阳升起的时候，灵魂们蠢蠢欲动。

休息间里一个人也没有。我把咖啡机装好，加水。他坐下来。我找了两个有缺口的纸杯，递给他一杯咖啡。手没有发抖。

"您需要糖吗？"

"不，不需要。"

我往自己的咖啡里加了两颗糖，然后在他对面坐下来。他扫了一眼墙上的海报，以及那个早已过期的2007年的日历，那是消防队员了为了募资，专门拍了半裸的照片订成的日历。

"您能告诉我外婆的床头柜上有什么东西吗？就是凭记忆，您能给我列出一张那个小柜子上面和里面的东西的清单吗？"

我闭上眼睛，说：

"吕西安的照片，罗丝的照片，珍妮·盖诺的照片，一只水瓶，她从来不吃的巧克力，还有一只插着绣球花的水晶花瓶。"

"珍妮·盖诺是谁？"

我的眼睛依然闭着，但我透过眼皮也能感觉到他看着我的目光，就像在大太阳底下闭上眼睛，依然可以感觉到阳光。

"一个女演员。1929年她得过奥斯卡奖。"

"那么在抽屉里呢……您也知道她的抽屉里有什么东西吗？"

"用扎头发的皮筋绑好的一叠纸，一枚顶针，一张狼宝的照片，一片白色的羽毛，纸巾，有一张乔治·布拉桑的黑胶唱片《埃莱娜的木屐》。"

"您所了解的，所有关于埃莱娜的事儿，您能把它们记下来吗？为了我？"

我睁开了眼睛。在他眼里，只有蓝色。一种永恒的蓝。而我，脸红了。

"许个愿吧。"

"为什么？"

"您的脸颊上有一根睫毛。"

我摸了一下自己的左脸颊，睫毛落在了桌子上。

就在这个时候，勒加缪夫人气喘吁吁地跑了进来。她似乎盯着我们，却又视而不见，直冲着咖啡机跑过去，接着，一边小口小口急急地喝着咖啡，一边喃喃地说：

"又来了。家属们在下面。他们想要解释，但我没办法解释。又来了……"

我就问勒加缪夫人是不是又有新的电话了。

她的眼睛看着墙上的日历，2007年1月1日那一页上为募资而裸着一身肌肉的消防员，她大吸了一口气，仿佛是自言自语地回答说：

"这一次，是有人昨晚上打了电话。晚上十一点钟！就为了告诉家里人说热拉尔先生因为肺气肿过世了。"

幽灵带着疑惑的眼光看着我，喝掉了他的咖啡。我就告诉他，有人给那些星期天都无人探望的老人家里打电话，让家里人以为他们过世了。他还是很疑惑，依然看着我。我就不理他了。

走之前，他又盯着我，仿佛我是一个魔术师，正把他的外婆装进大卸八块的盒子里。他把我一个人留下，跟我那个盯着消防员照片的领导在一起,那个消防员看起来相当壮实。

去年圣诞节以来,勒加缪夫人就总是一副跑马拉松刚跑到终点的样子。她实在太紧张了,所以,时时刻刻都喘着大气。她总是在老人们的房间和她的办公室之间来回穿梭,时不时抬头望望天花板,仿佛那些苍白的天花板可以透过氖气灯给她答案。

那是去年12月25日开始的,三个家庭都接到了养老院的电话,告诉他们老人过世了。当那三个家里的人26日一早过来,准备去办丧事的时候,看到的却是老人们的笑脸,那三个老人从来没有人探望,看到家里人非常惊喜。

从此,领导层就一直在调查,究竟是谁在打这些"丧气"的电话。总之,贴出来的告示上是这么写的,那告示到处都是,贴在我们的理疗室、休息室、办公室和更衣室里。因为从那一天以后,又有过五次这样的电话。

这些电话是从29号房间打的。那是保罗先生的房间。三年以来,他一直都在睡觉。医生们的结论非常明确:从医学角度,他根本不可能去打这样的电话。可没有人看到任何不正常的现象。从来没有人见过谁溜进保罗先生的房间,去给人打电话。这些接到电话的家庭有一个共同点:从来不探望自家的老人。就像是,有人在暗中统计每一个养老院里的老人被探望的次数,然后打了这些电话,目的就是让那些从来没有鲜花点缀的房间多点人气。

这样一来,所有人都怀疑所有人,我们仿佛身处阿加莎·克里斯蒂那没有尸体的推理小说里。如果马普尔小姐因为没有人去世而展开调查,倒也是件有趣的事⋯⋯

如果马普尔小姐来问我,她会说什么呢?说我的书架和所有的故事,都很珍贵?说我太年轻了,不该来照顾这些老人?

14

1930 年

在他家边上的花园里，吕西安使劲嗅着一朵饱满的玫瑰花。那是他最喜欢的味道，那种味道会让他想起自己的母亲。

每天早上，艾玛都会用沾着玫瑰花水的棉球洗脸，那玫瑰花水，是艾玛自制的。她会在秋天收集玫瑰花瓣，把它们整年都浸泡在一个白色的珐琅瓷盆里。当她的香水瓶空了的时候，她就会把小玻璃瓶沉到那个泡满玫瑰花的瓷盆里，再次装满那香气浓郁的水。

有时候，吕西安会偷偷地把手和前臂伸进那个盆里。有些花瓣的碎片就会粘在他的汗毛上，仿佛是干瘪的星星。爸爸很快就会发现他身上有香气。啥事都瞒不过一个盲人。哪怕这小谎言只是一种味道。爸爸对他说，只有女孩子才涂香水，男孩子不用。

吕西安睁开眼睛，观察着那朵玫瑰花的红色。它嫣红如鲜血。是这种颜色给了它这样美妙的香气吗？妈妈体内流淌着的鲜血是不是也带着玫瑰花的味道？

他真的有眼睛吗？那个离开的人呢？吕西安心想，妈妈之所以抛下了他和爸爸,是因为生活在一个盲人身边,真不是人过的日子。任何人,总有些时候,会希望那个和你一起生活的人,可以看看你。

15

在"绣球花",有三个医生,还有代班医生,两个按摩师,一个助理,两个厨师,十二个护工,五个护士,一个负责人。但是那个惹事打电话的"乌鸦",完全可以是外面的人:神甫,救护车司机,火葬场的员工,理发师,那几个定时过来的志愿者。甚至,也可以是住在这里的某个老人的孩子。这里的大部分人,一辈子都住在密里,所以,大家都互相认识。或者,也有可能是外面来的护士,这些人总把我们当仆人使唤,陪老人上厕所,都会按铃叫我们去做。

护士们比护工多一些医疗责任,但我更喜欢我的职位,因为我们是拉着老人们的手,与他们亲密接触的人。

为了让家属们知道,他们面前的工作人员是什么职位,我们衣服的颜色都不一样。护士服是粉红色的,负责人是白色的,而我们的护工服是绿色的,跟垃圾袋一个颜色。

我特别喜欢两个同事:祖儿和玛丽亚。我们仨是一个小组。勒加缪夫人管我们叫"三个火枪手"。

9号房间的莫罗小姐管我们叫"三只小瓢虫",因为我们手上总有红汞或碘酒留下的斑斑点点。她老是会数我们手上那些点的数量,以此来计算我们的年纪。祖儿总是跟她说:"我们会给您带来好运的,因为没有任何动物会吃小瓢虫,哪怕是不小心吞了瓢虫的鸟儿也会重新吐出来,因为瓢虫的翅膀实在太苦了。"

而我,从小就失去了双亲,大概是我实在太苦了,以致生活都把我给吐了出来。

自从我来这里工作以后,这里的工作人员都管我叫"小花儿",因为我非常敏感,而且,我总是会自愿加班,没有报酬的那种。开始的时候,每次有老人过世,我就会躲起来哭,祖儿看到我,就会说:"为你的家人留着这些眼泪吧,因为到时候,别人不会为他们哭泣。"而我心里想,我大部分的家人,很久以来,我已经为他们流够了眼泪。

近三天,突如其来的高温把安德烈夫人打倒了,她是住在11号房间的夫人。讽刺的是,我们管她叫"天气预报小姐",因为每次在走廊里碰到她,她都会对我们说:反气旋!生活有时候真是浑蛋。我从来没想到天一热,她就被带走了。

她的孩子们今早全来了养老院。可是太晚了。他们没能跟她亲口道别。但这也不是他们的错。有时候,我觉得长辈们超越我们太多。他们以冲刺的速度先行,我们永远无法追上他们的脚步。

祖儿没能在安德烈夫人的手心里看到这个反气旋。祖儿有个本事,她能在掌纹里读出人的未来。我们养老院的人经常会请她看手相。祖儿却说,在年纪大的人手里,根本读不出什么。因为他们的掌纹被磨得模糊不清了,仿佛一张33转的老唱片。所以,她只能胡编乱造。

所有的这一切花样——我的按摩,祖儿的预言,神甫对所有愿意听他讲话的人的祝福:享受吧!享受生活!——这一切,都没有阻止老人们想逃回自己家里的念头。他们经常出逃。但是我们又无权把养老院的铁栅栏关上,因为那样会被视为把老人们关起来了，那是虐待。

老人们只知道想逃出去，却并不知道该往哪里走。他们早已忘记了回家的路。而他们的家，通常也早已被挂牌出售，以抵付他们每个月在"绣球花"的费用。他们的花园菜地都空了，猫狗都被安置到了别处。他们的家，只存在于他们的脑海里，他们的私人书架上。而我最喜欢的，就是在他们那些书架上流连徘徊。

我最难受的，是每天早上十点钟开始，就看到他们挤在门口，盯着那两扇大门开啊关啊。

他们在等待。

天气好的时候，我们会把那些无法自理的老人推到院子里，让他们在椴花树的影子里，感受一下阳光的温度。树丫间的一阵风，偶尔飞来的蜜蜂、蝴蝶、鸟儿，都会让他们满足。我们给他们面包粒，让他们喂鸽子、喂麻雀。有些人非常喜欢，有些人会害怕，有些人会用脚把鸟儿赶走。然后，他们会互相争吵。当他们吵吵闹闹的时候，也就不再等什么了。在自己家，或者别处，好时光，都是相似的。

累了的时候，我总是会上楼顶。坐下来，背靠着玻璃墙，在那里可以望见密里的屋顶。我闭上眼睛，靠上十来分钟。如果恰好有太阳出来，阳光就会灼烧我的后脖子，我非常喜欢这种感觉。

通常，那只海鸥会飞起来，在天空中望着我。

有时候，我重新回去干活的时候，脑袋里并不清楚究竟那是早上、下午或者晚上。其实我熬的并不是加班的时间，而是那些我不想回家的时间。我不想看到爷爷忧郁无聊，因为在他眼里，无时无刻不是冬天，我不想看到奶奶在我脸上找我爸爸的渴望，我不想去敲朱尔的门，他总是闷声不响关在自己的房间里，要么打游戏，要么在那个电子音乐下载平台 Beatport 上消磨时光。

我更喜欢把埃莱娜的固定套取下来,为她按摩腿和脚。听她讲坐在她边上那个高个子的金发女郎,穿着一片式的游泳衣,把按摩精油一直涂到头发上的琐事。

同样,当我实在无法忍受日常,当工作的节奏过强,有个护工没来上班,我们得赶着把一切都完成:洗漱,上厕所,整理房间。一旦感觉到自己有一丝可能,会对某个老人发火,比如有人骂我,有人不肯配合,或者故意尿在身上,冲着我笑,我就会让另一个同事接手,然后到19号房间躲一会儿。我会请埃莱娜给我讲讲吕西安,或者她的小酒馆。波德莱尔常常会出现在她的记忆里。

那个被叫作波德莱尔的男人出生在巴黎。他的祖母过世之后,他就继承了她在密里的房子,并且在这里住了下来,一个人,四十来岁的时候。应村长的要求,他给村里的孩子们每周上几个小时的课。他了解所有诗人的作品,无论是哪个国家的,而夏尔·波德莱尔的诗,更是倒背如流。这个男人长着兔唇,这令他的脸看起来特别扭曲,有些孩子就因为这个笑话他,有些却因此怕他,家长们就要求他辞职。他在路易老爹的咖啡馆里,总会一待就是大半天,靠在柜台上,背着他最喜爱的诗人的作品。

埃莱娜会为我复述那首他从早到晚,在两口酒之间,一直背的诗:

> 为了取乐,船员们时常会捕捉
> 几只信天翁,那些巨大的海鸟,
> 不羁的旅伴,它们常常跟随在
> 船的身后,滑行在苦涩旋涡之上。

一旦被放在甲板上,
这些天空的王者,笨拙而羞惭,
虔诚地拖着它们巨大的白色翅膀
仿佛身边有两把桨。

长了翅膀的旅者,多么笨拙而懦弱!
刚才还那么美,现在却滑稽而丑陋!
一个船员拿烟斗逗弄它的嘴巴,
另一个跛着脚,模仿飞不起来的残废!

诗人就像这云中的王子
出没于暴风雨,嘲笑射手;
一旦被放逐到地面,陷于讥笑声中,
他巨人般的翅膀反倒妨碍他行走。

16

1933年，夏日来临前

克莱曼村举办婚礼的日子。人们在教堂前的广场上支起宴客的长餐桌，铺上了雪白的桌布。村子里所有的人都来了，庆祝村长的儿子雨果和铁匠的女儿、红头发姑娘安吉尔成婚的大喜事。

因为儒勒·列那尔那部《胡萝卜须》，安吉尔为自己的一头红发感到羞耻，她请她的裁缝埃莱娜·埃尔为她做了一块厚厚的头纱，来遮住那一头蓬乱的红发。她甚至强迫裁缝把头纱加长，用来遮住自己脸上的雀斑。

这本该是她生命里最美的日子，安吉尔却非常不自在。倒不是因为她那头红发和皮肤上的斑点，而是因为雨果的堂兄，那个弗雷德里克，总是目不转睛地盯着她。她能感觉到他的目光固执地追随。哪怕喝了酒也无法视而不见，每当她转过头，总会遇上他那下流的眼神。连今天这个大喜的日子，他也不放过她。

这个样子已经持续了好几个月。有时候，他会在她家底下等她，有时候，她上街的时候，他就在后面跟着。每一次，她都表现得非常冷淡，但每次他都没完没了地说："早上好，您真美啊；晚上好，我喜欢您的头发；早上好，多么美好的惊喜；晚上好，您的眼睛好迷人……"

安吉尔从来都没敢跟雨果提过。他们婚礼的仪式进行过程中，她都害怕有一刻弗雷德里克会突然站出来反对婚礼。虽然他没有任何权力这么做，但她就是不安心。

弗雷德里克趁着雨果离开座位的时候，朝她走过来。安吉尔没能及时抓住她丈夫的手，让他继续待在自己身边。弗雷德里克避开一个又一个来宾，脸上带着笑意朝她走过来了。那是一种明目张胆的笑。她闭上眼睛，吞下一大口酒，喉咙里火辣辣的。等她再睁开眼睛时，他已经在她眼前了。她真想抽他耳光，抓他的脸，揪他的头发。她真希望自己是个男人，可以有力气将他打倒。她听到他在低低地说：

"我更喜欢您那一头红发本来的光芒。"

安吉尔猛地站起来，想逃离餐桌。可她的裙子被桌子角挂住，撕开了一个大口子，直到腰上。一阵静默，她瞬间有点迷糊。看着那撕破的裙子，仿佛那是自己的皮肤被撕裂了。她差点为自己没有流血而惊讶。只有几颗白珍珠掉了下来。她的心怦怦直跳。她抬起头，对着弗雷德里克，几近哀求地说：

"消失吧。"

接着，安吉尔就让她母亲去找住在教堂边上的裁缝。

等人来的时间，她就待在本堂神甫的屋子里。幸好，没有任何人发现有异样，包括雨果。安吉尔的妈妈很熟悉克莱蒙的裁缝作坊。今天作坊关门，因为是星期天。她从一扇半掩着的门进去，穿过一个小走廊，就到了四面都是玻璃的手工作坊，作坊在后院里面。

埃莱娜在作坊里，像个男人那样，在一张木桌子边上盘腿而坐。她好像正对着一个人侃侃而谈，但只看背影，安吉尔的妈妈不知道那个与她聊天的人是谁。

她敲了敲门。一只鸟儿飞起来。透过玻璃门,她看见埃莱娜一副对她视而不见的样子。就像某个人正谈到兴头上的时候,被打断了,但实在不想停下来。年轻的裁缝对她招招手,让她进去。

安吉尔的妈妈这才发现,那个被她当成人的,其实只不过是用布做成的模特儿。她发现埃莱娜其实就一个人,但前面看到的样子,她敢发誓,实在太像是她在跟人高谈阔论了。

一个小时以后,安吉尔的裙子就被修复如初。埃莱娜把每一道缝都补得干净利落。她们俩面对面在狭窄的过道里,靠近一面挂着的镜子。埃莱娜把门打开了一点,让光线进来。新娘子非常欣赏埃莱娜的手工,简直把它当成了奇迹。

"我得请您原谅我,埃莱娜。"

"原谅?为什么?"

安吉尔盯着小裁缝的脸,埃莱娜比她小三岁。但她真的说不出来埃莱娜看起来比自己年纪更大还是更小。埃莱娜的皮肤白皙,发髻松散,眼睛澈蓝,嘴巴宽大,脸颊高耸。她拥有那种斯拉夫人的美,脸上的一切尺寸都夸张地大,有人特别喜欢,当然也有人特别不喜欢。连她的眼睛,也大得仿佛要长到太阳穴上了。在克莱蒙,人们说埃莱娜·埃尔是个疯子,连孩子们都有点瞧不起她。

安吉尔拉起埃莱娜的手。

"刚开始试衣服的时候,我并不喜欢您。是我妈妈坚持让您来给我做礼服……我有点儿怕您。"

埃莱娜回答说:

"这很正常。我也怕我自己。"

安吉尔看着这个总是与周遭格格不入的女孩子,笑了。确实,眼前这个人,又迷人又让人无措。仿佛在她的眼睛里,藏着某种疯狂的因子。再说了,她从来也不笑。哪怕是她在肯定别人的时候。安吉尔仔细端详着埃莱娜的双手。

"您有着仙女的手指。"

埃莱娜垂下眼睛。安吉尔温柔地亲吻了她的裁缝,然后就穿着崭新如初的礼服,回去应对宾客了。她扫了一眼周围的人群,弗雷德里克不在那里了。她心中笑了一下,顿时轻松了。

埃莱娜一个人在走廊里待了一会儿。她看着自己的手指,最后,收拾好了缝纫的工具包。她离开的时候,没有拉上神甫室的门,因为她有个怪癖,就是喜欢让阳光尽可能地洒到一切能照到的地方。

为了回作坊,埃莱娜决定走教堂靠着墓园那边的路。她努力读着墓碑上的名字。她推开了教堂的小门,那扇侧门。教堂里空荡荡的。埃莱娜跪下来,锲而不舍地祷告:请教会我识字读书吧。

"你在干什么?"

我吓了一跳。朱尔惊到我了。我合上蓝色的本子。

"我在写东西。"

"你以为你是玛格丽特·杜拉斯?"

"你在哪里认识玛格丽特·杜拉斯的?"

"一节法语课上。我发现她写的东西好无聊。希望你别写得跟她似的。"

"完全没有这个危险。打开窗子吧。"

"你心情不好?"

"没。你知道我特别讨厌你在我房间里抽烟。"

"你特别讨厌我抽烟……你又不是我妈妈。"

朱尔打开了窗户,探出半个身子。他有点不开心。接着,我说:

"昨天晚上,'绣球花'里又出现新的神秘电话了。"

他转过身去,我看不到他的眼睛。

"是哪一家?"

"你得去剪头发了。是吉赛尔·迪欧德家。那个服饰店以前的老板,紫头发的小老太太。上个星期我跟你说起过。"

"记得的。"

"以前,她老是待在棋牌室,参加所有的工作坊活动。可自从夏天以来,她就跟别人一样,总是待在前厅。所以,当她家里人红着眼睛、穿着孝服来到养老院的时候,她正在那里候着。"

朱尔一弹指,就把烟头从窗口弹了出去。明天早上,爷爷又会在花园里捡到、絮絮叨叨半天了。不过他会把烟头放在一个水盆里,他喜欢用那个盆里的水来浇他的玫瑰花,杀死害虫。

他回过身来坐在我床上。

"那些人说什么了,她的家里人,当他们看到她……还活着的时候?"

"想象一下那个震惊的样子。但我觉得他们还是稍微有点失望。"

"怎么说,失望?"

"老人们真的过世时,对家人而言,也是某种负罪感的终结。感觉很复杂。他们往往会悲伤,但也掺杂着一种解脱感。"

"那个小老太太呢,她看到他们时说了什么?"

"开始的时候,她没认出来,但她总归是开心的。特别是中午,他们又带她去了饭店。你懂的,老人们都这样。一上来,他们可能对家里人并不是很和气,但家人来看过之后,有些东西就变了。他们会变得不那么焦躁。总之,今天下午,吉赛尔就回到了棋牌室。之前有三个月,她都没去过一次。"

"你看,这匿名电话还是有点作用的。"

"刚才，勒加缪夫人把我们所有人都召集起来，宣布说警察会来进行内部调查，"我模仿着勒加缪的说话腔调，逗朱尔笑，"来解开那个匿名电话的谜。"

但是朱尔并没有笑。

"真的有警探来了？"

这回轮到我自己笑了。

"你还真信啊，也就是斯塔斯基和赫奇来查。"

朱尔也咯咯地笑起来。斯塔斯基和赫奇是密里的两个老警察。所有的人都叫他们"牛仔"。他们还有几年就该退休了，目前没有人来接替他们。好像人们一直以来就这样叫他们。起码是从我出生之前就开始了。他们中一个是棕色头发，一个是金色头发。当然了，这都是以前的事儿了。现在，他们两人都是白头发。爷爷说，千万别找他们帮忙，万一出什么事儿，这两个人，也该是最后的选择。他们在密里可一点儿都不受欢迎。愚蠢和坏是很难解释的东西，可偏偏就在他们两个脸上挂着。他们一副不可一世的模样，从来不向任何人问好。当他们伸出手的时候，不过是要递给你一张罚单：比如你停的车妨碍他人了。可是在密里，谁会妨碍谁啊？街道都是空空荡荡的。不过，我可从来不会当面嘲笑他们，因为他们毕竟是佩戴了武器的。朱尔说他们的枪是玩具枪。但是我不信。

"照你看，是谁打电话给这些家人的？"朱尔问我。

我看着他那个无懈可击的侧影。我还从来没见过比朱尔的脸更美的东西。虽然他的头发有点儿长了。

"我不知道。谁都有可能吧。无论如何，总归是有权去翻看家人资料的人。而且，此人熟悉那些星期天被遗忘的人的名字和习性。"

"什么什么的名字？"

17

星期天

高温天终于过去了。持续了六天。我筋疲力竭。着实累瘫了。我从来都不计较上班的时间，可在这样一个危急状态里，时间已经无法计算。

一早八点上岗。前一天晚上，我没有睡觉，去天堂俱乐部跳舞到凌晨五点。我也需要感觉自己是年轻的，把自己灌醉，耍点儿酒疯，化妆，跟男人调情，穿上件露肩装，闭上眼睛，手舞足蹈。让自己觉得自己是漂亮的。

从去年秋天以来，通常我都会在同一双臂弯里消磨掉夜晚。那是个比我年纪大的男人。大约二十七岁左右，"我叫不上来名字"先生。在他和他之间，我也有过其他一夜情的经历，但他总会回来。有点像每两月一次的期刊。

星期天，是家人探访的日子。可不是所有人都会有家人陪伴。所以，我喝了五杯咖啡，以便去照顾那些没有家人的老人们。星期天，是一个揪心的日子。充满了哀伤。其实在我们这里，每天都可以当作星期天来过。但仿佛存在着一台精准的生物钟。每到星期天，老人们都知道那一天是星期天。

洗漱之后，看电视转播的弥撒，吃一顿比平时丰富的早餐。牛油果配虾肉被叫作"美纳滋酱海味惊喜"，巧克力千层卷就被叫成"夹心甜趣至尊"。

像日常的蔬菜汤，每天都被换个名字端上去，其实永远是那些稀得跟热水一样的东西。星期一，那玩意儿叫作"当季美汤"，星期三，"果园浓汤"，星期五，"杂烩蔬菜汤"。院里的老人都非常喜欢看每周的菜谱。仿佛那是他们的寻宝图。除了《萨奥和卢瓦尔河报》那栏讣告，这是他们唯一还喜欢看的读物。

星期天中午，开胃酒加正餐酒来帮助他们消化一上午的时光。但是得小心：有时候会有其中一个，偷偷拿起另一个的酒杯，他们很快就会吵起来，甚至大打出手。餐厅，就像小学生的课间休息，很多人会在那里打架来解决相互间的一些小问题。有时候，连我也会被打到。

吃过午饭，有的人就会回自己的房间，因为下午会有家人探视。而另一些人，我们会拉着他们一起到棋牌室，用我们能找到的一切方式来消磨时光：小演出、卡拉OK、抽奖、纸牌游戏、放个电影之类的，依情况而定。我非常喜欢放卓别林的电影，因为看那个会让人笑。

我也喜欢让他们用连着音响的麦克风一起唱《小舞会》。那是他们最喜欢的歌。他们每个人轮流握着麦克风。有时候，我们大家也会一起跳舞。在我们这里，可不是劲歌热舞，但那份心是一样的。

这天下午，请来的是我们的魔术师。总是同一个。那是住在我们附近的志愿者男孩。他总是像带着一串钥匙那样，拎着一串斑鸠、小白兔过来。他的表演总是失败的，因为他实在太笨手笨脚了，那些个"魔术"，让人一眼就能看出来，几乎就像脸上长着鼻子那样明显。但对于那些星期天被遗忘的人而言，帽子里的一只斑鸠或者一只小白兔就非常奇妙,可以冲淡他们这一天心头的沉重。

下午两点钟左右,我感觉自己的身后出现了那个幽灵蓝色的目光。我正在安排老人们坐好看魔术表演。我听到他说"您好"。一只斑鸠正从魔术师的袖子里掉出来。

他站在我身后。正冲着我笑。他冲着我笑。他冲着我笑。他冲着我笑。他的手里拿着一本书。穿了一条牛仔裤和一件有点宽大的T恤。

"您好,我要去给我外婆念会儿书,想先跟您打个招呼。"

果然,当我看到他的时候,把一切都抛在脑后了。

他笑起来有一种无限的温柔。他的皮肤亮得发光,他的手指像女孩子一样,纤细而优雅。在他面前,我,朱斯蒂娜,完全不存在了。我是正常的。我是个地球人。脸通红。同时,也过于理智,无法想象一个像他这样的男人,除了把我当成听他外婆讲大海的小女孩之外,还会有什么其他的想法。

"您好,"我回答说,"谢谢您,阅读愉快。"

然后我迅速转过身,假装陪那个魔术师找掉下来的斑鸠。可我又感觉到了他的目光,在我身后,执着地望着。他想干什么?就像顶楼透过玻璃门窗照进来的阳光一样,灼烧我的后脖子吗?

演出之后,我上楼去了埃莱娜那里。我敲了敲门。他依然在那里,手里捧着本翻开的书。他高声读着:

> 早上,他们又在早餐厅里相遇,因为第一个起床的人,总是慢悠悠地吃着早饭,以便另一个有时间赶到,而每天,奶奶都在猜想那个死里逃生的人会不会不告而别,或者,他终究厌倦了她,会换一张桌子,经过她面前时,只会冷淡地问候,就像很多年前,星期三的那些男人一样……

他的声音很美，又低沉又有力。仿佛手指落在钢琴键上，从低音到高音。当然了，我就这么一说，其实我也不太懂钢琴。更不懂像他这样长相的外星人。除了我弟弟。但那是我弟弟。我可不怕用手去搞乱他的头发。

他看到我，马上停了下来。

"您在念的是什么书？"我低头看着自己的脚。

"《石之痛》。"他说。

我不敢告诉他，她已经听过这本书了。也就是，罗丝已经给埃莱娜念过这本书了。我朝着埃莱娜的方向抬起头。看见她正从她的海滩上朝我们微笑。我对着墙说：

"这本书她应该很喜欢。"

他点了点头。只是我感觉，因为我压根没看他。

我悄无声息地离开了那个房间。因为他在那里的时候，我就无地自容。后来，我就没再看到他。我朝房顶上看了一下，那只海鸥依然在屋顶上，看起来像是在睡觉。他把《石之痛》留在了埃莱娜的床头柜上，就在珍妮·盖诺的照片和吕西安的照片之间，用钢笔写了我的名字在上面。他的字很好看。我从来没见过写得如此之美的"朱斯蒂娜"。

"送给朱斯蒂娜"。

他也签了名："罗曼"。

他叫罗曼。那应该不是造出来的。

晚上九点钟了。我浑身酸痛。瓦扬先生今天早些时候曾要求我为他按摩一下手。"今天晚上吧。"我当时这么回答他。接着，还得去照顾埃莱娜。我很喜欢瓦扬先生。他刚来这里不久。他在这里并不快乐。他很想念自己的家，更甚于想念他的妻子。那是他每天都在跟我重复的话。看完瓦扬先生和埃莱娜之后，我还得去帮那些在电视面前睡着的人关电视机。

　　接着，我也得给自己读几页《石之痛》，然后，在蓝色的本子上写下几行，因为高温的问题，我都有好几个星期没碰那个本子了。

18

1933，夏日来临之前。

这天早上，艾蒂安为一场婚礼演奏了巴赫的咏叹调和前奏曲。这是他第一次在克莱蒙的教堂里演奏。

和往常一样，吕西安牵着他爸爸的左手走到管风琴前。

吕西安闭上眼睛，听艾蒂安弹奏。他总是会把音符和自家花园里那些玫瑰花的色调联系起来。其实在他妈妈离开之前，他就喜欢这种联系了。他没有睁开眼睛去看那一对新人，也没有看那些聚集在教堂长凳上的宾客。他总是有意避免看自己周围的一切。他更喜欢感觉。

在家里，他从来不开屋顶的灯。他在黑暗中生活，而且掩饰得非常好，令艾蒂安没有察觉。

虽然他已经二十二岁了，他的视力也非常好，可他依然没法相信自己不会变成盲人这个事实。他心想，自己的病不过是来得迟了一点。

婚礼仪式结束之后，艾蒂安和吕西安被安排在教堂广场上那张大餐桌边。

吕西安喜欢婚礼，有两个原因：他和爸爸总是会被邀请共享婚宴,爸爸就可以一个人待在其他的大人中间。他不再需要他的儿子。

吕西安听着自己周围人们发出的声响。他听见他们喝醉的声音,大笑的声音。他听到艾蒂安和其他人一样。他欢快地享受着这样喜庆的氛围,当然也没忘记,时不时检查一下,自己口袋里的盲文书是否还在。他一如既往地偷偷拿着他爸爸的书。

他的身旁,有个胖胖的女人竭力想跟他攀谈,可吕西安不太喜欢说话。当他一个人和艾蒂安在一起的时候,已经要说两个人的话了:当心台阶,在你右边,不,往你左边一点儿,天暗下来了,这地方有积水,这扇门得重新刷漆了,石头上长满了杂草,肖生夫人正从我们屋前经过,你的酒杯满了,别碰,太烫了,你的白衬衫放在左边的衣架上,面包已经切成片了,这个苹果坏了,你的学生进花园了,当心,这东西会吵,有噪声。吕西安非常礼貌地朝边上的夫人笑了笑,没有听她讲话,却点着头,仅此而已。

他永远不会结婚。他永远不会把戒指套在一个女人的手上。他永远不会要求一个女人对他承诺忠诚。有他父母的先例在,永远不会。绝不会有人被邀请来他的婚礼宴席。爸爸总是批评他有无政府主义的倾向,因为他会批评军队、政客、死刑、神甫和婚礼。

在所有赴宴的宾客,那些吃着、喝着、笑着的人里头,吕西安是唯一一个听见布料撕开的声音的人。就连艾蒂安都没注意。这一天中第一次,他抬起眼,朝着某个确切的方向望去:新娘子。她正带着一种绝望的神气盯着自己被撕裂的裙子,有个男人朝她靠近,而她正努力躲避。

吕西安看到那个男人离开了新娘,新娘对一个穿暗紫色裙子的女人耳边讲了几句话,那个女人就立刻朝着村子的方向跑去了。新娘子快步朝教堂后面走去,手里紧紧攥着自己的裙子。

除了吕西安之外,没有任何人注意到她。

几分钟之后,吕西安看到那个穿着紫色裙子的女人回来了,带着另一个年轻的女孩,那个女孩子垂着眼睛,手里拿着一个针线包。她们俩都朝教堂后面走去。

自从他妈妈离开之后,这是第一次,吕西安感到一种锥心的悲伤。仿佛一种强烈的哀愁,某个秋夜,天空阴沉,乌云密布,没有一丝光线能透进来。他突然间想到,当自己的眼睛变瞎的时候,他就再也看不到年轻的女孩子垂着眼睛的样子了。他如何才能感觉到那样一种优雅呢?哪怕是听着约翰·塞巴斯蒂安·巴赫的音乐,联想着那些花朵的颜色,也无法回答这样一个问题。

就在他感觉眼泪涌上来的时候,有个东西掉在了他头上。他用手摸了一下头发,看到一堆液体状的白色,有点黏稠,热乎乎的东西正在手指上发光。毫无疑问,那是鸟屎。他抬起头朝天空看了一眼,什么也没看到。他离开餐桌,去广场中央的喷泉准备冲洗一下。

吕西安把头浸到了冰凉的水里,当他起身的时候,看到了刚才站在新娘跟前、看着她衣裙撕裂的男人:他一边抽着烟,一边盯着吕西安。

"您是新娘的弟弟?"

"不。我是管风琴师的儿子。"

"盲乐师?"

"是的。"

"您认识安吉尔吗?"

"谁?"

"安吉尔,新娘子。"

"不。"

"我爱上她了。但我不是她的丈夫。"

吕西安默不作声。他心里在想：我妈妈，在嫁给我爸爸之前，也已经爱上了另一个男人吗？他不知道爱是如何降临的，是否会同时牵着几个人呢？他跟几个妓女上过床，但除了玫瑰、书本和音乐，他从来没有爱过。他看过不少关于爱的书，最近的一本，是海尔先生的《订婚》，他是如饥似渴地读完的。视线里，那个男人走远了，消失在村子的方向。

走向教堂的时候，吕西安与新娘擦肩而过。阳光非常灼人。吕西安潜入教堂的阴凉里。他坐在告解座的阴影里，翻开了自己随身带的书。他知道不会被神甫撞上，因为神甫也去宴席和华尔兹那边了。这不是一个听告解的日子。吕西安开始用手读书：

"上帝的意志在发生的事件里清晰可见，通过事件传达给凡人，那用神秘的语言写就的晦涩的文章。凡人就在发生的当下翻译，那是急急匆匆的、不确切的、满是错误的译本，满纸都是空白和误解。能读懂上帝语言的灵魂少之又少。"

吕西安很快就倦了，蜷起来，伴着某种低声喃语的节奏。他发现自己光脚在海边。光线很美。艳阳高照。水的蓝光在帆船边上闪闪发亮。一个年轻的女孩子和他手拉手，走在他身边。她冲着他微笑。他感觉非常好。他不再害怕黑暗。年轻的女孩子垂下眼睛，他不再害怕看不见她。

时不时地，她的手指会摩挲着自己的掌心。他们周围，孩子们在嬉戏，更远处，还有孩子们在玩水。他们差不多就走到水边上了，还有几步。那种低喃声靠近了，那是海浪的声音，是吕西安的爸爸从未在教堂的管风琴上弹奏的声音。

吕西安醒过来。他在告解座的黑暗里醒过来。那个年轻的女孩子消失了。他的书掉在地上。他重新闭上眼睛。他得回到那个梦里。可是，行不通。人无法再次回到梦境，像捡起一本书那样。再说，教堂里还有这样的呼吸声。开始，他以为是一只虫子，一只虫子的翅膀撞到彩色玻璃窗的声音。可那是一种低喃，是海浪的声音，是他梦里听到的低喃。有人在喃喃私语。吕西安推开了告解座的门，看见离他几米开外，有个跪着的人影。

他朝那个人影走过去，就像刚刚在梦里，朝着大海走过去。他终于走到近旁，然后听清楚了那个声音说的：

"识字。我。识字。我。读书。教我识字。教我读书。"

吕西安正好就站在祷告台后面。她回过身来，盯着他看了很久。她就是他梦里的那个女孩。她是刚才走在穿紫衣服的夫人边上的那个年轻女子。她的脸，被边上的三支蜡烛照亮着，其中一支已经快烧尽了。她有点像奥屯妓院里的一个姑娘。吕西安不知道为什么这个时候，会想起那个姑娘。在教堂里，他想起奥屯的那个妓院。妓院就在一所非常普通的房子里面，跟所有的房子一模一样。甚至，在窗台上还种着花。在那里，他从不闭眼睛，他总是观察着那些姑娘的身体。就像这个时候，观察跪在跟前的这个女孩子一样。

他不敢看她的眼睛。仿佛怕被灼伤。他盯着那双手看。那双合拢的手。

"为什么你要请上帝教你识字读书？"

19

"今天怎么样,杰拉德先生?"
"我老婆死了。"
"那是很久以前的事啦。"
"您知道吗:当我们失去那个最爱的人之后,每天,我们都在失去她。"

"今天怎么样,杜克洛先生?"
"去你的,臭女人。"
"嗨,您今天一早就脾气这么大啊。"
"怎么可能脾气好?"
"这可是夏末的好天气。"
"臭嘴。"
"有时候会的,是的。来,咱们起床吧。"
"这到底是干什么啊?"
"我们得给您洗漱,杜克洛先生。"
"滚蛋。"
"噢,这可不会让我生气。"
"一群混蛋。"

"好吧，我会看看是不是。"

"今天怎么样，贝尔特朗夫人？"
"安妮刚刚死了。"
"啊。安妮是谁啊？"
"是我的好朋友。以前，她每次来我家，总是会说：'给我一小瓶啤酒吧。'您说，天堂里会不会有小酒馆呢？"
"如果天堂存在的话，那一定也会有小酒馆。"

"今天怎么样，阿黛尔小姐？"
"很好。我的孙女会给我带甜甜圈来。"
"您的命真好，有这样一个孙女，几乎每天都会来看您。"
"我知道。"

"今天怎么样，穆隆先生？"
"我的脚很疼……昨晚上我一宿没睡。"
"我会请医生上午就过来给您看一下，好吗？"
"如果有可能的话。"
"我给您打开电视机吗？"
"不要。上午，只有那些给女人看的东西。"

"今天怎么样，曼杰夫人？"
"有人偷了我的眼镜。"
"啊，是吗？您到处都找过了吗？"
"是啊，到处都找了。我敢肯定是乌德侬那老女人干了这事儿。"
"乌德侬夫人？她为什么要偷您的眼镜呢？"
"就为了惹我生气。"

"今天怎么样，特格蒂尔先生？"

"我在哪里呢？"

"在您的房间里。"

"啊，不对。这可不是我的房间。"

"是的，这是您的房间，我们会帮您洗漱，如果您愿意的话，之后可以带您到下面走一圈。"

"您确定这里是我的房间？"

"是啊。看看这些墙上的照片，那边。那是您的孩子们，那是您的孙子孙女。"

"那我妈妈呢？我妈妈，她在哪儿？"

"她在休息。"

"我爸爸和她在一起吗？"

"是的，他和她一起在休息。"

"他们今天下午会来看我吗？"

"也许吧，但如果他们太累的话，他们就会明天才来。"

"您好，萨邦夫人。我把您藏在柜子里的奶酪和火腿肉拿走了啊。这都发霉发臭了，您要是吃了会中毒的。"

"都是那些德国人不好，他们把一切都抢走了。"

"别担心，萨邦夫人。那些德国人很久以前就已经回他们自己那里去了。"

"您确定吗？因为我昨天还看见他们来着。"

"哦，是吗？他们在哪里呢？"

"在浴室里。"

"您好，埃斯默夫人，有啥好消息吗？"

"哦，没有，我可怜的孩子，我真想占这些孩子的位置。"

"哪些孩子？"

"这可不正常，我们这些老家伙还这样活着，而在《萨奥和卢瓦尔报》上，每个月都有孩子们死去。"

"人生啊，就是这样的。"

"为什么上帝不把市场开到这里来呢，到老人们这边来，我们都没什么用了。"

"今天怎么样，我美丽的埃莱娜？"

"吕西安看到我在教堂里祈祷的时候，就是安吉尔婚礼那一天，他问我，为什么要求上帝教我识字。他看起来像个孩子。我以为他是教堂唱诗班的人。他很好看。他比我高多了。我得仰起头来看他。开始的时候，他没看我的眼睛，他对着我的手说话。当他终于看着我的眼睛的时候，我看到了那种蓝色，正是我缝纫彩线里，那种普鲁士蓝。那是我几乎从来不用的蓝色。他看着我，就像一般人看撒谎的人，或者看一个疯子的眼神。于是，我拿起教堂的长凳上放着的一本弥撒经书，随手翻开一页，念了一段我眼里看到的字母。我想书上写着的本来是：而这，就是上帝的意愿。但我看到的，读出来的是一串跳跃的字母：Voietcillequestlalonvoldetédieu。

"他合上《圣经》，对我说：我不是上帝，但我可以教你用手指识字。他对我称呼'你'，仿佛我们一早就认识了。我想到安吉尔刚刚对我说的话，我有仙女的手指。在不到一个小时的时间里，有两个人对我说起我的手指。其实我有很长时间没跟同龄人说话了。我指的是：和人聊衣服衬里、绣花花边之外的事情。不去上学的后果，是我同时也失去了和别人一样的童年。

"我们俩就坐在了一张长凳上，正对着祈愿台。他翻开他手里的一本书，那书上什么字都没有。但他说那是维克多·雨果的《悲惨世界》。他手里的这本书可不像我在学校见过的那些书。我可以看着它，却不慌乱紧张，因为那些书页都是空白的。

"吕西安抓起我的手，让我去抚摸那本书。摸起来的感觉，像是婴儿的皮肤上有一些凸起的小硬疙瘩。接着，他拉着我的食指，把它放在一个特定的点上。他说：你看这是 a，感觉到了吗？接着，他又带我摸到了 m，我能感觉到我的指尖下面，是三个小点。他又让我摸 o。接着，是一个 u。他翻了几页，又让我摸到了 r。然后，再重新开始。而我的手指完全没有混淆那些字母。那是我人生中的第一次，感觉到自己正在识字。我终于看到了奇迹。

"三天以后，吕西安来到我父母的手工作坊。他站在落地长镜前面。他的眼睛蓝得像天空，他那黑色的头发上还抹了发油。一缕倔强的刘海却翘在前额上，就像他两道眉毛中间的一个逗号。当他看到我的时候，他笑了，我也是，我对他笑了笑。他有一种优雅，是那种内向的人，却要装作不内向的样子。

"他厚厚的嘴唇动着，说是要跟我定做法兰绒的套装。通常，我是不给男人做衣服的，一般都是我爸爸做这事儿。但我坚持这次由我来做。妈妈很快就同意了。因为她看出来这个帅小伙是冲着我来的。这简直是意料之外的惊喜：他们头发散乱的文盲女儿居然也会有追求者。

"可我爸爸还是马上问他要了定金，因为吕西安看起来实在太像个孩子了。他从口袋里掏出三张皱巴巴的钞票。

"我翻开一本老板的广告册子，给吕西安看各种式样，让他选。选布料的时候，他在我耳朵边上轻轻地问，我是否愿意跟他睡觉，还说他的眼睛永远不会变瞎，那个病不可能降临到他头上。他跟我说，自从上周日开始，他一直在想我。我回答说，自从上周日开始，我一直在想维克多·雨果的《悲惨世界》。我还为此去找了我原来学校里的老师，蒂波先生，问他这本书是否真的存在。

"吕西安选了海蓝色的法兰绒。

"我问他是不是会娶我,他说不会,因为在他家里,跟人结婚会带来厄运。于是,我回答他说:'好吧,我可以跟你睡觉,但条件是,你必须教我用手指识字看书。'

"那些不结婚跟人睡觉的女孩子,被称为婊子,但我如果可以学会识字看书,就不在乎当个婊子。这些东西,在1933年,是不可言说的。我们看到例假来了,还以为是从我们小便的洞里流出来的,我们看到女孩子结婚,她们的肚子鼓起来,却不知道自己爸爸妈妈的房间里发生了什么。在学校里,通常总会有一个稍微大一点的女孩子告诉那些小女生,怎么用舌头去亲吻一个男孩,但是,我不去上学了,所以,无从得知。而我遇到吕西安那一刻起,我就想,终于,我也结束了当'老姑娘'的日子。在克莱蒙,人们是这样称呼那些从来不结婚的女人的。我以前深信不疑,'老姑娘'就一定是我这样的人,她们都不识字。

"我让他脱了鞋子,靠墙站着,挺直身体。我拿了卷尺给他量尺寸。我从他的手腕开始量,接着是他手臂的长度,肩膀的宽度,他的背,他的脖子,他袖窿的深度,他膝盖到腰的距离,他的腰部到鞋子的距离,他的脖子根到肩膀的距离,他的腿长,他的裆长,他的臀围和腿肚子的大小。我量了很长时间。我甚至还造出来莫须有的尺寸来量,那些做套装根本用不着的,因为我太害怕他改变主意,不教我识字了。我站在一个小板凳上。他闭着眼睛。在那一刻,他好像不想让我知道他的眼睛是什么颜色的。我感觉他在我的手底下颤抖。我给人量了一辈子的尺寸,但那一刻,那个周三,我好像是第一次给人量尺寸的新手。181,40,80,97,81,36,13,我记得他的所有尺寸,就像记得一首诗。

"好多年以后,他对我坦白说,那一天,我们量尺寸的时候,他感觉被我的软尺夺去了童贞。

"我当时不敢问他,'扣子装哪一边'。那是所有的裁缝做男装时都会问的一句话,因为要决定裤裆的开口方向。我只能想象他朝左边。

"接下来那个周日,我又去克莱蒙的教堂里见了他。他给我的约会时间是下午四点,通常而言,在那个时间,教堂里没有任何人。因为他爸爸是管风琴师,所以,吕西安对这个地区所有的教堂都了如指掌,甚至连教堂里人流的时间也很清楚。他说得对,当我推开教堂的大门时,里面除了他,没有任何人。

"他在上次我们坐的那条长凳上等了好久了。就是我们坐着读《圣经》的地方。他的手冰凉。他抓起我的手,给我一块木头,上面刻着盲文的字母表。我立刻认出了a。这是他送我的最美的礼物。我亲了他。我从来没有亲吻过一个男孩子。他对我说:'我想抚摸你。求求你了,让我抚摸你吧。'好的。我开始解自己的扣子。那天,我穿了一件本来属于我妈妈的白裙子,改了改腰身之后,我穿着正好。他盯着我,看了许久,仿佛望着一片无边的风景。教堂里很冷,冻得我有点僵硬了。但我知道,他立刻就发现了我的温柔。我抓起他的手,把它放在我身上。接着,我带它四处游走,轻轻地,慢慢地,直到我的嘴唇。"

"今天怎么样,洛佩夫人?"

20

当我在浴室里照镜子观察自己的时候，总觉得自己并不漂亮。我的眉毛太直了。正常情况下，我应该像珍妮·盖诺那样，眼睛上面有两道弯。

就好像是我的脸还没有作出选择，没有变为成品。不过，有时候我也想，自己觉得不够漂亮的地方，或许有一天，会是某个人眼里最美的地方呢。那个人会爱我，成为我的画家。那个人会把我画下去，一场轰轰烈烈的爱情，会令我从草稿变成杰作。我们其实都是另一个人的米开朗琪罗，问题在于，这辈子能否遇到那个人。

朱尔说我太敏感，像朵忧郁的小花，总像本书那样思绪纷飞。

确实，当我跟某个男孩子躺在一起的时候，我会像一本书那样思考，但那可不是随便谁都可以拿在手里的书。

我从来不会跟上床的男孩子敞开心扉。那个我抱在怀里的人，可不是我脑海里拥抱的人。我总是想着另一个，更确切地说，是想着另外几个。那剧情变化多端，有时候可以多达五个。五个男人在我的幻想之中，当然，那是我精力充沛的时候。想象里的情节，是从来不会在生活里上演的，至少在我的生活里不会出现。

我喜欢爱，但当我做爱时，又觉得无聊。我需要带自己的思想去别处。也许有一天，我会见到我想象中的人，然后，就会和我一起上床的人分享剧情。

吕西安第一次亲吻埃莱娜的时候，他感觉自己的嘴唇上仿佛有翅膀在拍打。我在等那个在我的唇间感觉到翅膀拍打的人。貌似这样的事，并不总是会发生。有些人，可能一辈子，都在等那一刻。

昨天晚上，我又和那个二十七岁的男人做爱了。就是那位"我叫不上来名字"先生。

我有个准则，严格执行：永远不跟密里的男人上床。这简直就像跟一个同事上床。没办法避免天天见面。所以，就跟其他男人一样，"我叫不上来名字"先生住在离天堂俱乐部边上，离这里有三十公里的路。我还有第二个准则，是从不跟同一个人上床，在遇到"我叫不上来名字"先生之前，我也是严格执行的，可遇见他之后，这条规矩已经被破坏了，因为我已跟他上了很多次床。我甚至还给了他电话号码。这人让我有点烦，但同时，当我不觉得他烦的时候，跟他在一起感觉不错。自从我们上过床之后，他总是会问我问题。

通常，我的"只睡一次"是默认的。因为通常情况下，我总是在汽车里做这事儿，因为我没有自己的公寓。可这家伙，他有一个单身公寓。而且，他在做完爱之后，不喜欢动。他也不会点上一支烟。他就喜欢看着我，很长时间，然后问我一堆的问题：

"你做什么工作？如果有选择的话，你会喜欢做什么？……哦，是吗？不！……你让我听听？……你还住在你父母家里？啊，我很抱歉。那是怎么发生的呢？那么你一个人生活？我知道你弟弟，打过照面。"

"那不是我弟弟,是我堂弟。"

"可他跟你很像。"

"哦,是吗?我怎么觉得我跟谁都不像。也许是因为我们的爸爸是双胞胎。或者因为我俩是一起长大的。他爸妈和我爸妈坐在一辆车子里。"

"天哪,真不可思议,你的人生简直就像部悲情电影。你想你爸妈吗?"

"每天都想。"

"你记得他们吗?"

"不。我的记忆已经模糊了。"

"那么,你怎么想他们呢?"

"想我爸爸,就听他留下的那些鲍伊和巴颂的唱片。想我妈妈,就听维罗妮卡·桑松和法兰丝·盖尔。我还一直在找女人特有的味道。她皮肤上的味道。我曾经找了很久,那款我记忆里她用的润肤霜。我嗅着这地球上存在的所有女人可能的味道。一直到今天,我还收集着各种试用装,有些时候……我也不知道。总会觉得她的味道回来了。"

那是第一次,我跟一个上了一次床的人讲这么私密的事情。这类事儿,通常我都是留着跟朱尔讲的。或者,实在伤心的时候,会跟祖儿说说。

我不爱"我叫不上来名字"先生。我知道,因为我从来都不会想他。和他在一起,只有当下。我根本不清楚,我认识他多久了。我对过去毫无记忆。我也没有任何未来的计划。我从来都不会跟他讲明天见、下周见、再见,或者我们再约。

21

1933，夏天过后

吕西安的爸爸又结婚了，因为他在圣樊尚-德-布雷的大教堂里弹了那一曲巴赫的《赋格的艺术》。仪式过后，一个女人想要见一下将这首曲子弹奏得如此美妙的人。她沿着通往管风琴的楼梯走上来。一个小时以后，她向艾蒂安求婚。艾蒂安答应了。他就随她而去，搬去里尔定居了。

吕西安不想离开这个地区，艾蒂安就把这个家，所有的家具、床单、碗碟、盲文书都留给了他。他问他儿子为什么想要这些盲文书，吕西安回答说，为了保留他的痕迹。吕西安目送着爸爸坐进了他新夫人那辆漂亮的汽车里。他看起来很幸福。吕西安亲吻了他，最后一次提示他，一样他永远不可能觉察到的事情：

"你看起来很幸福。"

爸爸离开以后，吕西安就在路易老爹的咖啡馆里帮工。那是密里唯一的一家咖啡馆。他帮忙送单，接送那整箱的酒水饮料和啤酒桶，每天晚上，把喝醉酒的男人们送回到他们各自的女人那里去，还负责清洗擦拭地面、窗玻璃和酒杯。如果客流量特别大的话,他还得帮路易老爹搭把手,但事实上,这是从来不可能出现的情况。

自从量体裁衣那天之后,吕西安每个星期六都会坐火车去克莱蒙找埃莱娜。有时候,他骑自行车去。总是穿着那身海蓝色法兰绒的套装。他总是径直奔向教堂,从来不会在中途停留,他总是会看一眼第一次遇见时埃莱娜对着祈祷的雕像,然后就躲进告解座里。大约傍晚六点左右,埃莱娜会来跟他会合。然后,他们就等着众人散去,万籁俱寂,只剩他们俩被反锁在教堂里。

吕西安会把那一周的小费都放进捐款箱,然后点起蜡烛,照亮埃莱娜的身体。他引导着埃莱娜的手指学会识字,他自己的手指学会爱。埃莱娜总是喜欢那些发生在海边的故事,虽然她从来没见过大海。

自从他们相遇之后,埃莱娜变了很多。阅读为她打开了枷锁。仿佛日光终于照进了她的体内,然后又从皮肤的每一个毛孔散发出来。她开始像一个真正的女人那样走路,仿佛经过一个漫长的冬天,终于穿上了轻盈的裙裾。

当他们开始犯困时,她就会对他讲述自己的童年,就像在唱摇篮曲。她给他讲女孩子的学校。那些发烧的日子,那些拒绝进入她眼里的字词,她的嘴巴开始发疯,胡说八道,充满了绝望和孤独。她对他说自己在遇到他之前,唯一会做的事情:缝制裙子和裤子。

她对他讲述自己舔着黑板上的字句的那个夜晚,以为自己会中毒死去。有一只小海鸥撞到窗玻璃上救了她的命。她跟他确认说每个人都跟一只鸟儿的命运联系在一起。有些人是系在同一只鸟身上。只要抬头看天,就会发现自己的那只鸟从来不会远。她说那些鸟儿不会死,它们会永远存在。只要有人把鸟儿关进笼子,人就会发疯。

吕西安对她说他爱她。他从来没有听到过比埃莱娜的声音更美的东西。

"再跟我说说话吧……"

当她说话的时候，他呼吸着她。这个女孩子有一种玫瑰花和山楂花拼成的花束的味道。一种既家常又狂野的芬芳。当她不出声的时候，他就会重新点起蜡烛，只为了看她因他而生的高潮。

星期天早上，他们俩得很早就离开，因为弥撒总是在八点钟开始。如果吕西安坐火车走，埃莱娜会陪他到车站。如果他骑自行车走，她就会目送他，直到他被地平线吞噬。

只剩下她一个人的时候，她就回家，但不经过作坊，她已经不常待在里面干活了。自从认识了吕西安，她就开始向父母撒谎。一如从前，她曾是差生的那时候一样。她编造出自己头痛欲裂之类的理由，把自己关在房间里，花大把大把的时间，用手指去读书。

她不爱吕西安。她对他怀着感恩之心。他仿佛把她从终身监禁的牢房里救了出来。多亏了他，她感觉到风掠过自己的头发，太阳啃咬着自己的肌肤，笑令她的嘴唇咧开。他是她最好的朋友，是她从来没有过的兄弟。多亏他，她终于有了运气。而每个周六，他都会带给她。

吕西安的样貌、学识和温柔，令她条件反射般永远有高潮，而不需要爱。那不是她曾经想象中的爱，那种天旋地转的感觉。吕西安不是一个王子，而是一个王国。他可以问她要任何东西，她都会心甘情愿地奉献给他。

他爱她爱得发狂。满脑子都想着她。他想没日没夜地呼吸着她。她的大腿，她的屁股，她的手臂，她的皮肤，她的嘴巴，她的乳房，她的阴道，她的双手，她的手指，她的声音。她替代了一切，甚至他对失明的恐惧。他不再读书，不再听音乐，不再游泳。他几乎不吃不喝,开始在那套法兰绒里晃荡。

在咖啡馆,他一天要擦好几遍地,洗好多杯子,以便让双手有事忙,以免自己变成一个疯子。他只想着星期六。她走进教堂的那一刻,他听到她的脚步声,她把手伸入圣水池,她对着耶稣像画十字对上帝致敬,她轻轻拉开告解座的门,对他微笑,掀起裙裾,她只等待一件事:他带来的新的盲文书。

在妓院里,他付钱给那些女子,而这一个,他付书。他知道她并不爱他,她委身于他,其实就跟奥屯的那些妓女一样。爱,不过是自私的艺术。

1933年的最后一个星期六,12月30日,吕西安·佩兰向埃莱娜·埃尔求了"不婚"。

22

"你研究星座运程吗,阿尔芒?"

爷爷耸了耸肩膀,朱尔走去爷爷身边,弯下腰对他说:

"白羊座,你们马上会有一次重大的相遇。"

爷爷又耸了耸肩膀,嘟嘟囔囔地说:

"我可不看这些无聊的玩意儿。"

朱尔却坚持,强调说:

"可你还是会有一次重大的相遇。"

奶奶喃喃地数落朱尔:

"吃你的土豆吧,别去烦爷爷了。"

朱尔回到餐桌边上,坐下来,在盘子里的鸡蛋上洒着番茄酱。我们家,晚饭都在傍晚六点半。就像那些鸡一样。这是个我特别讨厌的说法,因为小时候,我的小伙伴们老是这么取笑我。当然,那些也不是真正的朋友,而是邻居家的那些远房亲戚。

在餐桌上,我有个固定的位子,我就坐在奶奶对面,朱尔在我的左手边,爷爷在我的右手边。永远如此。我们也没有理由换位子,不然爷爷就会生气。以后,当我有自己的家的时候,我一定要在彩色的矮桌上吃饭,永远不用上了蜡的桌布,永远不坐同样的位子。在我们这个家里，只有橡木。一切都是深棕色的。爷爷说那很美，因为橡木是种高贵的木材。可我觉得它很丑。然后，在我们这个家里，一切都是被覆盖着、保护着。在沙发上，有沙发套。在扶手椅上，有扶手椅套。所有的桌子上，都有桌布。就好像我们家里有什么东西得被藏起来。

每天晚上，吃过饭，朱尔会回自己的房间去复习功课，我如果不用上夜班的话，就回我的房间，在蓝本子上写东西。爷爷待在电视机前。奶奶则回他们的房间，翻开一本丹妮尔·斯蒂尔的小说，但她看两页就会睡着，所以，看完一本书起码用一年。丹妮尔·斯蒂尔的书都有一张彩色粉笔画的封面，就像我未来的矮桌一样，书名总是《现在和永远》《一季的激情》或者《卡桑德拉的戒指》这一类。我不知道她的书有什么地方吸引了奶奶，也许是封面。

大约六岁的时候，我发现爷爷和奶奶也有自己的名字。奶奶名叫欧仁妮，爷爷叫阿尔芒。朱尔经常会对他们直呼其名：欧仁妮，多加点酸黄瓜！阿尔芒，我找到你的眼镜啦。

和他们在一起的时候，朱尔总比我更无礼。

看他们在结婚照上年轻的模样，有点奇怪。更奇怪的是看那时的奶奶穿着束腰裙。时光改变了她的身材，将她的蜂腰变成了一块巨石。奶奶已经没有曲线了，她好像是从一段树干里凿出来的。我们无法分辨哪里是胸，哪里是腰，哪里是髋部和臀部。奶奶并不胖，她只是鼓起来了，仿佛是一整团东西。她的腿和脚总是套在防止静脉曲张的长筒袜里——哪怕是夏天，而她的手永远粗糙，仿佛从来都没有人抚摸过。我无法想象某一天，爷爷曾经去追求奶奶。我无法想象爷爷在床上抽动的样子。我无法说服自己，某一天，奶奶也曾经和爷爷做爱。可是，当埃莱娜对我说起吕西安的时候，我却可以想象那样的场景。

爷爷和奶奶互相都不说话。他们一起做的唯一的事情，是去买东西。他俩从不吵架。仿佛两人早已达成一个协议，各安其位，互不打扰。我从来没见过他们两人接吻。最多只是在圣诞节，脸上轻轻地一碰，为了礼物而道谢。那还是因为我们都在。有些人因为害羞，会躲起来亲吻。而他们，恰恰相反。

我们没法说他们对我们不好，说他们总是缺席，因为他们一直都在家，但，又给人从不在场的感觉。他们一直都在餐桌旁，却从不在当日的菜单上。

晚上，爷爷总是在十点半左右回房间，跟奶奶会合。除了星期天。每个星期天晚上，爷爷都会看法国三台的"午夜影院"。当爷爷回房睡觉的时候，奶奶早就睡着了。她总是把自己的拐杖抵着房头柜边上，把自己的假牙放在水杯里，水里放一颗会冒泡泡的药片，头上戴一个网罩，那样子，真是叫人看了发怵。小时候，我一想到夜里要去他们房间就会无比惊恐。哪怕生病了，发着四十度的高烧，我也等着奶奶重新戴上她的假牙，恢复白天的样子。

我无法想象奶奶曾经有一天也年轻过，没有自杀的倾向，也不需要床边总放一只夜壶。

两年前，有一天，我比预计的下班时间早回家。爷爷去马宫镇上办事，查看社保是否返还了全部的医疗费，那是他七十五岁生日收到的一份礼物。我听到楼上的浴室里传来响动。一种锤子的声音。像是有人在敲水管。我立刻想到了管道工，因为那天早上，在淋浴和水池之间，漏水了。整个地板都被淹了。

我走到浴室门口，却看到了穿着蓝色工作服的奶奶，正仰面躺在水池底下，只能看到两条套着蓝色棉布料的腿。她的拐杖放在浴缸边上。她还穿着我从来没见过的鞋子。仿佛那是男人的鞋子，但又是她的尺寸。一个工具箱敞开着，奶奶的手以一种匪夷所思的灵活在水管和工具箱之间来回穿梭。我屏气凝神，看着她的手一会儿拿螺丝刀，一会儿拿扳手，或者其他工具。因为她躺在水池底下，所以没有看见我。我感觉自己就像一个小女孩，突然发现自己的奶奶有双重身份。一个是读着言情小说的家庭主妇，一个是利落的管道工。最让我目瞪口呆的，是看她穿上了裤子，双腿敞着，有一种非常敏捷的样子，让人感觉她并没有这么大年纪。我又惊讶，又尴尬，简直就像撞见了她跟一个情人在床上，我轻轻地后退着，悄无声息地离开了家。我去彩票中心喝了一杯咖啡，一个小时以后，我再回去，故意在进门的时候搞出很大的动静。她在厨房里，穿着那件三年前在"白门"订的灰色袍子。我看了看她的脚，她可能想为什么我会仔细端详她的旧拖鞋。

浴室已被整得干干净净。

晚上，朱尔问他可不可以在楼上的浴室里冲个澡，我听见奶奶对他说谎了：可以，修管道的白天来过了，漏水的地方修好了。爷爷还问花了多少钱，她回答说：私下算的钱，三十欧。后来，我到处找奶奶那身修理工的全副装备，在花园的棚子底下，在杂物间，在地下室，却从来都没有见到。现在，我有时候会觉得是自己看错了，纯属想象力太丰富的问题。除非，密里的管道工是我奶奶的替身。

自从我开始在蓝色本子上写东西以来，我很少去地下室听音乐了。于是，朱尔就在那里复习唱片。或者说，假装复习，自己弹些什么，或者下载些电子乐。

随着时间的推移，我觉得自己与音乐道了别，就像跟父母道别一样。我开始学习调音的时候，是因为想让他们的声音围绕着我：所有的唱片原来都是我们俩的父母。他们曾经一起开了一家唱片店。

他们死了以后，爷爷奶奶把儿子们在里昂租的店面退掉了。但是，不知道怎么处理那一堆唱片和CD，于是就全部带回来放在了地下室。所有的音乐都被装在纸板箱里，直到我们，朱尔和我发现它们。我们先是买了第一台唱片机，为了听那些黑胶，后来，又多了一个调音台。那个调音台，是朱尔的外公外婆马努和艾妲送给我们的。在朱尔还跟他们来往的时候。

明年，朱尔就不在家住了。我无法相信。就像我无法相信爷爷会有一次重大的相遇一样。

23

我回到 19 号房间。罗曼坐在埃莱娜边上。
"您好。"
他站起来。
"您好,朱斯蒂娜。"
他用眼睛指了指《石之痛》那本书。我把它放在床头柜上,以便他来探访的时候可以看到,拿回去。
"您读了吗?"
"我一口气读完的。"
他笑了。
"但愿它没让您太伤心。"
我脸红了。
"它让我有去撒丁岛的冲动。"
他望着我。
"我在那边有一个小房子,就在岛南边,靠近穆拉韦拉的地方。什么时候您想去,我就把钥匙借给您。"
我垂下了眼睛。
"真的吗?"
"真的。"

沉默。

"我们会遇到书里的那些人吗?"我问。

他望着我。

"每天都会。"

"甚至那个幸存者?"

"尤其是那个幸存者。"

他拿起书,又很快把它放下。接着,他站了起来。

"我迟到了,我得走了,如果不想错过最后一班火车的话。埃莱娜今天没有跟我说一句话。"

我看了看埃莱娜。我想到撒丁岛的房子,回答说:

"下一次吧。"

而他,有几分伤感。对我说:

"嗯,也许。再见。"

"再见。"

当他走出房间的时候,总好像有个影子留了下来。他从来都没问过我,我有没有开始为他写埃莱娜的故事。

埃莱娜朝我转过头,对我微笑。

"哦,我美丽的埃莱娜,今天是沉默的世界吗?"

"吕西安是 1934 年 1 月 19 日'不娶'我的,在密里,他的村子里。那天下了很大的雪。他故意挑了个最冷的日子,这样就不会有任何人来参加'不婚礼'……朱斯蒂娜?"

"嗯?"

我走过去,拉起了她的手。

"你知道为什么吕西安从来不愿意娶我吗?"

"因为戴戒指的那根手指上,有一根通心脏的血管。"

她开始笑得像个小女孩。

"左手的无名指。"

我在她身边坐下来。她继续自己的独白:

"我们把路易老爹的房子假扮成市政厅。那是一所三层楼的大房子,就在火车站对面。靠着一把梯子,吕西安把一面蓝白红的三色旗子挂在了檐槽上,还在正门上方挂了一块写着'市政府'的大牌子。我父母从来没来过密里,所以看不出破绽。再说,那场雪把一切都盖住了。

"街上一个人也没有。我们在假的市政府门口等着我父母,等他们出火车站。我穿了一件非常简单的白裙子,没有花边。

"我们跟我父母说,晚些时候,等天热起来,我们再去教堂办婚礼,到时候,我会在裙子上加花边,还会再做个头纱。我妈妈很失望,克莱蒙的裁缝的独生女儿,居然在结婚这种大日子上穿的礼服这么简单。吕西安,则非常骄傲地穿着那一套海蓝色的法兰绒套装。他瘦了好多,我不得不给他改了一下。

"当他挽起我的手,我们一起走进假的市政厅,他用眼神在亲吻我。那一天,我不只递给了他一只手,而是两只手:我开始可以不用他的帮助,独自识盲文了。我的一切都是属于他的……朱斯蒂娜?"

"嗯?"

"你知道那意味着什么吗,一切都是属于某个人的?"

"我知道这是什么意思,但我从来没有遇到过这样一个人。"

沉默。

"在房子的底楼,路易老爹清空了家具,放了一张大办公桌和几把椅子。吕西安在墙上挂了一些假的市政府文书,在一扇锁着的门上面,写上了'民事处'。路易老爹特别喜欢扮演市长这个角色。他演得十分认真,虽然并没有完全理解为什么吕西安要花这么大的力气来'不娶'我。吕西安虽然跟他解释过好几遍结婚会妨碍心脏的血液回流,那会令男人和女人成为无法遵守的承诺的奴隶,他却从来都没有真正明白。

"路易老爹是个身材高大的人,嗓门低沉。他的脖子上围着三色围巾，为我们朗读了民法典里关于婚姻的条款，第212条：夫妻双方要相互忠诚，互相携持；第213条，夫妻双方要共同承担家庭的精神和物质责任，共同负责孩子的教育，保证孩子的未来。

"我的父母在仪式之后就匆忙回去了，因为那个季节，天黑得特别早。"

她沉默了。

"埃莱娜？"

"嗯。"

"为什么你今天没有跟罗曼说一句话呢？"

她很无辜地耸了耸肩。接着，在回她的海滩之前，最后一次开口：

"在我们互相亲吻后，波德莱尔，我们的假证婚人，背了一首诗：

  我的孩子，我的姐妹，

  想象一下温柔

  去那边一起生活吧！

  爱上悠闲，

  爱和死亡，

  去往与你们相似的国度！"

24

1935年,吕西安和埃莱娜买下了路易老爹的咖啡馆,转让费不过是一口面包的价格,非常便宜。他们没有改名字。因为觉得这个咖啡馆一直就叫这个名字,改了没有任何好处。要改掉这个咖啡馆的名字,简直就像是——企图给一个已有固定习性的老人重新取个名字。他们只是把墙重新刷了一遍,仅此而已。

咖啡馆的大厅非常明亮,入口处是镶着毛玻璃的木门,玻璃被漆上了红、蓝、绿三色。两扇大窗户朝着大街,另有一扇窗子正对着教堂的广场。地面是暗色的木地板。四根大柱子,覆盖着镜子玻璃,把那些靠在咖啡馆吧台上的客人反射出来,像个万花筒。

在柜台后面,有个放杂物的暗室。右边,四级台阶通往另一间屋子,那里是厨房、浴室,里面有一个水池、一个炉子、一张桌子和几把椅子。

从那一间屋子,爬上一个梯子,就是另一层,上面有一个布置简单的房间。

埃莱娜把店里供应的所有酒水都背下来了。因为她没法看懂酒瓶标签上的字,她就记着那些标签的图样、不同酒水的颜色，以及瓶子的形状。

开始的时候，是客人们解释给她听哪个杯子里该倒紫色比尔酒、圣拉法兰、苦味加伯丁、阿格布斯、多伯南、龙胆酒、味美思酒、樱桃酒、茴香酒，还是圣安德烈马尔瓦齐葡萄酒。

从来没有一个顾客会骗她，乱说数量、该付的钱或者杯子里该倒的酒类。甚至，还多了不少只是来喝汽水和果汁的新客人，埃莱娜眼睛的颜色像苦艾酒一样吸引着村子里的年轻人。

25

一般来说,我们院里的老人都有点异味。他们不喜欢洗澡。好像他们已经完全不介意臭烘烘、脏兮兮地进天堂。

早上,在洗漱的时候,我们总会被他们骂。那些还有独立行为能力的人,我们提醒他们该洗澡的时候也一样。总得坚持强调好几遍。

埃莱娜却从来都不发臭。她有股婴儿的味道。

第一次我单独和她在一起,是一个圣诞夜。那时,我刚在"绣球花"工作了一个月。那天我值夜班。护士让我看着她一点儿,因为她在发烧。我就上去为她量体温。她拉住了我的手。那一刻,我差点哭了,因为从来没有人以这么温柔的姿态对待我。那里头有种类似母爱的东西,是我从来都没尝过的味道。从小,我的奶奶碰我,一直就是戴着搓浴的手套。

"您的海滩上是什么天气?"我问她。

"好天气。这会儿是八月。人山人海。"

"别忘了防晒啊。"

"我有一顶大帽子。"

"您看到的风景美吗?"

"这可是地中海。地中海,永远是美的。你叫什么名字?"

"朱斯蒂娜。"

"你经常来吗?"

"几乎每天都来。"

"你想听我跟你讲吕西安吗?"

"嗯,想听的。"

"到这里来。把你的耳朵贴近我的嘴。"

我就俯身靠近她。我听到了在一个海螺里能听到的声音:那是我们希望听到的声音。

26

1936年，8月20日到31日，他们关门休息，吕西安用一块大布告牌写上：

歇业休假。

连海鸥也从屋顶上消失了。

那十一天里，密里的男人们被罚独自喝酒。他们只能去修漏水的管子，刨花园的地，修剪枝丫，给井绳上的机关上油，陪自己老婆去做弥撒。

从这家村里的咖啡馆开业以来，这还是第一次关门休假。那些老得都不记得自己年纪的老人都从来没见过它不开门。

当吕西安和埃莱娜9月1日重新开张的时候，波德莱尔在门口来回踱步等开门，手里拿着一张从杂志上剪下来的珍妮·盖诺的照片。门一开，他就带着自己的新"朋友"冲了进去，简直就像冲进教堂要娶她。

9月1日这一天，所有的客人好像都有点生气的样子，特别是针对埃莱娜。他们嫌她关了店去度假。男人们都不出声，除了一圈圈传递着珍妮·盖诺的照片，炫耀着，对埃莱娜说这个女人是世界上最美的女人。有人就照着这女演员的样子打扮，她也该看看是否头发得梳得更好一些。埃莱娜根本没当回事，只是重拾工作的节奏，还帮那些人口袋或者衣肘开裂的地方打补丁，根本没把那张广告纸上的对手放在眼里。

晚上，咖啡馆关门一小时以后，埃莱娜在吧台的一个角落里找到了那张珍妮·盖诺的照片。她会识字念书吗……？那是埃莱娜看着照片想到的第一个问题。当她遇到某个人时，总是先想到这个问题。

她在十六岁的时候，学会了识字读书。当她的手摸到字母表的时候，有种重生的感觉，仿佛重新学会了呼吸。接着，是词，是句子。她会读的第一个句子，一直记在心里。那是莫泊桑的《一生》的片段，一本埃莱娜读了起码二十遍或许有三十遍的小说："从小，因为她既不漂亮也不活泼，人们很少亲吻她；她就在某个角落安静而柔顺地待着。"

埃莱娜读到特别阴郁的句子，类似："身处潮湿而严酷的景色里，伴着凄凉的落叶，一种如此沉重的忧伤包裹着她，令她不得不回家，以免会无端落泪。"她也会欣喜若狂。没有任何文字会令她哀伤。每个词都像一小口热量，令她如痴如醉。在学会阅读之前，她就像让娜，莫泊桑小说里的主人公，被关在一座修道院里。

埃莱娜总是感觉，自己停留在事物的表面，人的表面。而懂得阅读之后，她就像终于咬开了一个珍藏多年的果子，感觉到鲜美的果汁流进自己的嘴巴里，喉咙里，湿润了嘴唇和手指。

在学会阅读之前，她每天的生活仅限于日常的、习惯的动作，一天下来，她总会沉入一种深切的疲惫，仿佛劳作的牲口，累到倒地。而现在，她的夜晚充满了美梦、人物、音乐、风景和感觉。

埃莱娜观察着珍妮·盖诺，她那梦幻般的美丽眼神，遥远而迷人。她那完美的眉毛，完美的嘴巴，完美的头发，裸露着的脖子。埃莱娜不敢把她扔掉。她把图片夹在两瓶圣安德烈马尔瓦齐酒之间。

后来，珍妮·盖诺的这张照片，被粘过，被图钉钉过，被黏胶纸粘过，在柜台后面那些汽水瓶或者高脚杯上。很多年间，几乎都在同一个方位。最后，她被挂在了战后跟着可口可乐瓶一起进口来的大咖啡机上。每当有热饮料流下来，波德莱尔就会说那水蒸气把珍妮的头发弄乱了一些。

27

秋天临近。这天早上，我去上班之前，先去了墓园。自从我没有必须去的压力之后，反倒是喜欢去那里了。

落叶把坟墓上的日期都盖住了。有一天，我会比我父母的年纪更大。他们永远停留在了三十岁。我会想自己三十岁的时候在干些什么。我会结婚了吗？我会有孩子吗？朱尔会成为有出息的体面人吗？我会去穆拉韦拉岛吗？埃莱娜还会在吗？我会遇见属于我的吕西安吗？奶奶依然会每天边听着收音机，边擦洗两遍客厅吗？

我不想知道。有时候，祖儿会提议给我占一卦，她说就当是玩笑，我总是回答她说，未来，可不是为了玩笑的。尤其是当我们二十一岁的时候。

我从来不去养老院里过世老人的葬礼。我在他们生前照顾他们，可一旦他们跨过门槛去了"另一边"，我不会跟去，而只是驻留在原地。

刚才，罗丝和罗曼一起来了。那是第一次，我看到他们两人一起来。

表面上，埃莱娜一动也不动，也没有睁开眼睛，也没有说话。

罗曼过来问我借第二只花瓶，要插罗丝带来的绣球花，因为房间里那只他已插上了自己带来的白玫瑰。

在办公室里，我找到了一只特别丑的花瓶，大概有我这把年纪了。他怯怯地问：

"您开始写了吗？"

"嗯。"

我的这一声肯定回答，令他露出了微笑。我只看到他唇边的温柔。

我把花瓶递给他，心里想，就他眼睛这种蓝色，可以是一束美丽的花。哪怕被插在这么丑的瓶子里。我知道自己说话颠三倒四的，但我发誓真的毫无办法。

"谢谢。"

那天后来，我没有再见到他。

下午，"我叫不上来名字"先生给我打了两个电话。第一次，我没有接，第二次，还是没接。前一晚，我在他那里过夜的。

和他的关系依然时断时续，忽冷忽热。有些瞬间，我就是想亲吻他，可三秒钟之后，他太黏我，或者是他套上了一件脏不拉叽的高领毛衣，我就想找一切借口将他从窗口扔出去。

我总是这样。梦想着爱情，但一旦有人想给我，又让我浑身难受。我会变得恶毒而丑陋。"我叫不上来名字"先生非常温柔，不知道是不是生活故意不愿意送我礼物，但我知道我需要一个爱人，得像砂纸磨墙角那样的爱人。

这天晚上，我值夜班。

我有点伤感，怀想我还未体会过的那一切的伤感。

28

有时候，吕西安会问埃莱娜，她是否想换一种生活，离开这里，关掉咖啡馆，不再呼吸着男人们的烟味，听他们絮絮叨叨，去做点别的事情。有时候，吕西安问埃莱娜是否想遇到另一个男人。一个会真正娶她的男人，一个她真正爱的男人。她总是这样回答：不，千万别。你给我带来好运。

1941年，路易老爹的咖啡馆里依然是那群常客。这些男人里头，大部分都年纪太大了，不会再被征召入伍。战壕已不复存在，只透过他们的伤疤、他们颤抖的手、他们的假肢，可以看到战争的痕迹，教堂广场上竖起的，是一块死难战士纪念碑。

当德国人进村的时候，他们只是收缴了一些食物，却没有驻扎下来。

他们走后，村子里的窗子和门都打开了。人们重新捡起地里的活儿。老顾客们举起酒杯，以淹没各自的忧愁，或者在埃莱娜明澈的目光里，吃着他们简单的饭菜，埃莱娜一如既往地帮这些人补着他们裤子上的破洞。

依照客人们的体型，在三杯或者五杯烈酒之后，埃莱娜就会在杯子里倒汽水。那些熟客，以为她搞错了，或者是她不识字的缘故，不敢跟她说什么。他们只会偷偷地对吕西安说，要求他"认真地"给他们重新倒酒。

*

1939年，吕西安曾经应征入伍，去打那一场"可笑的战争"。1940年6月，他回到了密里。

德国劲旅冲击"马奇诺防线"，令大部分法国兵都得以回家。

就在他出发前，埃莱娜发现吕西安从来都没有受洗。她想成为他的教母，但吕西安不信上帝，嘲笑那些个过分虔诚的人。这可让埃莱娜非常生气。她说他这是渎神，而他的回答是：我对神明最大的亵渎，是你。埃莱娜就恳求他。他最后答应了去受洗。接着得找到一个教父。他们决定在咖啡馆的顾客里头抽签，决定是哪一个。

吕西安在剪成同样大小的纸片上，写下每个客人的名字。这一天，村子里所有的男人都来了。连平时只喝井水的人都到场了。朱尔，瓦朗坦，奥古斯特，阿德里安，埃米利安，路易，阿尔丰斯，约瑟夫，西蒙，阿尔弗雷德，奥古斯特，费迪南，埃德加，艾蒂安，西蒙。听着各自的名字被念出来，几乎像是看他们在众人面前脱衣服。因为平日里，他们之间从来都是用绰号互相称呼的，蒂蒂，路路，大个，敢敢，费费，加巴，密密尔，戴戴，纳诺，或者从来不叫名字，只是默默地打个招呼。只有波德莱尔拥有"特权"。吕西安在那张小长方形的纸上，写下了"夏尔·波德莱尔"。

最后，是西蒙赢得了吕西安教父的头衔。另外那些人都有点失望，他们在上帝的抽奖活动中输了。大家一起去教堂。没一个拉下的。因为那是第一次看一个成人受洗礼。

虽然西蒙其实信的是犹太教，神甫也闭上了眼睛。那是战争期间,所有人都闭上了眼睛,圣灵也一样。

神甫边往吕西安的头上浇洒圣水,边背诵道:

"教父和教母,你们所代表的孩子吕西安,将接受神的洗礼:上帝的爱,将赋予他新的生命。他将从圣灵和水之间重生。请关注你们的孩子,在信仰里长大,这一圣洁的神性可以日复一日在他身上成长,不会因为冷漠和罪孽而被削弱。"

1939年5月7日,神甫把吕西安的受洗书给了埃莱娜。

三天之后,出发的早上,吕西安醒来,却发现埃莱娜没有在他身旁继续沉睡着。这可是从来没发生过的事。吕西安心里一惊,怀疑是不是爸爸的病在自己身上开始发作的前兆。他揉了很长时间的眼睛。他到处找她,大声呼唤她,却一无所获。

最后,他在厨房的桌上发现一张白纸。那张纸上戳满了小点点,应该是埃莱娜用缝衣针扎的。他用手摸着,读到这一句:"回来,我亲爱的教子,我温柔的兄长,我美丽的朋友,一定要回来。"

*

抽签的那天,吕西安作弊了。埃莱娜看见那两顶帽子。第一顶里面,有写着所有人名字的小纸片,第二顶里面,全是写着"西蒙"的小纸片。

就在抽签之前,吕西安先用一顶帽子放了所有人的名字,示众之后,他回到吧台,在众人喧哗之间,神不知鬼不觉地偷梁换柱,拿出来第二顶装满纸片的帽子。

埃莱娜从第二顶帽子里抽了一张,吕西安假装惊讶地看到了自己教父的名字。

那天晚上,在扫地的时候,埃莱娜发现在空酒瓶后面,藏着的那二十九张全写着"西蒙"的纸片。她不会识字,但把它们都扫到了下水道里,以免他人看到。埃莱娜所不知道的,是纳粹在那个时候,也在做着跟她一样的事情。

*

西蒙是在1938年的一个下雪天来到他们这里的。他从一扇错误的门里进来,就是后面那扇小门,通杂物间,一般人都不注意的门。喝了一杯咖啡以后,他带着浓重的口音,对吕西安解释说,他从波兰逃出来,想到有人权的国家躲一躲,从那时候开始,他就养成习惯,从来都不走正门。他唯一的行李,是一个装着小提琴的盒子和一件外套。

西蒙五十来岁。他是个弦乐器制作师,他的作坊被洗劫一空,烧掉了,德国人以为他死了,用刀子在他额头上刻了这个字:zydowski(犹太人)。

伤痕依稀可见。当他的额头在太阳底下时,这字就会显现出来。因此,他总是戴着一顶帽子,遮住自己的额头。西蒙又高又瘦,双手非常有力,跟他瘦弱身体的其他部分形成一种反差。他的头发灰白、卷曲,从不会让一滴水淋湿自己的头。

开口说话之前,西蒙先笑了笑。仿佛不笑的话,没有一个词可以从他的嘴里出来。

吕西安和埃莱娜提议他在他们这里住几天,可以待在孩子的房间里,他们的孩子迟早会来的,只不过慢了点。

他们为他提供住宿,交换条件是,他在咖啡馆里拉小提琴,为顾客们提供点娱乐,因为临近的战争,整个世界都被笼罩在一种灰色的气氛里。可是西蒙害怕。怕他的琴声会召来不怀好意的野兽。

他第一次摘下了自己的帽子,整了一下头发,提议为他们拉琴,只为他们两人。几个小时以后,西蒙就变成了他们的朋友。一个真正的朋友，只要他在，就令人心情愉快。

在西蒙看来，吕西安是一个为了爱而假装成咖啡馆侍者的知识分子。这个高个子的年轻人完全可以去教书，而不是整天端盘子。但他选择了只教一个学生：埃莱娜。

当埃莱娜俯着身子帮西蒙的毛衣补那个被螨虫咬破的洞时，他却立刻就理解了吕西安的牺牲。

29

"姓。名。"

"雪。朱斯蒂娜。"

他在电脑上记录着。他用两根手指打字。我不知道这年头，用两根手指头打字的人居然还存在。我还以为最后的几个在八十年代末就消失了。

"出生年月日？"

"1992 年 10 月 22 日。"

"您从什么时候开始在'绣球花'工作的？"

"三年前。"

"职位？"

"护工。"

他停下来，仔细盯着我看了好一会儿。

"雪……您的姓，我好像哪里见过……您父母是做什么的？"

"他们在一次车祸里死了。"

"在哪个地区？"

"就在这边国道上，密里出口，往马宫方向。"

"哪一年？"

"1996 年。"

他突然站起来，椅子因滚轮滑开去，打在了后面的铁架子上。

"雪。对了，雪。车祸。那一天，我是去到现场的……波纳顿军士甚至还立案调查了。"

这一句话里的信息量太大了。斯塔斯基看到我的父母了。在死亡现场。某某军士还立案了。为什么要立案调查，调查什么呢？

"立案了？"

"是的。车祸现场有疑点……"

"疑点？您确定没有搞错吗？我父母是因为路上结冰滑出去的。"

"也许。"

我坚持又强调说：

"报纸上是这样写的。"

他看着我，重新拉回椅子，坐下来，按下了电脑的回车键。

"好了，言归正传吧。我们的正题！您有没有一点点关于打匿名电话的人的想法？"

"没有。"

"可是，最近这几个星期，匿名电话还翻倍了。您在单位里头，没有注意到任何反常的情况、事或者人吗？"

"我的爷爷奶奶……他们知道吗？你们在车祸之后立案调查的事？"

"您的爷爷奶奶叫什么名字？"

他的眼睛像蚱蜢。那种绿色的昆虫，夏天会到屋里，如果有人把它们抓到手里，就会狠狠地蜇人。我甚至觉得就是它们，在交配以后，雌的会把雄的吃掉。

"雪。阿尔芒和欧仁妮·雪。"

"我想他们应该不知道吧。那是内部事务。"

"那后来呢？"

"什么后来？"

"调查？你们查到什么了？"

"什么也没查到。我们后来就结案了。但是您，在'绣球花'，我倒是听说您总是自愿加班。"

他带着点怀疑的神气看着我。仿佛瞬间，我闻起来很臭。我觉得他对打劫银行的人，比自愿免费加班的人，有更多的宽容。

"因为我在那里感觉很好……那这个案子……关于我家人的案子的材料，您可以给我看一下吗？"

他用鼻子吸了一大口气，然后对我说，就像在那些拙劣的捷克或德国警探片里那样：

"如果您告诉我哪个人是在'绣球花'打匿名电话的乌鸦的话，可以。"

从市警察局里出来，我径直去了'绣球花'，没有回家。我需要拥抱她。呼吸她。然后，我就会感觉好一点。就像在长途跋涉之后那样。

我冲到衣帽间换了工作服。本来我应该是下午五点才上班的，因为我又同意了和玛丽亚换班。

在12号房间门口，我听到德雷福斯夫人叫我。她想要知道"胖猫咪"的消息，那是她在进养老院之前经常喂食的一只野猫。每周三次，我都会去装满给它的喂食盆。我向她保证明天，我一定会用我的宝丽来相机拍猫的照片给她看。

"我叫不上来名字"先生这个时候给我打了电话。感觉他是故意的，从来都不说自己的名字。他总是说："是我。"

我今天上夜班，没法晚上去"看他"。"没关系，"他回答我说，"明天早上我来接你。""可是明天早上我六点下班。""没事儿，我六点零五分在'绣球花'门口等你。"

我其实很想回他说"好的"，因为这可能是我有生以来第一次有个不到八十岁的人，在一个地方等我。但我拒绝了。下夜班的时候，我需要回家。一个人。

30

安妮特1965年出生于斯德哥尔摩。朱尔留着她的护照。在照片上，她看起来特别像那个瑞典乐队ABBA里金发的女歌手：阿格妮莎。也许正是这个原因，我妈妈，桑德莉娜，在初中的时候选她做了笔友，那是1977年。我妈妈选择了瑞典，因为她是那个乐队的歌迷。有点奇怪的是，他们所有的歌都是用英语唱的。至于安妮特，她想要一个法国的笔友，因为在法国，有世界上最多的彩画玻璃（九万平方米），而她就想成为一个玻璃画大师。

朱尔留着她俩所有的通信。她们在七年时间里，持续不断地通信。开始的时候，她们只是互相描述自己的房间、她们喜欢吃的东西、喜欢做的事情、以后想要多少个孩子，描述各自的猫和金鱼的样子。每次旅行，她们都会互相寄明信片。

正常情况下，她们应该写一阵就停了，因为在初中里，有很多事情要做，而不会总是给一个自己并不真正认识的远方的女孩子用英语写信。但她们都不太正常。她们从1977年开始通信，1980年见面。接下来的日子，每年她们都会见面。直到一起死在车祸里的那一天。

随着时间的推移，她们的信越来越多私密的内容。她们会说起各自的家庭、她们的爱情、她们的欢乐、她们的失望、她们的梦想。她们互相寄照片，大部分是用宝丽来拍的，朱尔和我瓜分了那些照片。甚至有几张，我们把它们剪开来，各自留着自己想要的那一部分。

多亏了安妮特，我了解了很多我妈妈的事情，那是任何人都不可能讲给我听的。比如她的童年是在福布尔-圣德尼街上一幢大楼的门房间里度过的，因为她的妈妈是看门人。她从来没见过自己的爸爸。在她的信里，她讲述着大楼里的生活、那些房客、那些房东，还有她一边听着ABBA的《吉姆！吉姆！吉姆！》、迈克尔·扎格的《同声歌颂》、科尔齐斯的《有时每个人都要学》、维萨热的《渐渐老去》一边跳舞的地方有多么的局促。

我妈妈一直就热爱音乐，所有的音乐。当她遇到我爸爸，听他说想开个唱片店的时候，自然而然就爱上他了。

她是一个名叫"羽毛天堂"的小剧团的成员。我觉得她应该天性乐观，为人风趣，因为在照片上，她总是那个比别人笑得更厉害的人。她的头发是棕色的，长头发，小个子，稍有点圆润，带着美国电影女演员的笑容。

1983年，她俩十八岁那年，安妮特和桑德莉娜一起去卡西野营。她们在离港口二十来分钟路程的山上营地里驻扎下来。游一整天的泳，狂吃苹果馅的甜甜圈。

朱尔有一本安妮特的日记，里面用瑞典语写满了，那些句子通过网络翻译器译出来，就像以下这些：

"光线是发白的。"

"就像一个用消毒水擦过的屋子：这里从来都看不到水洼。"

"真好闻。"

"我们没有浴巾，只好晾干。"

"甜甜圈上有很多糖。"

"昆虫们在歌唱。"

"我从来没被晒伤过,晒伤以后,简直就像被扇了一大巴掌,火辣辣的感觉会持续很久。"

六天以后,在港口买冰淇淋的时候,她俩遇到了阿兰和克里斯蒂安·雪。

在安妮特的日记里,可以了解到:

"我立刻就发现了两个男孩子的不同,其中一个不停地看我,而另一个则不是。"

"他们明天离开这里。"

"他们后天再走。"

"他们下星期再走。"

"他们留下来和我们在一起,直到假期结束。"

第二年,桑德莉娜和安妮特在里昂又与克里斯蒂安和阿兰聚在一起过夏天。在里昂-佩拉什火车站外,双胞胎兄弟开了一辆绿色敞篷的2CV等她们。这令她们哈哈大笑。

卡西之后,他们又见过面,但没有一起见。

阿兰去了两次斯德哥尔摩,住在安妮特家里。克里斯蒂安则到福布尔-圣德尼街去了很多次。

第二次去斯德哥尔摩的时候,阿兰就向安妮特求婚了,安妮特觉得他非常浪漫,但有点操之过急。毕竟,她才不过十九岁。

无论如何,安妮特选择到法国来学习玻璃制作工艺。她在马宫地区找到了一位师傅。那离里昂不过一百来公里路。而桑德莉娜也决定搬到里昂和克里斯蒂安在一起。于是,他们就决定找个可以住四个人的大公寓。

双胞胎兄弟两人都在音乐学院,一个想成为唱片商,另一个想成为作曲家。在四人一起的活动之外,克里斯蒂安四处挖掘各种稀有唱片,而阿兰则写着自己的音乐片断。

从里昂，他们开着那一辆 2CV，花了三天时间，才回到密里，其实从大城市到这个小乡村不过一百七十公里的路。但每次看到一座教堂，安妮特就会大叫：停！

在安妮特仔细端详每一块彩画玻璃、拍照片的时候，其他三个人就在旁边的咖啡露台上喝东西。

这样访问了十多座教堂之后，当他们一行终于停在爷爷奶奶家门口时，是 7 月，正巧 14 日这一天。孩子们在人行道上玩着鞭炮。

收音机里循环播放着布龙斯基·比特乐队的《小镇男孩》。

我那个魔术师邻居的爸爸曾经告诉我，他们四个人在一起，看起来非常美。而最美的，是安妮特的金色头发。她的脸也是。他从来没见过这么美丽的真人。对他而言，那一直就只是电视画报上的女郎。我小时候，这个邻居也曾经跟我说："她长得很正点，你伯母。"我那时候不知道"正点"是什么意思。我只想到奶奶给我们做的甜点。以为他想说的是安妮特跟刚出炉的甜点一样。

他们四个人从车上下来，一起唱着：Run away, turn away, run away, turn away, run away, 模仿着吉米·桑莫维尔的声音。接着，他们亲吻了奶奶。其实，这么说不确切。应该说，双胞胎兄弟亲吻了奶奶，而奶奶跟桑德莉娜和安妮特握了握手。接着，他们就一起坐在了棚架底下（棚架就是支四根木头再盖上柳条编的席子搭的）。

在铸铁桌子上，奶奶放了一瓶波尔图甜葡萄酒、冰块和六个杯子。她说阿尔芒很快就会回来了。

这一天，奶奶做了一盘海鲜库斯库斯。那不是个传统的 7 月 14 日吃的菜，但双胞胎兄弟坚持要这个。

31

冬令时

"您好,米诺夫人,昨晚上换冬令时了。您可以每天晚一个小时起床。"

"您知道吗,对我来说,这里永远是同一个时间。"

32

这个星期天,是自从我在这里工作以来最疯狂的一天。祖儿和玛丽亚也从来没有见过这样的架势。

就连弥撒的转播也受到了影响:十一点钟,在电视厅的屏幕前,一个人都没有了。

昨天,在下午两点半到三点半之间,大概从保罗先生的房间里,有人打了十五通电话。那些电话都是打给家人远在三百公里之外的。因为那个打匿名电话的人,安排得特别紧凑。而且,据勒加缪夫人说,那个人还用了一个改变声音的装置。

"您好,这里是'绣球花',密里的养老院,我们非常遗憾地通知您……过世了。请明天上午十一点之前来我们的接待处,十一点钟老人的遗体就会被转移到位于教堂路3号的尸体存放处。请接受我们沉痛的哀悼。"

对于那些家住附近的,匿名电话是昨晚十一点之后打的。以便没人可以在今天上午之前赶到。

昨天晚上我值班。我在晚上十点钟左右还过去看了保罗先生,他就一个人。如果彼得·福克依然在世,我敢肯定他敲两下勺子就能找出答案。

勒加缪夫人急得抓狂,而斯塔斯基和赫奇搜查了所有"受害者"的房间。我们简直就像生活在美国电视剧里,只不过,现实中的警察没有电视里那么性感。

所有的家庭都决定要投诉"绣球花"。而"绣球花"要起诉X。如果本身是一个星期天所遗忘的人,是否可以起诉X呢?

但这可真是我印象里最美的星期天,从未有过:接待处、走廊、棋牌室、电视厅都空空如也。我们的魔术师不得不带着他那只装鸟儿的袋子回家去了,卓别林也安静地隐在DVD里,没有出来,《小舞会》也藏在话筒里。

罗曼来看埃莱娜。我都没有看到他,当时实在太忙了,要不停地接待那些并未死去的老人的家属,告诉他们老人的状态。

当我下班之前去埃莱娜的房间跟她打招呼时,她的身上还带着罗曼的香水味。于是我又待了一会儿。我坐在她的身旁,给她念我本子上的片段:

从1940年10月4日起,所有的"犹太裔外国人"都得被关起来。西蒙不再离开咖啡馆的地下室。埃莱娜和吕西安告诉别的客人们,西蒙突然间不辞而别,也没有留下地址。

密里成了被占领区。法国警察们监视、翻找、搜查一切。德国军官们来咖啡馆,喝东西,然后扬长而去。当他们进门时,总是吕西安去招待他们。只要他们一开门,他就会用脚踢一下吧台后面的地上的一小块铁板,给西蒙一个信号。在地下室里,任何的响动都会被放大。

西蒙于是就藏起来——藏身可不容易,还得借助一个踏板——藏在路易老爹的爸爸当年造的一个假的天花板夹层里。他就得那样悬在空中,等到吕西安来放他下来。西蒙在里面,是无法自己打开夹板走出来的。一旦关上,只能从外面才能打开。

提醒西蒙之后，还得提醒埃莱娜。为了警告她躲在后面别出来，吕西安设计了两种信号：调低放在吧台后面架子上收音机的音量，或者把珍妮·盖诺的照片拿下来，贴在厨房的门上。就像是把照片拿下来掸灰那样。调低收音机音量是表示：德国人来了。而移动珍妮的照片表示：法国警察、军队、盖世太保，可疑的陌生人。

晚上，当咖啡馆关门，所有的椅子都被倒扣在桌子上之后，吕西安和埃莱娜就会去地下室找西蒙。他们通常一起，边听着收音机，边喝个菊芋汤，啃点灰面包。

西蒙再也不拉小提琴了。他看着被关在盒子里的乐器，仿佛那是他身体的一部分被放进了棺材里。

晚些时候，吕西安和埃莱娜就回他们的房间。吕西安想让埃莱娜怀孕。他梦想着和她生个孩子。可是埃莱娜一直没有怀上，吕西安就对她说那是因为她并没有真正地爱他。

埃莱娜睡着了。

一天结束了。星期天结束了。

埃莱娜从她的海滩回过神来，而我，我得回我父亲原来的房间了。

在更衣室里，我看到手机上有三个未接电话，是"我叫不上来名字"先生打来的。我从来不给他打电话。如果他在天堂俱乐部，挺好的。如果他不在，也就不在吧。

不过，看到这个星期天，所有那些假孤儿在眼前晃了一天，还是令人有点不适应。仿佛是8月15日这一天，为了给我们惊喜，突然在万圣节显身了。

我第一次回拨了他的电话。一秒钟之后，他就直截了当地对我说：

"你来吧？"

"太晚了,我好累。"
"你来吧?"
"我的腿都撑不住了。"
"我可以帮你扶着。你来吧?"

33

"你还好吗，埃莱娜？"

"1943年，我对吕西安说：别担心，我们没有敌人。他却回我说：只要我跟一个像你这么漂亮的女人在一起生活，我就有一大堆的敌人。结果，第二天，他就被捕了。"

她闭上了眼睛。

"那是很久以前了。现在我们在度假。"

第一百遍听她讲他们的故事，我一边听着，一边擦着地，一边想象着她的那片海滩。

罗曼推开了门。他踮着脚尖，避开那些湿的地方。我立刻紧张起来，腿发软，脑子空白，笨手笨脚，不知所措，一脚踩到水桶里，水溅了一地，我赶紧蹲下来吸水。

透过刘海，我看到他温柔地在埃莱娜的头发上亲吻了一下。从我的世界看着他们，她身在混沌里，而他满是优雅。

"明天我要出行。去两个月。"

他对我说，直击内心。

我嚅嚅喏喏地问：

"两个月？"

"我要去秘鲁拍照片。"

"去秘鲁?"

"去巴勒斯塔岛上。我要去拍鲣鸟。"

"去一个疯人院?"[①]

他盯着我,仿佛我是世界上最傻的人。

"不……是鸟儿。"

如果羞耻也会杀人的话,我早就死掉,葬在我父母的边上了。

"我拍摄世界各地的鸟儿。比如海鸥、鸬鹚、白头翁、鲣鸟、军舰鸟。"

我继续擦地。我想对他说,他不需要到世界的尽头去拍海鸟,因为在"绣球花"的屋顶上就有一只海鸥,而且这只海鸥应该有很多很多故事可以讲,那些故事跟我写在蓝色本子上的不一样。但是我什么也没说。我们每个人都有两种生活,在一种生活里,我们会说出脑子里想的,另一种生活里,我们却缄默不语。在第二种生活里,所有的词汇都无声无息。

"圣诞节您会回来吗?"

他笑了。一种腼腆的笑。他垂下了眼睛。

"会的。至少我希望会。您呢?您会在这里吗?"

"我,我总是在这里。"

"在这里您从来不会感到无聊吗?"

"从来不会。"

"但是您的工作不会太累人吗?"

"当然累。我只有二十一岁。我的同事都比我年纪大。她们都是很晚才开始在养老院里工作的。这工作,通常是第二职业。在我这个年纪,总是看到疲惫衰老的身体,其实是不正常的。嗯,其实我想说的是……这一切其实很残酷。而且,还有

[①] 鲣鸟的法语原文fous,也有"疯子"之意。

死亡……葬礼那一天，我通常都会关上窗户，因为教堂的钟声可以一直传到这边……"

"最难的是什么？"

"最难的是，听到家属说：他完全不记得我来看他了，所以我就不来了。"

沉默。

"为什么您不去找一份别的工作呢？"

"因为没有任何一份别的工作，可以让我听到这边的老人们给我讲的故事。"

"我可以给您拍照吗？"

"我特别讨厌拍照……"

"很正常。那些喜欢拍照的人我可不感兴趣。"

他从包里掏出一部巨大的照相机，藏在身后。

"可是……我都没有梳头发。"

"朱斯蒂娜，如果您不介意的话，我觉得，您好像从来都不梳头发。"

他这么跟我说，好像认识我很久了一样，朱尔会说这一类的话。可是他，说到底，我认识他的时间这么短。但确实是——我的头发好像对梳子、皮筋、发夹等都有抵触。我总是一副蓬头散发的样子。奶奶也这样说我。这世上有些女孩子，天天都像刚去理发店做完头发出来一样，而我恰恰相反。

"我从小没有妈妈，也就不懂辫子之类的这些怎么搞。"

"为什么您没有妈妈呢？"

"因为我四岁的时候她就过世了。她没时间教我怎么做一个女孩子。"

"可我觉得您很好。"

他本来可以说，我觉得您非常漂亮、非常可爱，或者这又没关系，或者我就喜欢您这样子，等等。可是他说了"很好"。

很好。仿佛是对一个问题答案的书面评语。

"我得……我得脱掉我的罩衣吗?"

"千万别。就跟我说话吧。"

"我也,嗯,我也有一个照相机。一个宝丽来。我经常拍我的弟弟,然后把那些照片挂在没有亲属的老人床头。因为他长得很帅。而且,被挂起来,也是照片的一个很好的归宿。我也会拍风景。拍动物。您快拍好了吗?当然,没有亲属的老人也是少数。您拍好了吗?"

"好吧,我不拍了。您看,我把相机收起来了。"

他说这话,简直就像是说,他正在把一把枪放回到包里面。

埃莱娜开始大叫:

"我跟你们一起去!把我带上吧!"

罗曼用眼神询问我。我低下头。

"她在说吕西安被逮捕的事。"

"您知道那是怎么回事吗?"

"我会给您写的。我不希望埃莱娜听到。"

34

你上身得穿红色的,那样更配,你今天的头发乱糟糟的,把你的房间收拾好,别乱扔东西,是你拿了我的口红吗?好吧,没事,我的宝贝,帮我清理一下,你跟我一起去商店吧,下午四点我来接你,你问我的意见,我给你我的意见,现在我没时间,你做完作业了吗?这又是什么呀?你看看这个美吧?你不去吗?我去给你买这个,可不能再这样了,去把餐桌准备好,不,不,不,好吧,仅此一次,下不为例,别太晚回家,傍晚六点之后,不可以吃巧克力,不可以喝碳酸饮料,不吃早饭可不能出门,外面冷穿上你的外套,这乱七八糟的是什么呀,你刷牙了吗?可能得长大一点了啊,去洗澡吧,别担心,这没什么,我爱你,晚安,今天早上你真是美啊,我特别喜欢你这个,你的史地课老师刚打电话来,太晚了,去睡吧,当然了数学当然重要了,还好吗我的宝贝,这个男孩子是谁啊,我知道你不喜欢看书可这一本你一定会喜欢,我几点来接你,他父母是做什么的?关灯,别光着脚走来走去,我们得去看医生,别吵,过来抱一下,如果你不听,我就叫你爸来。

有一个妈妈,哪怕她特别烦,特别讨厌,也是个妈妈。

我从来不知道那是不是好的。我是不是好的。调是不是对的。

昨天晚上,我和"我叫不上来名字"先生一起吃晚饭。就在去饭店之前,在浴室里,我真想可以拿我妈妈的口红。奶奶没有口红。在浴室的架子上,只有一瓶很老的发蜡、浴巾和一罐妮维雅乳霜。

"我叫不上来名字"先生约我去了一家日式餐厅。在我好不容易用筷子夹上寿司往嘴里送的时候,他又问了我好多问题。关于我的父母、我的弟弟、我的爷爷奶奶、"绣球花"、我的同事们、我的童年、我的初中高中、我最近交往过的男人。

和他在一起,从来不会冷场,也不用担心像其他情侣那样在饭桌上无话可说,假装观察着烛光或者印在餐巾上的花样。

接着,他又说我很美。当他这么说的时候,他显得那么发自肺腑,我不得不打断他,何况他并不是我的菜。事实上,也不能完全这么说。我从来没有喜欢任何人。除了罗曼。

"我得回家了,我承诺了我妈妈明天早上帮她做一件事。"

他疑惑地看着我。

"我记得你妈妈是……"

"死了。但她在墓地等我。早上八点。"

"你就跟老人和死人生活在一起。作为女孩子,你可真是新潮……"

"你既不老,也没死。"

"可你还没有和我在一起生活。"

"……"

"……"

"我们最好别再见面了。"

"明天晚上在天堂俱乐部见?"

"不行。明天晚上,我值班。"

"我送你？"

"不用，我是开了我爷爷的车子来的……"

在汽车里，我第一次想到了"我叫不上来名字"先生。

我永远在向别人提问题，"绣球花"里的老人们、墓穴中我的父母、厨房里的爷爷奶奶。可和他一起，却正相反。我总是在回答问题。

而总有一样东西压着我，我无法摆脱。

"我叫不上来名字"先生就像那些个我们不由自主整天哼着的小调一样，挥之不去，而让人心烦。有一天，我心里想，必须结束了，我不想这个周末再见到他，可当他踏入天堂俱乐部的舞池，当他亲吻我的脖子，我却说不出那句"滚开"。

我没有马上回家。电影院里在重新放《天使爱美丽》。我特别喜欢这部电影，我也喜欢杜发耶先生……又是个小老头。

电影厅里空空荡荡。我坐在第一排，正中间的位置，然后，一边舔着巧克力草莓冰淇淋，一边进入了艾米丽的世界。幸福。

35

1943 年

枪声。应该是这枪声惊醒了她。

还不到早上五点。埃莱娜跳了起来。她听到了皮靴的声音。接着她听到自己的心跳声更甚于楼下皮靴的声音。吕西安没在床上。她想到了地下室。他应该是跟往常一样，先到地下室去了。他不会跌倒的，因为他习惯了在没有光的地方生活。吕西安从小就会在黑暗中辨别方向。

她裸着身体。前一晚，他们读书到很晚才睡。她抓起一条裙子，却扣错了扣子。她光着脚下楼。

他们在楼梯下方。有六个人。两个穿着军装，两个是便装，另外两个是埃莱娜从来没见过的法国警察。这几人都散发着烟味和汗臭。他们用眼神扫视着她，仿佛正冷冷地扒掉她的衣服。其中有一个手里拿着枪。他们说着一些她听不懂的话。

就在这时候，另外有四个人，两个便装两个军官，押着吕西安从地下室里出来。吕西安的嘴角有一道血印。他脸色惨白。他看着她。她觉得他好瘦。仿佛他已经离开很久了。仿佛很多年都未曾相见，而明明前一晚他们还相拥而眠。吕西安对着她喊：

"别下来，回房间去！"

可她不听他的，她急匆匆地下了楼梯，回答他说：我和你一起去。吕西安对她说"不"。那是第一次他对她说"不"。

接着，她又对那四个人，那四个紧紧抓着吕西安的人说：

"我跟你们一起去，让我跟着你们吧。"

那四个人中的一个，走过来给了她一巴掌，那是她从未承受过的暴力。埃莱娜的头撞到了楼梯的扶栏上，倒了下去，她感到血在嘴里流淌，她听到吕西安在嘶叫，她听到拳打脚踢的声音。

埃莱娜蜷缩在地上，隐约看见吕西安的脚步，渐渐走远。可自己的没穿袜子的脚却像木偶断了线的脚一样。她没力气站起来。

她听到自己胸口在呐喊。她竭力克制着，不让吕西安听到。那两个她从未见过的法国警察又往地下室里走。

她努力想扶住走廊的墙站起来，可又是一阵天旋地转。在她的头再次落下去之前，她看到了西蒙。一个警察拖着他的手臂，另一个抬着他的脚，西蒙的脑袋被子弹打开了花。他依然穿着她为他织的灰色毛衣。一针上，一针下。她听到一个警察在说：我们得把犹太人埋在哪里呢？另一个回答：我不知道这些人也得埋。

凌晨五点半，回归寂静。

六点，波德莱尔发现埃莱娜躺在走廊的地板上，将她扶了起来。一针上，一针下，是她唯一说得出来的话。

埃莱娜和波德莱尔一起走到地下室，看到了西蒙的小提琴和帽子散落在地上。她为他做的那几件衣服被烧了。前一天晚餐用的空碟子，放在一个柳藤筐里。昨晚上，依然是他们三个一起吃的晚饭。一盆清可见底的萝卜土豆汤。西蒙吃饭总是很开心。哪怕食物很糟糕,他也是微笑着。

她看着那个老床垫上西蒙身体留下的印子。她用手轻轻抚摸着他留下的痕迹。在他微笑的地方,只有血肉。他的微笑,一针上,一针下。她在床垫上躺下来,在他身体留下的印迹里,在想象中献出她从未为他献出的东西。

这些年来,她感觉到了西蒙对她的感情,在慢慢变化、长大,仿佛一个孩子。那个吕西安和她没法得到的孩子。西蒙的爱从童年变成了少年,最近的几个月,仿佛已经成熟,变成了一个成年人。吕西安也感觉到了,但他非常有风度地闭口不提。充满爱意望着埃莱娜的人,在吧台的另一边,有很多。

他们把西蒙的尸体搬去哪里了呢?为什么他们没有把她也抓了?

接下来的日子,村里的人一直在帮忙寻找吕西安的痕迹。

抓他那一天,他们是用卡车把他带走的。埃莱娜四处询问、哀求,但没有任何答案。她甚至骑车去了离密里最近的德军驻地。一个名叫布勒伊的地方,城乡交接处,一幢被德军征用的城堡。她骑了很多个小时,终于找到了一个勉强能说几句法语的下级军官。他说吕西安因为背叛罪被捕,因为他藏了一个犹太人。她听不懂的是这个军官用一种威胁的语调反复说的一个词:罗亚里,罗亚里。

她惊恐万状,感觉自己得离开那里,感觉到吕西安没有死,她能做的只有一件事:继续活着。她又骑上了自行车,往回骑,朝着自己咖啡馆的方向。暮色四合。她花了好几个小时才回到家,有时候听到马达声,她就得躲起来,不让人看到。

到家的时候,已经是凌晨三四点钟了。村里静悄悄的。可是,她却听到了有人在说话,在告密,她、吕西安和西蒙。谁呢,这些客人中间,谁去告的密?

她的腿被荆棘拉开了口子,破了,流着血,可她没感觉到痛。自行车的后胎也破了。在暗蓝色的夜空下,她偷偷地潜入自己的小咖啡馆。她开窗通风,然后在一张桌子旁坐下来,等着那些男人的味道,汗味和烟味,散去。她又想到那个德国军官的话:罗亚里。那是什么意思呢?她又想到了西蒙,谁也不知道他的尸骨在何处。

咖啡馆里一片寂静,风从所有敞开的地方穿过,呼呼作响,她慢慢回过神来。接着,发现很显然的一件事:海鸥不在了。埃莱娜已经如此习惯它的陪伴,而几乎不需要再注意它。但那一刻,她发现好像有一整天都没有听到它,也没有看到它了。天空一片暗沉。月亮也躲在一块云后面。空空如也。她召唤它,退后去遥望咖啡馆的屋顶。依然没有。

海鸥走了。从小学那一天以来,这是它第一次离开。它应该是跟着吕西安去了。

埃莱娜想了想,一切发生得太快。只要她看不见海鸥,应该就表明,吕西安还活着。

36

我走进朱尔的房间。他正在玩在线游戏。头上戴着耳机,根本没注意到我。我就看着他在那里打德国军官。嗯,我觉得应该算是德国军官吧。最后,我拍了拍他的肩膀。他跳了起来。转过身。摘掉了耳机。

"你得帮我在网上查个东西。"

"现在吗?"

"我找一个日期。你打一下,Kommando Dora。Kommando 是以 K 开头的,Dora 就是探险者多拉那个 Dora。"

"是什么东西啊?"

"那是纳粹建造的地下工厂。让他们的囚犯制造火箭。"

朱尔看着我,似乎没听明白。

"你为什么要找这个啊?"

"因为我认识一个人,1943 年的时候,被发送到那里了。"

"谁?"

"你不认识的。他是 1943 年 12 月被送到那里的人之一。"

朱尔似乎不听到我更详细的解释就不帮我找。

"吕西安·佩兰,埃莱娜·埃尔的爱人,先是在一个名叫罗亚里的临时集中营。接着,他被送到了布痕瓦尔德。"

朱尔打了"Kommando Dora"。我们看到了囚犯名单和流放的过程。

"1943 年 12 月 14 日。那一队俘虏，两天后到达了……"他有点困难地说出，"布痕瓦尔德。"

"对的。从布痕瓦尔德，他立刻又被送到了多拉的地下工厂。"

朱尔读了网上关于那个工厂里的人生存状态的简介。真正的不见天日。

我们都沉默了。最近一次，我们俩都这么沉默，还是我们的音箱出故障的时候。

突然，他的耳机里传来了声响。那是他正在玩的游戏《战争的真相》里的声音。

"吕西安从小就懂得在黑暗里生活。他应该比别的囚犯更能忍受这样的生活。"

朱尔却并不相信我的话。

"可这些犯人……几乎全都死了。他是怎么逃出来的？"

37

如果没有战争，他本可以悠悠闲闲地去撒尿，刮好胡子，然后亲吻着她的脖子，唤醒她，他可能随意套一件衬衫，轻轻提一把才打开咖啡馆的大门，因为潮湿，那扇木门有点磨损了，打开收音机，那些无聊的歌声会引他跟着哼唱，今天是星期天，所以他们会去萨奥河里游泳。

在被带去罗亚里的卡车上，他一直在想着的，如果没有战争，可能发生的事，可惜这场战争对生命狠狠地使了个绊子。

当车篷布被吹开几厘米的时候，他从缝里看到了一段公路、天空、海鸥和树。于是，像一个画家一样，他梳理着最近这几年，想象着日子本该有的模样。

本来不会有西蒙从后门进来，不会有这个教父西蒙和小提琴手，不会有三个人一起的生活，却没有一个令他骄傲的孩子。在地下室，本来只有那些紧挨着、排列整齐的瓶子，里面装着奶酪、生火腿，他会把它们切成大片大片的，而不会害怕被抢走。

如果没有这场战争，西蒙就不会那样看埃莱娜，他不会在她在场的时候低下眼睛。他不会睡在他们本来为孩子准备的房间，后来也不会睡在地下室的床垫上。他们不会每晚都三个人一起晚餐，一年，两年，三年。如果没有这场战争，埃莱娜不需要在德军的飞机在密里上空盘旋时，在地下室里躲上几个小时。如果没有这场战争，她不会在轰炸的时候，一点一点睁开眼睛，看西蒙拉琴。她总是坐在一个装酒的箱子上，上身笔直，眼睛紧闭，双手捂住耳朵，向那个拙劣的上帝祈祷。如果没有这场战争，她不会花时间去端详那个小提琴师的双手、手臂、侧影，或者走动中的身体。如果没有这场战争，她不会两手紧握着棒针，织那件毛衣。那件乐师从此永不离身的毛衣，那件他时不时用手轻抚着的毛衣。如果没有这场战争，她不会将吕西安不穿了的旧裤子改给西蒙穿。

如果没有这场战争，吕西安不会听到凌晨五点敲门的声音，不会看到那些一进门就直冲地下室将他铐住的人。他不会看到夹板被拉开时，西蒙眼里的绝望，他掉在地下，就像一个空荡荡的土豆袋，因为他非常瘦。吕西安不会看到那些人用脚踢他，然后又把他当成狗一样毙掉的样子。事实上，他这辈子，从来也没见过任何人杀过任何一条狗。如果没有这场战争，就不会有这样一个留下埃莱娜一个人的清晨。他本不会走到地下室里去跟西蒙说话。

他不会看到他在蜡烛的微光里，闭目祈祷的样子，嘴唇无声地张合。他不会去问他跟上帝说了些什么。有没有提到埃莱娜。而西蒙，也不会感觉到他的到来，不会睁开眼睛，不会微笑。吕西安也不会憎恶这样的微笑，因为那微笑里全是力量和美。而且它正吸引着埃莱娜越来越喜欢去地下室。如果没有这场战争，吕西安不会变成这样的混蛋，任由自己的酒杯被加满劣质的酒，脑中充斥着从未言说的妒忌，向多米尼克·拉托罗奇，这个村里的犹大，坦白说自己的地下室里有一个路易老爹三十年前造的夹层，可以藏人。不会在多米尼克不停地劝酒、不停地叫他重复述说的时候，重复，重复，重复。如果没有这场战争，吕西安不会坐在这辆卡车里面，身上满是血污，心中怀着对自己的厌恶和悬吊着的绝望想着，如果说海鸥跟着他这队俘虏走，说明埃莱娜是爱他的。

38

我小的时候,住在里昂,一幢有直通垃圾箱的大楼里。我还记得那个扔垃圾的口子。拉开那张黑色的大嘴巴,把垃圾袋扔到里面。我能听见垃圾袋在通道壁上东碰西撞的声音。那张巨大的嘴巴有一股厕所的臭味,我一直很怕它,因为我相信某一天,那个我们每天喂垃圾的怪物会把我吸进去,带走我。

它确实这么做了。一天早上,我在爷爷奶奶家里醒来。爷爷的花园里,隐约有火光,我便穿着睡衣下去找爷爷。爷爷的眼睛是红的,我以为是被烟熏的。我问他说:爷爷,你为什么烧你的花园啊?他回答我说:十月份,在换成冬令时之前,我们得把杂草都烧了。很快就是冬天了,我们得帮助土地作好准备,这火,就像是为土地穿了一件大衣,昨天你父母出车祸了,你和朱尔得留在我们家了。

他一口气说完这些。那一刻,我看着他,而且记得非常清楚,非常清楚他跟我说的每一个字。当时心里想,太好了,幸亏这样,我不用回去上学了。

后来,我才知道,爷爷在我面前烧的不是杂草,而是当年他的双胞胎儿子出生时种下的两棵果树。爷爷把那两棵树给砍了,浇上了汽油,在花园里一把火烧了个精光。

后来，蒂里·雅盖，一个我班上的同学问我爸爸妈妈死了会怎么样，我当时回答说，"爸爸妈妈死了的话，就可以看到十月份的大火。"

"奶奶？"

我把她叫醒了。她在我给她卷头发的时候，又睡着了。

"嗯。"

"如果朱尔通过了高中会考，从七月份开始就得帮他在巴黎找房子了。甚至更早。"

"那是肯定的。"

"然后，他就得自己管钱。我会往你们账户上转账，你们就给他一张支票，跟他说那是阿兰伯伯的遗产。"

"好的。"

"他永远不用知道那是我给的钱。"

"如果你希望这样的话。"

"老实说，要是弟弟因为这个，永远欠我人情的样子，我还不如去死。他生命里该有点别的事情。"

"朱斯蒂娜！注意你说话的方式。"

"我说话方式怎么了？！！！那你对我撒谎的时候，是怎么说话的？"

我尖叫着，那么响，奶奶抬起满是发卷的脑袋朝我看，确认刚才在她身后大喊大叫的人是不是我。在这个屋子，我从来没有大叫大嚷过。哪怕是那一天，我从自行车上摔下来，脑袋破了，厨房里被搞得满地都是血。

"你这是怎么啦？"

"我这是……你知道那些警察在你的儿子们出事之后立案侦查了吗？"

她顿时不动了。看上去满是惊愕。通常，因为她有自杀的倾向，这个家里绝对禁止说任何令她不开心的事。我不知道她这个样子，是因为我的问题，还是因为我的态度。过了一会儿，她用一种空白的声音问：

"什么？"

"你明明很清楚！立案侦查！"

爷爷赶了过来，手里拽着《巴黎竞赛画报》。

"这大吵大闹的到底是干吗？"他生气地问道，答案并不重要。

奶奶手一挥，示意我不要说话。一直以为都是这样：在这个家里，不许谈论车祸，那会让爷爷太伤心，对奶奶而言，简直就是让她去死的指令。

就在这个时候，我听到奶奶说谎：

"没什么。朱斯蒂娜扯到了我的头发，让我很痛。"

"爷爷，不是这样的，我没有扯到她的头发，我正在问她知不知道警察在你们的儿子们死后，曾经立案调查，因为当时的车祸现场看起来有问题。"

爷爷用眼神扫射我：我刚刚亵渎了他记忆的坟墓。因为负罪感，我感觉自己双膝发软。但我并没有垂下眼睛，只是直愣愣地看着他。

"哪个跟你讲的？"爷爷问我。

"斯塔斯基。"

"他叫我去警局，因为'绣球花'里匿名电话的事儿。当我说我姓'雪'时，他清楚地记得当时的车祸有疑点。"

奶奶抓住她的拐杖，猛地站了起来，而我还没给她整好头发。我抓住她的肩膀，把她按进了扶手椅里。我觉得可能把她弄痛了。那是我有生以来第一次敢这么做。于是，她就不动了。她的脑袋缩到了肩膀里面。可能是怕了我的暴力。而我，羞愧难当。我开始想那些星期天被遗忘的老人，成年人粗暴对待老年人,也是一种常态。除了常常可以在报纸上看到的故事,看护人员虐待老人也并不是稀罕的事儿。我感觉自己的眼泪要涌出来了。

"对不起,我只是想……我只是想你们能不能回答我一个问题。就这一次。"

这一局我输了。他们没有回答我。而我再也提不起嗓门了。我在奶奶的头上喷发蜡。那种味道在厨房里散开来。接着,我又把她灰色的头发套进一个网兜里,她得等到明天早上再拆下来。

爷爷把《巴黎竞赛画报》留在桌子上,径直走到花园里,去捡朱尔今天留下的烟头了。

在把定型的电头罩往奶奶满是假卷发的头上套时,我心里想,得重新回去找斯塔斯基。

哪怕得想尽办法讨好他,我也得了解真相。

39

1944年，在吕西安被抓走十四个月之后，德国人遗弃了一条狗，它在路上游荡。那是一条母狗，体型高大，黑色和浅褐色相交杂，看起来饿得发慌。

它在村口呆着不动，仿佛一座雕像，凝望着地平线。

一天晚上，那条大狗跟着埃莱娜一直走到路易老爹咖啡馆。埃莱娜让她进了门。狗狗躺在木屑堆里。埃莱娜给它汤喝。后来，她给它取了个名字，叫作"狼宝"。

法国解放那一天，埃莱娜给全密里的人都免费提供饮料。村子里的女人都来了。甚至那些通常不太喜欢她的女人，因为埃莱娜作为村里小咖啡馆的老板娘，似乎太美了点儿。"狼宝"是这方圆几百公里之内唯一一条德国人留下的狗，它看着眼前那些人喝酒、干杯，狂欢到深夜。

埃莱娜那天也喝酒了。她是为了预祝吕西安归来而干杯。因为他的空缺，她常常会有心惊肉跳的时刻，她想为这种状态的结束而干杯。她以前总能听见他进出、门开关的声音，可现在门纹丝不动。属于他的枕套，每天早上都一成不变，她天天在整理床铺的时候，都会用拳头捶打。她想为那头黑发而干杯，因为白色的床单上再也没有了它的痕迹。她如今总是一个人翻着书页，吃饭的时候，她总是一个人站在桌子角上，背对着空空如也的椅子。

她想为希望而干杯，希望他回来，哪怕是受伤的、残缺的，只要活着就好。她知道他没有死，她能感觉到他的心继续在跳动，但她不知道在何处，也不知道他现在怎么样。她一边喝着酒，一边想，那个告密的人，可能就在这群人中间，就在他们的咖啡馆的地板上，欢快地碰杯、跳舞。但她不想怨恨，她只想期待希望。就像当初她希望学习认字读书那样。

从他们庆祝战争结束的那一天起，她就看到那些男人陆陆续续地回来。村子里渐渐地迎来了那些离开的人。不是全部，但总有一些。那些打过"一战"的人，跟打过"二战"的人聊天。而那些打过"一战"又去打了"二战"的人，常常连自己都不相信居然还能活着，他们总是看着珍妮·盖诺的照片，举起酒杯。

每天，报纸上都有关于战争的报道。就像是那些很久以前飞出去的子弹，没有打中靶心，一直飞到此刻才落下来。死亡人数统计出来了。集中营和行刑的照片也登出来了。有些幸存者的亲历采访，埃莱娜不会读。盲文的消息是没有的。她就请克洛德，一个她雇用的咖啡馆的小帮工，晚上偷偷地念给她听，因为她不想让别人知道她不识字。而这，其实是所有人都心知肚明的事。

克洛德天生跛足，他的左腿比右腿短，正因为这样，他才没去参军。所有的男人都变成奴隶的时候，克洛德学会了识字写字。而埃莱娜，正是冲着这一点，才在众多的小青年里选了他。

每天晚上，埃莱娜都带着参加宗教仪式的虔诚，听克洛德为她念报纸，听战争留下的消息，手埋在狼宝的毛里头。有时候，听到特别令人难受的字眼，她就会对克洛德说：

"等一下。"

她深深地吸一口气。接着，点一下头，请克洛德重新接下去念。

有时候（而她是很久以后才知道的），克洛德会避开一些描述集中营里囚犯的生存状态中过于令人无法接受的段落。他会用别的词语来替换，也会编造说，有一些囚犯可能会受到好一些的待遇，他们能吃饱，也可以睡在干净的床上。

晚上，克洛德离开之后，埃莱娜会打开衣柜，看那些衣架上挂着的吕西安的衣服。他走的那天，什么都没带。甚至没有那句从她嘴里说出来的"我爱你"。幸好，海鸥跟着他去了，她希望他会明白这是爱的证明。

他离开之后，她又帮他做了其他的衣服，裤子、外套、衬衫。她把新的挂在老的边上。等他回来的时候，让他来选，想留哪些穿。随着时间的推移，衣服流行的款式也不一样了。美国人带来了很多新鲜的面料。这样的款式，吕西安会喜欢吗？

1946年，埃莱娜收到一封盲文写的信。那是吕西安的爸爸艾蒂安从里尔发来的。法国政府已经正式通知，他的儿子吕西安·佩兰，生于1911年11月25日，被囚禁于布痕瓦尔德，在流放途中死亡。正式材料上，吕西安·佩兰从今以后就被记录为"为法兰西而死"的战俘。

布痕瓦尔德。她用手指在这个词上来回摸索了很多次。

克洛德在一个地球仪上给她指出布痕瓦尔德的大致位置。用尺量过之后，计算出来，离密里大约九百零五公里。埃莱娜看着那个细微的点，离魏玛不远的地方。几乎还没有针眼大。在德国心脏处的一个微不足道的小点点。她不愿意相信吕西安已经死了，直愣愣地盯着地球仪，寻找着一个记号、一缕光、一只鸟，仿佛这张地图就是专门为她而画，为了向她指明吕西安在哪里。

希望似乎也是有传染性的，克洛德开始用各种方式寻找吕西安。他写信给所有接待战俘的医院、红十字会，所有负责清查整理被德军囚禁战俘的协会、组织。

在每一封克洛德寄出去的信里，埃莱娜都会放进一张用炭条画的吕西安的画像，因为她并没有他的照片，哪怕是拍糊的，或者远远的身影的，都没有。

在每一幅画像下面，她要求克洛德帮忙写上：

吕西安·佩兰

您认识这个人吗？我在寻找一切能帮我找到他的可能信息。

请写信给"路易老爹咖啡馆"，埃莱娜·埃尔，密里教堂广场。

40

"奶奶?"

"嗯。"

"出车祸那天,为什么他们没带我们一起去参加洗礼仪式?"

"我不知道。我想可能是爷爷不想让你们去。"

"爷爷?"

"嗯。"

"为什么?"

"我不清楚了。我想是因为朱尔有点发烧。"

"奶奶?"

"嗯。"

"爸爸妈妈在上车之前,跟你说了什么?"

"晚上见。"

在市警察局前面等着斯塔斯基的时候,我脑袋里回想着这一连串的对话。我在脸上打了粉底、抹了腮红。仿佛是要去天堂俱乐部的准备。当他头上戴着帽子,像个牛仔一样朝我走过来,开口直接就问的是我有什么关于"那个开始令他厌烦的臭乌鸦"的消息。我朝他展开最美的笑容(戴了三年牙套的成果……)。

"不，我是想了解你们在我父母事故之后立案调查的卷宗。您知道的，他们死于一起车祸。"

他带着几分蔑视斜眼看着我，不带丝毫的怜惜之意。我大概不属于他喜欢的类型。

"可是我，亲爱的小姐，我有市长在背后盯着，所以，必须好好地帮我才行。特别是上个星期天发生的事情之后。"

他提到了上周日，为"绣球花"带来空前欢快杂乱氛围的那些匿名电话。

"可是……正是上个星期天，所有人都非常幸福。"

"幸福？您是来嘲笑我的吗？"

"从来没有这么多探望的家属。那样很好。"

"可那些以为自己的父母死的人，他们也很幸福吗？嗯？"

"我通常是站在养老院里老人们的角度看问题的。"

"而我是站在不断骚扰我的市长的角度看问题的，您听明白了吗？他不停地骚扰我……所以，不找到那只乌鸦，就别想看雪一家的案卷。"

"可是我……我又不清楚那是谁！"

"那就努力一下。"

当这个混蛋站在人行道上跟我说话的时候，我一直在观察警署的外围。我不再听他讲话。在我心里，已经有了另一个计划：某个晚上，重新回来，打破那扇离地三米的窗户，那是唯一一扇没有铁栅栏的窗户。我可以带着爷爷的梯子过来。

"您是最年轻的一个，所以，也应该是聪明的。您自己看着办吧。"

"我可不是个告密的人。"

"好吧，那您的星座是什么呢？哈！"

他真是个讨厌的家伙。我再也不想对他展示我漂亮的牙齿，再也不想讨好他，这辈子都别想我会为这样的混蛋献身，哪怕是把他想象成罗曼。

"再见。"

我要去喂德雷福斯夫人的"胖咪咪"。它在人行道上等着我。我在一只盆里给它倒了五百克的鱼味猫粮，另一只盆里的水也换了。每三天，我就会来喂它一次。在它吃的时候，我就拍它的照片，回去给德雷福斯夫人看。它很丑，脏脏的淡粽红色的毛，满身因好斗而留下的伤疤。我不能摸它，因为它并不信任我。小时候，我真的好希望有一只小宠物。朱尔和我，特别是我，好多年间，求了爷爷奶奶好多次。奶奶总是回答说爷爷对动物毛过敏。我敢肯定那只是她编出来的借口。其实不过是因为所有的动物，都是"脏"的。

这些天，我、祖儿和玛丽亚，正在让养老院里的老人们签一份请愿书，希望在"绣球花"里可以养一只小狗。在所有的养老院里，养宠物应该是必须的。甚至应该由社保机构出钱。

拍好了"胖咪咪"的照片，我直接冲到朱尔的房间，在他的电脑上找"破门而入"的方法。

在密里的好处，是从一个地方到另一个地方只需要五分钟。这大概是在小山村生活的唯一优点。

我看了一下网上的建议和方法，立马冲到普罗斯特老爹的杂货店，预订了一把起钉器、一根撬门铁棒。我说是帮爷爷订的，为了不显得突兀，我还订了为奶奶卷头发用的发卷和我宝丽来相机的胶卷。普罗斯特老爹说大约得等三个星期才能到货。

我不急，我甚至可以等上两个月再进警察局去偷那本卷宗，那时候，正好罗曼也回来了。

41

1945 年

巴黎，火车东站。一个男人在站台上游荡。他身高一米八一，体重五十公斤。

他头痛。痛得撕心裂肺。仿佛有什么东西在他脑海里撞击，阻止他思考。新的每一分钟都在抹去前一分钟的记忆。

他的周围都是声音，铺天盖地的噪声。火车，高音喇叭，人群。

他的右手里，紧紧拽着几张报纸。他不想放开。不可以放开。

有人拉住他的胳膊，想让他躺在一个担架上。他不想。推开，拒绝，大声说"不"。可他的嘴巴里也生疼生疼的，发不出一点声音。

持续的噪声，这些火车，这些高音喇叭，这些人群。

一个女人拉住了他的手。他的左手。那只没握住东西的手。他任她拉着，因为她很温柔，很让人安心。那个女人拉着他。他就默不作声地跟着走，跌跌撞撞的。他以为他们会这样走上几个小时，但他搞错了。他们并没有走多久，她扶着他上了一辆卡车。他只是跟着她走。他害怕，他也很痛。他躺下来，终于，闭上了眼睛。

那个女人没有放开他的手。

在他的身边，有其他的人影。车子的马达声非常响，但大家都沉默着。每个人都不可思议地安静。

没看到任何人的眼睛。但这只手一直在他的手里。

他蜷起来。他不会做梦。一片漆黑。

当他从半昏迷状态醒过来时，卡车正开进一个种满了百年橡树的园子。那是一个春天，阳光和煦。轻风仿佛是一种救赎。

他躺在担架上，看着天空。手里一直是这个女人的手。一直痛，一直寂静。人们把他送进了一幢大楼。楼里面，是一股白菜和纸张的味道，走廊被日光照亮。

他喜欢拉着他的手的那个女人的味道。当她放开他的手，让人把他抬到手术台上检查时，她对他说，我叫艾德娜，我是护士，我会照顾您的。

艾德娜把他的右手轻轻地拉开，一个手指、一个手指地放松。他的手被墨迹染黑了。有些地方，报纸已经嵌到了他的肉里，艾德娜很难把它取下来。

这个男人抓着这些报纸，抓了多少天，多少个星期，多少个月了？他想大声喊叫，但他没叫出来。他想阻止护士把报纸拿走，但他也无法阻止她的行为。他已经精疲力尽。

一滴泪在他的脸上流下来。那没有疤痕的半边。虽然他骨瘦如柴，虽然他满身伤痕，虽然他沉默无语，艾德娜却只看见一样东西：这个男人美到极致的眼睛。

为了安慰他，艾德娜把从他手里掏出来的报纸放了一个纸盒里。她郑重地拿着这个盒子，仿佛那里面装着的是价值连城的珠宝。她盖上盒盖，把盒子放在了他的身边，在那辆护理车上一个显而易见的地方。

他呼吸越来越困难。头痛得让人难以忍受，几近炸裂。

一位医生过来了，向他们打了个招呼。他把听诊器放在病人胸口的时候，艾德娜就开始把这个伤病员头上缠的纱布解下来。这个男人想伸手去碰自己的包扎，但艾德娜阻止了他。

一股腐臭味弥漫开来。艾德娜脸色变白了。她竭力控制，让人几乎不易察觉。脸色发白的同时，她还朝他微笑。

他想睡觉。闭上眼睛。翅膀扇动的声音，然后是一片漆黑。

他又陷入了昏迷之中。

42

因为那些匿名电话,"绣球花"上电视了。在法国三台的地方新闻里。那正是爷爷每晚上必看、从不错过的节目,音量开到了最大。

昨天早上,一个摄制组来到了养老院。

所有的护士都化了妆。祖儿和玛丽亚去做了头发,勒加缪夫人穿了件紫红色的连衣裙。若是脱掉工作服,简直会让人感觉到了戛纳电影节。就连院里的老人们都被打扮一新。勒加缪夫人要求我们注意"老人们的仪容"。

采访的记者选了两位老人对话,一个男人,一个女人,瓦扬先生和迪翁代夫人。这可引起了其他人的嫉妒:为什么是他们而不是我们?瓦扬先生甚至都不是一个"受害者",迪翁代夫人倒是的。

在确定采访对象之前,记者先试了一下,确定这两位头脑正常。姓,名,出生的年月日,子女的人数,退休之前从事的工作,等等。接着,她给他们两人脸上、脖子里和手上都扑了粉。瓦扬先生被搞得不知所措。其他的人都在偷偷地笑他。

接着,录音师把话筒固定到了他们的衣服里,他们就不敢乱动了,样子有点儿好笑。

记者开始提问题。她故意说得非常大声,缓慢清晰地发每一个音节。

我特别讨厌那些人把老年人当成头脑痴呆的人对待。

她试着"分析这些匿名电话对养老院里的老人们所造成的心理阴影"。

瓦扬先生回答说,他完全不介意这些匿名电话,而且他并不是个聋子。

接着,记者又"努力去理解那些受到匿名电话骚扰的家庭成员所受的精神创伤和恶劣影响"。

迪翁代夫人回答说,她感觉反倒挺好的,除了自己的腿一直不太舒服。

最后,所有的老人都被要求并排坐好,拍摄完成,摄制组就走了。

瓦扬先生立刻要求我把他的妆给擦掉。当我用卸妆棉给他擦脸的时候,他几乎发出了恐怖的惊叫。

这天晚上,电视里播放这档节目时,所有的老人都聚集在电视室里,当他们看到自己出现电视机里的时候,笑得很开心。迪翁代夫人跟我坦白说发现自己一下子老了很多,她觉得电视镜头比浴室的镜子更坏。

43

从1947年开始,密里多了一家生产布料的工厂。这家新厂立刻给路易老爹咖啡带来了五十多个新的顾客。

多亏这笔收入,埃莱娜"正式"雇用了克洛德,买了新的桌子、椅子,还买了一个电动弹子台。克洛德负责招呼客人,而埃莱娜则把吧台后面那个小的储物室改成了缝纫作坊,重操旧业。仿佛缝缝补补、制作衣服,是她在等吕西安的时候唯一会做的事。

很多男人都故意撕破自己的袖子、裤子的卷边、衬衫的领子,或者外套的扣子,来争取可以到那个小作坊里与埃莱娜独处的机会。他们看着她,她就那么俯着身子,或者半蹲着,弯着腰,专心致志地缝一个扣子或者补一个袖口、卷边,嘴里叼着别针,眉头紧锁的样子。

客人们最大的幸福,是让她量身定做一套衣服。量尺寸、试衣服得花上好几个小时。她会用软尺量他们的身体。先是脖子,接着是肩膀、背、腰身、胯部,再沿着腿量到下面,长宽周围全都量到。她会用粉笔来打记号,每次这些被量的人感觉到她用力压按自己的肌肉,就感觉自己像要结婚的新人那样战栗。

密里所有的男人都有漂亮的套装。包括周边的农民。几乎可以肯定地说，从1947年开始，直到量产成衣出现前，密里的男人比巴黎人的穿着都要精致。

有时候，这些客人中的某一个会对她说她还年轻，她很美，她应该开始新的生活。可她不想开始新的生活。只想继续自己的生活。和吕西安一起。

请克洛德寄出去，往那些照料战争中的俘虏或者伤兵的协会、医院等寄吕西安的画像，都石沉大海，杳无音讯。她端坐在缝纫机后，却有关于未来的计划，那就是告诉吕西安她爱他。

从那间没有窗户的屋子里，她可以听到男人们推开咖啡馆的门进来的声音，并且，知道都不是她等的那一个。吕西安有他特有的方式，会把门往上顶一下再打开，不会有那种摩擦的声音。她知道，并且不断地在嘴里重复：他没死。他会回来的。

埃莱娜听到外面男人们点单的声音，听到克洛德为他们服务的声音。很少听见的是："您需要点什么？"经常是："照常？"有时候，他甚至都不用问就上了，因为习惯，知道每一个来的人需要什么，如此重复习惯，大约是可以让自己更容易进入不再思索前尘往事的状态。有瓶子碰撞的声音，有杯子倒满的声音，有杯子里的东西被一口喝进那些不是吕西安的男人的身体里的声音。他们说着断断续续的话，吐着劣质的酒，而她却一直用白线，在缝啊缝着。

最开始的时候，话题主要都围绕着战争。那些消失的人常常是大家滔滔不绝的主题。尔后，生活开始占了上风，于是，人们又开始谈论一桩婚事、一个新生儿、一个在自己床上过世的百岁老人、一个每天都在招人的新工厂，或者是米歇尔奶奶家的猫又走失了之类的琐事。

几杯下肚，有的人就会推开杂物间的门，腼腆地向埃莱娜打招呼。埃莱娜和狼宝就会同时抬起头来。

1950年，新的大咖啡机发出和蒸汽机车一样的声音，火车会把吕西安带回来的。她知道，他一定会回来的。

*

艾德娜对他说：你没地方可去，在找到工作之前，您愿意住在我家吗？他说好的。

他第一次走进艾德娜的家。她为他准备了一个阁楼下方的房间。墙上挂了一张高更的复制品，床头有一个耶稣像。她为他买了刮胡子用的肥皂和马赛清洁皂。她还放了干净的浴巾，在衣橱里放了薰衣草干花包，让衣服整洁好闻。她很贴心地没有放镜子，因为她注意到了他特别讨厌看到自己的样子，每次不小心在镜子里看到这张陌生、残缺的脸，他都无法忍受。

他体重上升了些。大拇指和食指围在一起，握不住手臂了。他的黑头发又长出来了，除了脑壳上被砸伤过的几处。医生们认为他的头一定是受过重击，而他的脸上，被锋利长刃刀砍过，就是猎人用来杀死猎物的那种刀。一道长长的疤，在脸上划过，从前额沿着鼻子一侧，拉下来。

艾德娜对他说：您是个无名战士，没有军牌，也没有身份证明。您也不在失踪人员的名单上。我们会帮您找一个姓和名。您希望自己叫什么名字？

她给了他一张男性名字的清单。

一顶贝雷帽，里面有几张纸，一个名字。那就是全部了。短暂的记忆：贝雷帽里的名字？何地？何时？为何？那是一个梦吗？一个梦？那是他天天晚上做的梦？他从来没对任何人说起过的梦，哪怕是对艾德娜？

他回答说，西蒙。我希望自己叫西蒙。

艾德娜盯着他看了好久。仿佛她并不相信他。不，那也并非不信任。那是害怕。他有感觉艾德娜并不希望他恢复记忆。他也是，他也害怕。他满心恐惧，总有一个问题萦绕在脑际：我是谁？

他会说，会写法语。他知道剃须刀、刷子、钢笔、剪刀怎么用。他知道抽茨冈人牌的香烟。那是他唯一确定的事情。给其他失忆的人，一般都会展示照片、图片、脸、地方。可是对他，没有任何东西可以展示。他已经丢失了一切痕迹。仿佛是从天而降那般，没有任何人来找过他。

他慢慢会读书，会写字，会走路，会跑步，会抓起东西，会举起来，会思考，会回想之前一会儿做的事。他的短期记忆力是没有问题的。其他的一切却如黑洞。他的思想仿佛是戴着黑纱的寡妇。他见过一些这样的女人，这些人令他害怕。仿佛她们是瘦瘦高高的死魂灵，他小心提防着，生怕被这些魂带到无法治愈的地方。

幸亏他还会做梦，每天晚上。有一个熟悉的身影，有一种回答，有一种对抗失忆的解脱感。可当他醒过来的时候，他闭着眼睛想回去，晨光却拉着他走向白日，艾德娜会对他说，该起床了，喝一杯咖啡吧，该做身体的康复训练了，该把嘴里的异味去掉了。

自从他脱离昏迷状态，还在医院里的时候，艾德娜就每晚睡在他的边上。但他从来没去动过她。有时候，她会感觉有一丝吕西安的记忆掠过西蒙的眼睛。但仅仅是眨眼的工夫。

*

艾德娜·弗莱明是 1946 年收到那封信的。1946 年 5 月 29

日。白色的信封很厚很大。这天早上，正好轮到她去收信件和药品。其实是非常罕见的：那天正巧诊所的领导不在，外出一周，作为护士负责人，自然由她来顶班。

她把这当成是一种天意。就由她来拆这封信。由她，而不是别人：那是上帝之手。

当她看到吕西安的画像时，感觉到自己的心提到了嗓子眼，双手开始不由自主地颤抖。被医院里其他人称为"艾德娜的病人"的男人，有名有姓，还有一个地址：

吕西安·佩兰

您认识这个人吗？我在寻找一切能帮我找到他的可能信息。

请写信给"路易老爹咖啡馆"，埃莱娜·埃尔，密里教堂广场。

一个女人在找他。她没有跟他一样的姓。那是妈妈、姐妹，还是女儿？

她盯着那张画像，毫无疑问。虽然现在他脸上有疤，体重骤降，苍老了许多，但那就是他。他那湛蓝的眼睛。在画像上，他是微笑的。可她从来没见他笑过。他会说谢谢。仿佛那是他唯一会说的词。谢谢。是唯一他能记起来的词。

勃艮第的密里。那离他们这个位于俄尔地区的医院有四百多公里。

"您认识这个人吗？"认识的。她认识他。她比任何人都认识他。她在巴黎火车东站的站台上遇到他。因为他已经忘记了一切。仿佛一个新生儿。她喂养他。每天都要为他脑袋上的伤口换好几次纱布。他来医院的两个星期之后，从昏迷中醒来，高烧不退，是她一直拉着他的手。她侍候他小便大便，除了去照顾其他的病人，她把所有的剩余时间都花在他身上。医生对她说，这个病人大概伤得太重，挺不过去的时候，她这个从来不为任何人祈祷的人，为他祈祷。她对着他说话。为他读书。帮他在医院之外跨出第一步。给他重新站起来、走路、吃饭、睡觉的愿望。谁能像她照顾他这样来照顾他呢？谁能像她爱他这样来爱他呢？

那个寻找吕西安·佩兰的家庭，只认识那个战前微笑的男人。战前和战后，隔着一条命。作为护士，她是最了解情况的。她把多少幸存的人送还给他们的亲人，亲眼看到那么多的失望、震惊，多少人已经完全认不出自己的兄弟、儿子、丈夫？这个吕西安已经死了，被埋葬了。西蒙从灰烬里重生。

活下来的这个人，不过是以前的他的影子。埃莱娜·埃尔所寻找的，并不是这个影子，而是过去那个人。

44

他刚锁上底楼的大门。

我卡在一个堆满了水桶和扫把的壁橱里。隔一段时间,我就轻轻地跳几下,缓解脚发麻的感觉。我浑身冰凉。心却像要跳出来了。如果斯塔斯基和赫奇回来,我就完蛋了。

如果朱尔知道……我不能告诉他为什么我在探寻我们父母事故的原因。我不得不撒谎。跟他讲的是我想知道那些市政警察对于"乌鸦"了解了多少。就像我在把起钉器和撬门的铁棒送给爷爷时撒谎一样。他看着那些东西,一脸惊奇,甚至还说:你是想我去抢银行吗?

我从普罗斯特老爹手里接过起钉器和撬门铁棒的那一刻,就明白自己是永远不可能用这两样家伙的。不如学一学埃莱娜,她遇见海鸥那一天,故意被人反锁在学校的办法。

下午,我像一朵花儿那样飘进了"公共区域和市政服务中心"。

"您好。"

"公共区域和市政服务中心"位于一个水泥砌起来的两层小方楼里。建造年代:1975年。我还很小的时候,记得那些办公室里都是有人的。有"真正"的警察待在两楼,我曾经跟着奶奶来过。但是好几年了，那里面只剩下斯塔斯基和赫奇。

斯塔斯基问我是不是有了新的情报，是不是有某个同事或者养老院里老人的名字要检举揭发。我回他说自从电视里播出那条新闻以来，匿名电话就停止了。但是这个，他早已经知道了。他奇怪地看着我。我感觉我令他烦。或者说，他有点怀疑我。

正在这个时候，电话响了。斯塔斯基显得有点惊讶。仿佛他坚信不会发生任何事情。

我用力掐着自己的手，不想笑出声来，因为那是祖儿打的电话。我跟她说：你下午四点打电话给市警察署，假装说有一个邻里关系和停车的问题，你最好嘟嘟囔囔、唠唠叨叨，乱七八糟地说一通，然后挂断电话。她问我：为什么啊？我回答：求求你了。

这时斯塔斯基接起电话，慢吞吞地说：市警察署，您好。我就假装离开了。

"再见。"

我离开他的办公室，把门带上，事先把手机调成了静音，从以前住着真正的警察而很多年来空空荡荡的那部分，偷偷地上楼。如果我不小心撞上赫奇，可以假装说我在找厕所。不过在楼梯上，我没有遇到任何人。

当我躲进放扫把的壁橱时，大约是下午四点零四分。从那个时候开始，我就等着。通常情况下，等到六点钟，这楼里应该就没有人了。

当一个人在某个装扫把的壁柜里等待的时候，有的是大把思考的时间。思考一切。我，想到的是罗曼。那么美的罗曼，正在秘鲁拍鸟儿。我想到他那辉煌的人生和我渺小的人生。他的眼光，在宇宙里是独一无二的，而我，不过是个头发凌乱、周六凌晨在天堂俱乐部里晃着屁股的无名之辈，每天推着各种各样的消毒车。像我这样的人，地球上应该有一大堆。

我们是不平等的。我们生而不平等。根本是不可能平等的。像罗曼这样标本般的存在，就是例证。

除了做梦，我这样的一个女孩子，怎么可能去跟他那样的男孩子共同生活？如何想象我们这样的两个人一起回家，然后对对方说：亲爱的，你今天过得还好吗？

他大概从出生开始，就是成功。再说了，他有一个妈妈。

我们的家永远不可能是一样的。我的家，只会摆放一些瑞典式轻简的大众家具，而他的家，应该是他从全世界觅来、各具特色的家具。我的家，只能是白色的瓷砖，而他的家，却会铺着蓝绿相间的波斯地毯。

哪怕跟罗曼一起去超市都可以算作一个奇迹。如果能在罗曼身边醒过来，人生就是一部杰作。当然，这只是我的想象。

我继续有规律地在"我叫不上来名字"先生身边醒来。我不知道他做什么工作，但这段时间，他经常只在天堂俱乐部关门前一刻才来。我浑身酒气或者汗臭好像他都不介意。每个周日凌晨，他都把我接走，如果我轮到值班，他就让我开着爷爷的车离开。

事实上，他继续对着我提各种各样的问题，而我，却从来不问他什么。有时候，我感觉自己是他的一个调查研究对象，一个不愿归档的案子。在他家，有一大堆的书，有时候，我醒来的时候，他正在书桌边工作。也许他正在写一份关于我的调查报告，一个只喜欢老人的女孩子。他看到我睁开眼睛，就会去榨一杯橙汁，或者给我一杯奶咖，仿佛广告里演的那样。接着，他就微笑着看我吃早餐。

今天是12月20日。罗曼对我说他会在圣诞节之前回来。他会问我埃莱娜的故事写得怎么样了。我继续坚持写着。蓝本子像个瓶子一样，被慢慢灌满。我不知道他对埃莱娜了解多少。我不知道他妈妈有没有告诉过他埃莱娜的故事。

"砰。"斯塔斯基走了。我听到钥匙在门锁里转了几圈的声音。楼道里没有一丝光。外面天黑了。很冷。我不敢动。我没动。我在自己的手心里哈气,在自己的毛衣上摩擦取暖。

赫奇在回家之前,有可能会再过来办公室一趟。

就在我下决心走出去的时候,那个办公电话突然又响了。我吓了一大跳,头撞到了某个地方,手电筒也从口袋里掉出来。我听到电池在地上滚动的声音。幸好,我还有手机上的光,帮我找到了掉在地上的东西。

我握着手电筒,从楼梯上下来。我非常仔细地调暗了光线,这样外面的人应该不会注意到楼里面还有人在。我两腿发软。我也想尿尿。我看不到三十米开外的东西。我走回到斯塔斯基的办公室。一股子烟草和酒精的味道。虽然在他的办公桌上并没有烟灰缸,也没有酒瓶。

档案室就在斯塔斯基和赫奇的办公室后面。被锁上了。我心想,自从那些"真正"的警察离开之后,不知道斯塔斯基和赫奇还有没有这把钥匙。

必须找到这把钥匙。屋里一片漆黑,我的手电筒几乎什么也照不见。四下的寂静让人心悸。接着,不知道怎么回事,我开始想我爸爸。我并不是在想家里柜子上面镜框里的人,那对双胞胎里的一个,想那车祸的新闻,想那个布满鲜花的坟墓。不,我开始想他,就像我想一个正常的人,一个在四十岁的时候在父母家过周末因为车祸而在路上丧命留下一个小女儿的人。一个连垃圾通道都怕的小姑娘。那些有爸爸的人,知道他们自己有多幸运吗?

可恶的钥匙到底会在哪里呢?

我手电筒的光停在了一个高高的柜子上,有一扇可拉动的门。我在一个纸盒里发现了一把钥匙。可惜不对。

突然,有声音。

有人开门的声音。那是大门那边传来的。我赶紧躲到了斯塔斯基的办公桌里面。我听到轻声说话的声音。没有人开灯。有两个人走进了斯塔斯基的办公室。我能感觉到他们外套上的冷气。他们散发着冬天的气息、夜色与秘密,就像我一样。

我蜷起来,想变小。完了,我完了,要被抓住了。大家会在报纸上看到我的样子。我要让雪家出丑了。爷爷奶奶会无地自容的……

一个女人在说:我冷。

陪着她的男人回答说他可以焐热她。那个男人正是赫奇,我能认出他那个带鼻音的嗓音。我听到他们接吻、喘息。她像只火鸡那样咯咯地笑,直到两个人一起呻吟起来。

他们就地躺下。依然没有开灯。他们就在我边上。如果我伸出手去,应该可以碰到他们。

我又想笑又想哭。如果他们发现了我,不仅会把我抓起来,甚至还有可能为了让我不说出去,杀了我。我闭上眼睛,塞住耳朵。我还试着屏住呼吸。

这状态没持续多久,赫奇看来是个早射的家伙。我听到他们正在飞快地穿衣服。

她说:

"我得回去了,他会不耐烦的。"

"我们什么时候再见面?"

"我再给你打电话。"

"下一次,我得用手铐把你铐上。"

"我迫不及待。"

"为什么不是现在呢?"

糟糕透顶,难道他们又要来一遍。幸好,她回答说她真的得回家了。于是,他们很快就出去了。

在黑暗中待了近十分钟。我这辈子从来没抽过烟,可是这一会儿，如果有可能，我大概可以抽掉一整包烟。我重新打亮了手电筒。而就在这个时候，我看到它们了：钥匙就挂在斯塔斯基办公桌下面。就那么小的一个点，如果不趴在地上，是根本看不见的。

"我们的天父，愿你的名受显扬，愿你的国来临，愿你的旨意奉行在人间，如同在天上。这正是我要的那把钥匙。"

宛如北极。这间屋子比"绣球花"的冰箱更冷。我的手电筒照亮了档案室里五十来个盒子，一色的灰尘，两只大铁箱子，空瓶子，凌乱叠放着的书和海报。闻起来一股子潮味。我脚下的地板，简直就是泥巴，一种身处地窖的感觉。

那些档案盒不是按开头字母排列的，而是按年份排。从1953年到2003年。一切都清晰归类：狩猎事故、火灾、自杀、失踪、溺水、谋杀、抢劫、自行车偷窃、负罪潜逃、水灾、毁损、争吵、强奸、言语暴力。所有的可能。我根本没想到在我们这样一个小村子，会发生这么多的事情。

随着年份的推移，档案盒的规模在变化：越来越苗条了。后面的几个几乎什么都没有装。其实是村里人越来越少的证明。特别是2000年纺织厂关闭之后。

我拿起1996年的盒子，正是车祸发生那一年。我打开档案。里面有三起偷车的记录，以及这个：

1996年10月6日，九点四十分，宪兵队接到密里居民皮埃尔·莱热先生（家庭住址为克莱曼路）电话，在217国道上，有一辆汽车刚刚撞上了一棵树。

我们立即赶赴现场。

到达现场的时候，约上午十点，在场的有皮埃尔·莱热先生，以及二十分钟前已到达现场的消防中队。

出事的车辆为雷诺牌黑色CLIO轿车，车牌号码为2408ZM69，车身部分因撞击损毁。

十点三十分，消防队开始采用锯车顶的方式，将车内四具已无生命迹象的尸体搬出。

皮埃尔·莱热先生为车祸唯一目击证人，在出事车辆从车道出口出来时在场。他为我们陈述的事实如下：车辆高速从车道出来，在急速转了几个弯之后，撞到了路边的大树。

皮埃尔·莱热先生立即用他的手机通知了消防队，消防队员于十分钟后到达现场。

在消防队员开始搬运尸体的时候，我们往档案中心发送了一则寻人启事，以便验证死者身份。

十二点钟，我们接到通知说这辆汽车属于阿兰和克里斯蒂安·雪，其居住地为里昂（69）。

十二点三十分，搜寻中队的专家到达现场与我们会合。宪兵克洛德·穆然拍摄了车辆外部和内部的照片。

十二点四十五分，四具尸体——两个男人、两个女人——外部完全呈现死亡体征，在贝尔纳·德拉特医生确认死亡之后，被送往马官（71）波瓦松医院停尸房。

车轮痕迹：皮埃尔·莱热先生指证说车辆急速偏离了车道，我们确认了该车轮胎在道路上的痕迹。痕迹并不清晰。轮胎因急速刹车的原因，似乎在该地打滑了。道路上最清晰的痕迹已被拍照（13号照片）。

我们在当地寻找其他有可能被车祸声响惊动或者有可能目击车祸的人。

十四点，回到警署，将记录报告呈给警署领导，以及正在开展调查的宪兵队指挥。

基本事实确认，措施实施之后，在队员内部分配工作，紧急待认证的是车内除驾驶员之外三名遇难的乘客。

十五点，我们警署领导与我本人一起到了阿尔芒·雪先生居所，他是车辆所有人克里斯蒂安·雪的父亲，居于密里（71）巴斯德路。后者确认自己的两个儿子，克里斯蒂安和阿兰·雪与他们二人的妻子，桑德莉娜·加洛琳·贝里和安妮特·斯德摩布拉德，于10月6日星期天早上八点十分左右共同离开，该四人是来父母家度周末的。

十七点，阿尔芒·雪先生到马官镇波瓦松医院停尸房确认了死者身份。他指认死者是其两个儿子克里斯蒂安和阿兰·雪以及两个儿媳桑德莉娜·加洛琳·贝里和安妮特·斯德摩布拉德。

该辆雷诺车的驾驶员为克里斯蒂安和阿兰·雪两人之一，因两人皆为该车辆的所有人，无法确切认定当时谁在开车。

事后，在四人身上进行毒品试验的结果为阴性。

事故车辆——雷诺 CLIO——被运往密里汽车修理厂。随后确认，该车辆的刹车系统被损坏，但无法确定是事先被破坏，还是因事故发生当时强烈撞击所致。

此外，照地上的车胎痕迹显示，该车辆从车道口出来时，已开始刹车，但轮胎痕迹不够清晰，无法下定论，因为10月6日这一天，法国气象部门确认地面上有结冰状态。司机有可能在车内出现身体不适，或者不专心的情况。

以上记录由我确认，在此宣告没有任何修改、添加或者删节。

第一份记录（加上复印件）送马官检察官先生。

第二份记录存档。

定档时间：1996年10月6日
军士波纳顿
宪兵特里布
宪兵里亚林

宪兵穆然

11 月 20 日午夜,在密里,连烟囱都已沉睡。屋里没有一丝光线。

我在一个垃圾箱后面小便。冷得直打哆嗦。

45

每天早上，前一晚守夜的人会把老人们的情况转达给大家。然后，由勒加缪夫人分配，哪一个人该去哪一层。

我们将老人们一个个唤醒。帮他们洗漱。带他们到餐厅。送他们各自入座。给他们由护士准备好的药片。然后端上早餐。吃过早饭，再把他们送回房间。整理床铺。接着，如果他们有要求，就帮他们洗头，涂指甲油。中午，再接他们下来吃午饭。

这，是那些"独立"老人的楼层的状态。祖儿、玛丽亚和我，我们仨通常是照顾那些"非独立"老人的楼层。我们去叫醒他们。帮他们洗干净。给他们吃早饭。然后，根据天气情况，如果天好，就带他们到花园里，如果像当前这样的冬天，天气不好，就带他们去别的地方。

如果我不加班的话，我就听不到他们可以讲的故事。也就是说，我的加班时间，相当于夏至。每一次我多干活，我的白天就延长了。陪那些老太太的时候，我会一边帮她们按摩手脚，或者涂脸霜，一边提各种各样的问题。若是陪那些老爷爷（在"绣球花"，男人比女人少得多，世界上任何地方的养老院都一样），就看情况而定了。我可能会一边帮他们洗头发，一边剪鼻毛或者耳毛，一边提着同样的问题。

类似那个蓝色的本子，我其实可以写出上百本。有时候，我觉得简直可以把每个老人都变成一个短篇小说。当然，那得有个双胞胎一起写才行。

女儿们对于父母的照顾程度，令人感动。我很小的时候，曾梦想着日后生个儿子。可自从我在"绣球花"工作以来，就改变了主意。除了几个特例，老人们的儿子通常是偶尔来一下。而且总是由他们的妻子陪伴而来。而女儿们，却一直会来。大部分星期天被遗忘的人，都只有儿子。

我总是最后去埃莱娜的房间，以便有更多的时间跟她待在一起。今天早上，当我推着护理车走进她房间的时候，罗曼已经在那里了。

前一晚，我跟"我叫不上来名字"先生在床上折腾了一夜。当我状态不好的时候，要么喝酒，要么做爱。

从警署二楼跳下来之后，我径直去了他家。

他不在。我在楼道里等了他一个小时。我不想回家。不愿意在刚读了那些东西之后就回家。车祸的照片被存放在一个灰色的信封里。我偷了出来。我没有一张张仔细去看，除了第一张。在等"我叫不上来名字"先生的时候，我把档案袋的盖打开。我只看到一堆铁皮。我想象着自己的父母在那底下一定惨不忍睹。可能会看到他们鲜血淋漓的样子。

"我叫不上来名字"先生回来之后，从我手里拿走了那个档案袋，然后在他家浴室里加了点酒精烧掉了。当那一堆照片都烧干净之后，屋里只留下一股难闻的味道。

他开窗通风。我哭了。

然后，我们在电话黄页上找那个皮埃尔·莱热先生。那是事故唯一的目击者。我从来没听说过这个人。他没有在报纸的新闻里出现过。

"我叫不上来名字"先生找到了七个皮埃尔·莱热。他一个个地打电话给他们。直到找到那个对的人。他说：

"请您等一下，我让雪小姐跟您通话。"

他把电话递给了我。

"喂，晚上好……我是朱斯蒂娜·雪，克里斯蒂安和桑德莉娜·雪的女儿，我的父母在1996年的那次车祸里丧生了。当时是您打电话通知宪兵队的？"

长久的沉默。皮埃尔·莱热最后说：

"那时候，我请记者们不要在任何地方透露我的名字，您是怎么找到我的？"

第一个谎言：

"是我的爷爷，阿尔芒·雪，他给了我您的名字。"

"他怎么会知道我的名字呢？"

第二个谎言：

"我不知道。密里是个小村子，什么都藏不住吧。"

沉默。电话那一头传来喘息声。他所在的那间屋子里应该有一台电视机。正是播放每日新闻的时段，我听到火箭弹发射的声音。

"您想干什么？"

"我想知道您那天早上看到了什么。"

"我看到了一辆车子冲出车道，撞到了一棵橡树。撞得特别狠，橡树都倒了。"

"那车子开得很快吗？"

"快得像火箭一样。"

沉默。嗓子发干。我说不出话来。

"那天路上有结冰吗？"

"那辆车子当时超过了我，司机开得太快，我当时特别生气，还按了喇叭。后来我才看到他们车上有四个人。反正我也没时间说什么。那辆车在我跟前开了大约两百米，东倒西歪横冲直撞的，就撞到树上了。"

沉默。他接着又说：

"开始的时候，我不敢下车……我怕那车里是一团肉浆了……您可能会不相信，那起事故前一天，刚有人送我一部手机，是我的生日礼物……而我用它拨的第一个号码，居然是消防急救电话……后来我把那部手机扔了，从此以后，再也不想要任何手机……从我打电话那一刻到消防员们到场，大约有六分钟……我从自己的车里出来，腿都站不住了……我走近那辆车，车子已经成了一堆被压扁的铁皮……所有的车窗玻璃都炸飞了……看起来，就像车里被放了炸弹……里面没有任何声响……我马上就明白他们已经……"

"您看到他们了吗？"

"没有。当然我也看到了些，但我不会跟你说的。这时候再怎么谈论死人，也无法令他们起死回生。"

"会的，莱热先生，我跟您保证，这样聊一聊，可以让他们回来一点儿。"

我那天脸色很差。罗曼也是。他非常苍白。我还以为秘鲁会有阳光。可在他的眼睛里，却一如从前的蓝，深不见底的蓝。如果可以有沉溺于那一片蓝色里的可能，我愿意用生命去交换。而且，我一定不愿让别人把我的身体打捞起来。

"您好吗，朱斯蒂娜？"

"好的，谢谢。"

"您看起来很累。"

"昨晚上我有点累。"

"您工作了？"

"是的。您的旅程怎么样？"

"和以前所有旅程一样。就像在学校里学东西，只不过老师令人着迷，而且难以忘怀。"

我笑了。他把埃莱娜的左手拉起来。

"我外婆从来没戴过任何首饰。"

"没有。她一直就很讨厌这些东西。"

"您了解那么多她的事情。您还一直在为我写吗？"

"是的。"

"我迫不及待想读到它……知道您一直在她身边，让我很安心……如果我也老了……我一定也喜欢有一位您这样的年轻姑娘来照顾我……您是那么温柔。这看得出来，也听得出来。"

我真想让他相信自己已经一百岁了。我真想祈愿他突然间就有一百岁了。可是……

"我想请您离开房间十分钟，我得给她洗漱。"

他把埃莱娜的手放下。

"我知道早上我其实不可以来探视她的，但是我没其他的办法，因为火车，还有汽车，这里实在是太远了。"

"我知道，所有人都这么说。"

"我去喝杯咖啡。"

"三楼有一台新的咖啡机。那里的咖啡几乎跟现磨的咖啡一样好。"

他离开了房间。我拉起埃莱娜的左手。手是温热的。我亲吻了它。我亲吻着罗曼的痕迹。这已经很好了。

她睁开眼睛，望着我。

"埃莱娜，我明白您为什么要等着吕西安了。我现在突然一切都懂了。"

她一直盯着我看，但没说任何话。三个星期以来，她一个字都没说过。是我代替她，在蓝色的本子里诉说。

我把"护理中，请勿入内"的牌子挂在她的门上。

"昨天晚上，我看到了我父母车祸的报告。"

我把她的睡衣轻轻地脱下来,以免她不舒服。

"我做了件疯狂的事情,我偷偷进了那些警察的办公室。不对,其实是宪兵。我知道您不喜欢法国警察。"

我把她的眼罩摘下,把她的头在床上摆正。我装满第一盆水。为埃莱娜,我总是会放比较热一点的水,因为她怕冷。

"我学您遇见海鸥那天晚上那样。我躲在了一个壁柜里,等到所有人都离开。我找到了记录我父母车祸的那卷档案。他们那天开车开得跟疯子一样。可是当了父母,怎么能像疯子一样开车呢。与其读《如何做一个好妈妈》的书,他们更应该读一下交规啊。"

我往她身子底下放了一块垫子。我总是从臀部开始擦,然后是背部。

"据说看起来是刹车系统坏了,但是也不确定。"

我给她的手臂、前胸和腹部涂上肥皂。用温和的杏仁油按摩她的肘部。

"今天星期四。您的女儿会来为您念书。您的外孙也在。"

我扶她重新仰面躺好。非常仔细地为她擦上肥皂,洗干净,擦干。我对她的身体了如指掌。这具曾经那么爱吕西安的身体。我们这样的护工,是过往挚爱殿堂的守护者。当然,这个在我们的工资单上是看不出来的。

埃莱娜慢慢地开口,咬字清晰地说:

"所有等他的那些年。在咖啡馆里,男人们跟我说:吕西安已经死了,您得理智一点,接受事实。"

又能听到她的声音真好,特别对她这个年纪的人,这是好兆头。一旦哪个老人停止说话了,医生们就会开单做神经系统的检查。

我按摩着她的脚跟。在擦干净她身体的每一寸肌肤之后,为她穿上了一件干净的衬衫。埃莱娜还在继续她的独白:

"他不可能死的。"

最后,我为她洗了把脸,涂了点婴儿用的乳液。又帮她刷了牙,让她漱口,把水吐在腰子盘里。

手套、垫子、尿不湿等等全部扔掉。

我在她的医疗情况记录上写下她刚才说话了。

我把门口的牌子拿掉。罗曼在门后等着。他进来,看了一眼我的护理车,然后把视线移向我。他说:"谢谢。"我回答:"我把她交给您啦。"

46

"你昨晚上在哪里?"

"一个朋友家。"

"哪个朋友?"

"'我叫不上来名字'先生。"

朱尔笑着跳到了我的床上,头撞到了。我觉得他可能下决心要长到三米了。

"'绣球花'有新的匿名电话吗?"

"没有。反正这样的电话已经没用了。"

"这怎么说?"

"没人信了。甚至有老人真的过世了,我们得打上好几遍电话,家里人才相信。不过,自从有这个'乌鸦'的存在,周末来探访的人倒是多了,包括那些原来被星期天遗忘的人。我们得在世界上所有的养老院里确定一个'乌鸦日'才好。"

朱尔笑了。当他笑的时候,特别像安妮特,他长着跟她一样的酒窝。有时候,我心里想,如果我们的父母不死的话,我们就不会一起长大。只会偶尔见个面。那个星期天的早上,我们从堂姐弟变成了姐弟。都是因为路边的那棵树,以及我们俩其中一人的爸爸车子开得太快。

他们去世的时候，我的父母都住在里昂，而朱尔的父母正打算回瑞典定居。朱尔会说一点瑞典语。他小的时候，去过几次他的外公外婆芒努斯和艾妲的家度假。后来，有一个夏天，我不知道究竟发生了什么，他从此就再也不愿意去了。哪怕提到瑞典，他也会大发雷霆。芒努斯和艾妲甚至还来过密里，来爷爷奶奶家看他。但朱尔都不愿意见他们，不愿意跟他们说话。他把自己锁在房间里。我还记得他们两人非常伤心失望，在我们厨房等待的样子。我不太记得他们的脸了。朱尔撕了所有有他们身影的照片。

每年朱尔生日和圣诞节，他们都会寄一封信和一张支票过来。一年两次，在我们那个小小的通常只有广告的信箱里，会有一个浅黄色的信封。奶奶会把信封放在朱尔房间的书桌上。朱尔每次都撕掉，从来没有打开看过。他拒绝聊这个事儿。每当我试图讲起的时候，他就会大发脾气，甩门而去。而我一直不知道为什么，这个晚上，问题就自动跳了出来。就像打嗝一样，我无法控制，而且在整个屋子里回旋：

"为什么你恨你瑞典的外公外婆？"

他脸没红，也没有甩门离开我的房间。只是冷冰冰地回答说：

"为什么你总是会顾左右而言他？"

"可能是因为我脑子飞速运转。"

"那就放慢一点。"

他打开窗户，点了一支烟。我不敢动。只是看着他。沉默了七年之后，他对我说：

"因为他们话里有话，总带着暗示。"

"暗示什么？"

"他们对我说，嗯，其实也并不是真正对我说，应该说他们尽力想让我明白，我爸爸其实并不是我的亲生父亲。"

跟平常一样，他把烟头扔到了花园里，仿佛是喂给爷爷的洒水壶吃东西，扔掉之前，还狠狠地吸了一口，吸得那么猛，我都担心有没有烧到他的嘴唇。他转过身来，又对我说：

"那年我十岁。我杀了他们的念头都有了。我发誓。我至今还记得清清楚楚，那一刻，我确实有杀人的冲动。假如那一年我二十岁的话，有可能已经把他们给杀了。多亏我十岁，他们才逃过一命。"

我脑海里不停闪过一张张定格图像。仿佛人在临死之前的一秒翻看自己的一生。那正是我那一刻所感觉到的。垃圾通道，"我叫不上来名字"先生，墓地，棉签，十月的火，海鸥，雪的档案，"绣球花"，埃莱娜，吕西安，罗曼，保罗先生，乌鸦，三岁的弟弟，四岁的弟弟，五岁的弟弟，六岁的弟弟，七岁的弟弟，八岁的弟弟，九岁的弟弟，十岁的弟弟，十一岁的弟弟，十二岁的弟弟，十三岁的弟弟，十四岁的弟弟，十五岁的弟弟，十六岁的弟弟，十七岁的弟弟。

47

"可看起来,他们是相爱的啊。"

祖儿把阿兰和安妮特在朱尔出生前几个月拍的照片还给我,我放回了自己的包里。

今晚,我在她家吃饭。我很喜欢她的老公。帕特里克是一个身材魁梧的人,他的皮肤很怪,像一张被粉刺毁了的脸。为了掩盖这个问题,他每个星期都会去照紫外线。他身上有三处刺青,其中一处是一条巨大的美人鱼,绕着整条手臂。祖儿说有时候,在夜里,她会听见美人鱼在唱歌。而帕特里克对祖儿说她不该喝光那些梅多克葡萄酒,那本是给小老太们留的。帕特里克长着一副凶神恶煞的样子,却是真正纯善的人。仿佛是个开着哈雷摩托车的猛汉,却总是细心地在人行横道前停下来。

我非常喜欢在他们家吃饭,因为他们不刻意,但总是会有肢体互动的默契。正如那些相爱的人一样。而我的爷爷奶奶恰恰相反。

他们有两个跟我一般大的女儿。我不认识她们。她们就跟村里大部分年轻人一样,高中毕业就离开密里了。祖儿在她们的掌纹里预见到了各自美好的未来。

"也许是朱尔的妈妈被强奸了⋯⋯"帕特里克一边在冰箱里

找着什么,一边用他那沙哑的嗓子说。

祖儿和我目瞪口呆。

"有很多女人被强奸了,但不敢跟别人说。也许那个瑞典女人跟她的父母讲了,但是没告诉自己的老公。"

朱尔是一次强奸的结果,疯了吧!

"你知道吧,他外公外婆尝试着暗示这些的时候,他还小,也许是他没有完全理解他们的意思。"祖儿一边在面包片上抹着鱼肉酱,一边说。

虽然她在面包片上抹的是粉色的酱,我看过去却是一片漆黑。这种灰暗的心情袭来的时候,祖儿就会邀请我说:今晚来我家一起吃饭吧。而现在,她把餐盘搞得色彩斑斓。

"朱尔从小就什么都明白。就像他会讲那些完全不存在的语言一样。"

"今天晚上,他在哪里呢?"

"在家,他假装在复习功课。"

"那你想干什么呢?"

"我要去墓地,去问安妮特,她是跟谁一起,出轨了我的阿兰伯伯。"

48

"鸟儿是不会死的。或者只是出事故才会死。"

吕西安望着天空。艾德娜看着望着天空的他。她问：

"这是谁告诉你的，西蒙？"

"鸟儿代代相传。每个人都跟一只鸟儿相连。"

"你是在一部小说里看到的？"

"不，你看。"

他用手指着天空。艾德娜想睁开眼睛却很困难，那是一个八月的周末，阳光极亮，非常刺眼。

"你想让我看什么？"

"你没看到它吗？"

"看到什么？"

"它啊，一直跟着我的鸟儿。"

"鸟儿？它一直跟着你？"

"我的鸟儿，是一只雌鸟……我失去了记忆，却没有失去我的鸟儿。"

艾德娜看着天空，却什么都看不到，连一丝云都没有。

"这只鸟儿是从哪里来的呢？"

"我不知道。"

"如果鸟儿是代代相传的,那应该是你爸爸或者妈妈传给你的吧?"

"也许。"

他注视着艾德娜圆滚滚的肚皮。他用指尖摸着。

是艾德娜跨出了第一步。是她主动走进他的房间,在他身边躺下来。一切都进行得非常柔和,非常礼貌,悄无声息,没有失控的激情,但温柔备至。吕西安似乎很高兴自己能勃起,能有欲望,能跟一个女人做爱。当艾德娜对他说自己怀孕的时候,他第一次露出了笑容。

"这是个女孩子。"

"就像你的鸟儿一样?"

"是的。"

艾德娜亲吻他。

"我希望她有你这样的眼睛。"

"她会有我鸟儿的眼睛。"

"它们是什么颜色的?"

"我不知道。它太远了。"

他又陷入了自己的沉思之中。艾德娜看着他,他在自己的记忆深处探寻。但就像在一个淹没于黑暗之中的房间里无望地搜寻。

两年了,他从东站下火车,走进她的生活。她爱了他两年了。如果没有这场战争,她知道无论如何,这么俊美的一个男人是不会与她同床共枕的。但他们真的在一起吗?他看起来总是心在别处。也许是在那里:路易老爹咖啡馆。

去年冬天,艾德娜去了夹着吕西安/西蒙画像的那封信所给的地址,密里教堂广场的路易老爹咖啡馆。她可不是为了去告诉那个寄信人关于吕西安的消息。绝对不是。再说,她老早就把信和画像都烧毁了。她只是去那里,想了解更多吕西安/

169

西蒙。

她早上十点钟进的咖啡馆。外面非常冷。里面，有一个烧木柴的炉子。一口指针断掉的挂钟，指着五点钟。她坐在一个角落里。只有两个男人在吧台上，沉默无语地喝着。这个时间，其他的人无疑都在工作。其中一个总是重复着同一句话，关于一只信天翁的，听起来像是一首诗。

吧台后面，侍者问她想要喝点儿什么。艾德娜一时间不知道该怎么回答。顿了一会儿，她说，请您给我来点儿热的东西吧。当她开口说话的时候，那吧台上的两个男人同时转过身来看她。

一条大狗出现了，朝她靠近，但没有再走近。似乎在远远地嗅着她的味道。艾德娜害怕她闻出自己身上吕西安/西蒙的味道。慌乱间，她问了个关于狗的问题：它几岁了啊？

侍者似乎被这个问题惊到了。接着他又回答说他不知道它的确切年纪，因为是他的女老板在战争快结束的时候从路上捡来的。

战争快结束的时候，那么，这条狗就没有见过吕西安/西蒙。艾德娜感觉轻松了些。就在那个时候，那条狗也消失在吧台后面。

年轻的侍者瘸着腿，给她端来了一碗滚烫的蔬菜汤。他应该是战争中受的伤吧。

她小口小口地喝着，一边朝汤的表面吹着气。味道很好。

"女老板"，侍者是这么说的，他没有说"老板"。埃莱娜·埃尔应该是这个地方的主人。

十点半左右，一个女人进来了，手里拿着一条裤子。她跟那两个靠着吧台正在喝东西的男人打了个招呼，然后朝吧台后面走去，侍者给她让了路。

艾德娜的心开始猛烈地跳动，她的手在颤抖，幸好，她是坐着的。

那么,这个女人就是埃莱娜·埃尔了,这个嗓门很大、冲着两个男人打招呼的女人。这是个又矮又胖的女人,毫无魅力可言。就像在世界任何一个角落都能遇上的人一样。这是个无人会注视的女子,跟她一样。吕西安看来遇到的是一个又一个平庸的女人。

侍者又出现了。后面跟着一个人。还跟着那条狗。

那个人是从吧台后面的那扇门里出来的,那扇门上装着架子,架子上放着酒杯和酒瓶,两层之间还装着一面镜子。

看着眼前这个人,艾德娜的手又开始颤抖起来。她狠狠地掐了自己的手臂一把,想镇静下来。可完全没有办法。其实,艾德娜见过那么多形形色色的人,心里却一直能保持平静。面对那些被截肢的、腐烂的、垂死的身躯,她从来都稳如泰山,从没抖过一下。

直到她遇见吕西安/西蒙。

自从在巴黎东站遇到他开始,她就失去了自身拥有的东西:自信,骄傲,冷静,威严,镇定,无私,信仰。从"他"开始,艾德娜变成了一个狡诈的、撒谎的、作弊的、偷窃的、敏感的人。从笑容到泪水,只需几秒钟,她会从护士站里偷吗啡给自己注射,会忘事儿,会梦想,会脸红,会出汗,会爱,会只想着夜里在床上拥抱他。而这天早上,当她在路易老爹咖啡馆看到那个人的身影时,她又懂得了嫉妒。嫉妒,就像一条章鱼,它的触角可以伸到脏腑深处,然后再以噩梦的方式出现,在梦里,吕西安骑着各种女人往前,一直走到那个人的怀抱里。

侍者、那个人和那条狗朝着吧台后面的女人走来。那个人把头发朝后挽了一下,艾德娜只注意到她的手,那么修长纤美。接着,是她那扎成发髻的长头发、她的脖子、她的皮肤、她那张大大的嘴巴,完美的侧影。

那个人看了一下另一个女人递给她的裤子,接过来。然后,她抬起头，那双浅色的眼睛看了艾德娜一眼。一道蓝光。仿佛是一个不会停留的拥抱。她的眼光只是掠过事物，而不用心去看。就像吕西安的眼睛。

就在这一刻，很多男人在同一时间跨进了咖啡馆。正是厂里的工人们休息的时间。一下子就能闻到一大股烟草味。那个不是埃莱娜·埃尔的女人走出了咖啡馆。

那个埃莱娜·埃尔重新回到那扇隐门之后，去放下了裤子，身后跟着那条狗。接着，她又回来，帮那个瘸腿的年轻人一起招呼客人。

整整十五分钟，艾德娜一直听到人重复："您还好吗，埃莱娜？"而她回答："好的。"

没人问起吕西安／西蒙。然后，在埃莱娜的每一声"好的"之后，艾德娜却听出了吕西安的缺失。而男人们看着她把酒杯加满的那种方式，应该从来没有用在自己的老婆身上。艾德娜可以发誓说，在遇到吕西安之前，她从来不会注意到这样的细节。

一个小时之后，艾德娜坐上了火车。在韦尔农车站，她晕倒了。她并没有被什么东西绊倒，而是因为情绪过于激动，昏厥过去。

周边的旅客朝着她围过去。其中有一个是医生。艾德娜对他说不必担心，因为自己是护士。而那个医生告诉她说，您是护士，而您怀孕了。

上帝因此是原谅了她这个女人的存在。

一个孩子。

得忘掉这一切。得让头脑放空。没有喝过那蔬菜汤，没有听过那个男人吟诵诗句，没有怕过那条狗，没有见过那个一边把酒杯加满、一边眼神空荡的女子。

49

　　床头柜的抽屉半开着。凉水壶里空了。我加了水。埃莱娜很喜欢喝水。不知道是因为沙滩的炙热之故，还是因为她原是小酒馆的老板娘之故。我们通常总得劝说甚至强迫院里的老人多喝水，让他们不至于脱水。但是在埃莱娜身上，毫无困难。
　　罗曼用他那双女孩子一样修长纤细的手，解开绕在那些撕破的、污渍斑斑的陈年旧纸上的扎头发的皮筋。那是以前报纸或者书上的附页。罗曼用指尖轻轻抚摸着，对我说：
　　"真是不可思议。"
　　我朝着自己的脚回答罗曼说，在被押送到多拉的路途上，吕西安全程都在嘴里藏了一块有尖角的石块，每次他想写什么东西给埃莱娜，他就把它取出来。
　　罗曼递给我一片发黄的报纸，长时间被藏在口袋里之故，几乎都已经透明了。
　　"在这个上面，他写了什么啊？"
　　"不娶埃莱娜·埃尔，1934年1月29日。密里。"
　　"您会念盲文？"
　　"不，是埃莱娜念给我听的。"
　　"那这一张上呢？"

"我们只该为当下而祈祷。感谢上帝他看到了你的脸。"

"很美啊。我的外公写得很好。不过,我想,也许人陷入爱里的时候,写出来的东西都是美的。"

这一次,我无法控制自己,抬头看了他一眼。他一边说,一边向我的眼睛里投射那抹蓝光,仿佛一个孩子用橡皮泥填满两个洞。

没等他提问,我打开了一张波兰报纸的第七页。那上面,可以看到一张白桦林的黑白照片。迎着光,我让他看那一页上布满的细小孔洞。

"这像是一封信。一封断断续续的信。他用盲文写的最后的一些文字。接下来发生的事情,我们就不得而知了。带他到巴黎东站的火车是从德国来的。"

"您能帮我念一下吗?"

我开始背诵那些烂熟于胸的词句:

"为什么他们朝那些死人开枪?为什么?为什么没有任何人讲过这一切?为什么在这个围城之外,所有人都保持沉默?什么时候轮到我的脑袋上挨一颗枪子儿,我能感觉到大炮的凉意,外面有叫喊声。太阳穴感觉不到大炮了。那些人朝着天空放了炮。他们把我忘了,他们忘记了取我的性命。它源自你。那是我们的孩子之前的孩子。"

"他说的是什么?"

"他在说布痕瓦尔德,行刑,海鸥。"

"哪只海鸥?"

"埃莱娜总是觉得有一只海鸥从她童年时代起就一直在保护着她。在吕西安被带走之后,海鸥就跟着吕西安。"

"请您继续往下念好吗?"

我接着念:

"那个穿着法兰绒套装的男人还剩下什么?你还会认出我

来吗？

"我害怕。

"先动了动一根手指。轻轻地。再动了动手,就像试一架钢琴。

"那是为了在我的脑海里发出声响。

"我写着,为了留住一个记忆。那个我们在咖啡馆大门上挂了'歇业休假'牌子的记忆。可我们其实哪儿都没去。我们假装出门度假,其实就在楼上的房间里过的,关着百叶窗。你,买足了所有的食物必需品,而我,准备了那个蓝色的行李箱,我把它放在我们房间的地上。那是地板上的地中海。一汪装满了我为你念的小说的蓝色水面。我尤其记得的是伊莱娜·内米洛夫斯基的书。有时候,你会抵在窗口,就像抵着船舷,跟我说,村子里的人少了我们,该有多无聊。而我,我对你说,你那个咸咸的肚皮,就像是海胆。"

我抬起眼睛。第一次,直直地盯着他那抹蓝光看了几秒钟。随着我慢慢背诵吕西安那些充满爱意的话语,我感觉自己不那么怕罗曼的目光了:

"你从来没说过'我爱你',但是我,为你爱着我们。

"我心爱的人啊,第一次吻你的时候,我感觉自己的唇上仿佛有一只鸟儿在拍打翅膀。我先想到的是一只鸟儿在你的唇间挣扎,你的吻并不喜欢我。可当你的舌头来寻找我的舌头时,那只鸟儿开始与我们的呼吸游戏,仿佛我们在将它抛来抛去。"

至此,我说不出话来了。我把纸重新卷起来,用皮筋扎好。他问我结束了吗,我说是的。我把那卷纸放回床头柜的抽屉里。

"那是一个传奇,那只海鸥的故事?"

"那是埃莱娜的传奇。她说每个凡人在地上活着的时间,都跟一只鸟儿相联系。那只鸟儿是来保护我们的。"

他朝外婆俯身下去,亲吻了她。

"为什么您今天没穿工作服?"他又问,没有看着我。

"我放假了。"

"那您还来这里?"

"我想在走之前跟埃莱娜说再见。"

"您去哪里?"

"去瑞典。"

"这个季节,那里几乎是没有白天的……嗯,我其实想说,在那里,现在这个季节几乎是永远的黑夜。"

他笑了,因为自己的表达不清。

轮到我看着他,我不能告诉他说只有瑞典能解开我的谜团,哪怕现在是十二月。

*

"喂。"

"你能送我去机场吗?"

"当然了。哪天?"

"现在。"

"你去哪里?"

"去斯德哥尔摩。"

"你去看朱尔的外公外婆?"

"是的。你怎么知道?"

"什么我怎么知道?"

"你怎么知道朱尔的外公外婆是瑞典人?"

"你跟我说的啊。"

"你记得我跟你说的一切?"

"嗯。差不多吧。"

"我跟你说了很多东西吗?"

"在我不惹你烦的时候,是的。"

在圣埃克苏佩里机场的2号航站楼,"我叫不上来名字"先生在我离开之前,吻了我的头发。

正常的人从来不会吻约炮的对象吧。他碰我和看我的方式,仿佛我们真的是"一对儿"。事实上,我说不上来我们到底是什么。

我没有行李箱,只有一个装着两天必需品的小包。候机厅,我那趟飞往斯德哥尔摩的航班出现在显示屏上,2号登机口。2号航站楼,2号登机口。朱尔的生日是22日。对我而言,这就是个好兆头。

从密里到机场的路上,"我叫不上来名字"先生没有对我提问题。

他开了收音机,随意找着歌,对我说那是他最喜欢的抽奖。他穿了一件芥末色的毛衣,跟他的裤子一点儿都不搭。事实上,法律就该封禁芥末色的存在。

"我叫不上来名字"先生穿衣服从来都不懂得搭配,但他有两个好看的酒窝,在脸颊两侧,弥补了他没有品位的缺陷。

50

芒努斯和艾妲住在我宾馆不远的地方：斯德哥尔摩市斯皮加登街 27 号。我没有提前通知他们我的到访。现在是早上九点。天还是黑的。一般要十一点钟天才亮，然后下午三点就黑了。我很冷。

裹着朱尔的羽绒服，我快步走着。以我的估算，安妮特的父母芒努斯和艾妲应该在七十岁上下。我知道他们一点儿法语都不会。所以，我事先找了一位翻译，约在斯皮加登街 1 号碰面，再一起去敲 27 号的门。我唯一确定的消息是，这位翻译是法国人，名叫克莉斯黛尔，今年二十六岁，她在瑞典待很久了。我知道她的费用是每小时四百瑞典克朗，大约相当于五十欧元。看来会说两种语言比照顾老人要挣得多。

她在等我了。

我看到她在朝着自己的手套吹气。金色的头发被一顶绿色的帽子盖住了。

当我走近她的时候，她对我说：嗨，朱斯蒂娜！她很快认出我来，因为我在脸书上的照片跟真人没什么差别。也没有更瘦，也没有更胖，头发没有更深色，也没有更浅更金黄，没有更老，也没有更年轻。我们握了一下手。

从 1 号往 27 号走的路上，我对她解释说，我到这里来是找我堂弟的外公外婆，我的堂弟名叫朱尔，今年十八岁，我把他当成亲弟弟，我们两个的父母一起在一场车祸中丧生了，也许那不是一场车祸，而我刚刚得知可能我的伯伯阿兰，并不是朱尔的亲生父亲。我讲的这一切，几乎就是从奶奶看的那些言情小说里直接拷贝出来的内容，我看到克莉斯黛尔口里呼出的热气，她听得目瞪口呆，只会用"哦、啊、啊"来回应。

27 号是一扇红色的木门，一个圣诞节的装饰物已经挂在了门上。只有他们两个人在家吗？他们在这里吗？

安妮特有一个比她小几岁的弟弟。朱尔有两个表弟。如果是他们来给我开门，我该怎么办？

我摘下手套，轻轻地敲了三下门。没有动静。我又敲了敲。

如果，在圣诞节来临前三天，芒努斯和艾妲出发去峡湾，或者其他地方了，怎么办？峡湾是什么我根本就没有概念，而且，芒努斯和艾妲长什么样，我也毫无印象。如果他们死了，而我们不知道，又怎么办？但是不会的，因为我上个星期刚刚看到他们寄给朱尔的圣诞卡片和支票。他们应该不会在一周内就死了吧。不过……有时候，只需要一个早上，人就死了。

一个男人开了门：穿着睡衣的芒努斯。那就是朱尔五十年后的样子。一样的眉毛，一样的眼神，一样的嘴巴，一样消瘦的脸，一样的身材。我观察到他的手，手指比俄罗斯香烟还要长。如果他喷出一口烟，我可能会晕倒在跟前，因为他实在太像我的弟弟了。甚至他的白头发都像朱尔的头发：桀骜不驯的一丛。

"您好，我是朱斯蒂娜，朱尔的堂姐。"

克莉斯黛尔跟着我，用瑞典语重复："您好，我是朱斯蒂娜，朱尔的堂姐。"

51

1984 年 7 月 14 日

　　双胞胎在凉棚下等他，带着各自的未婚妻。阿尔芒步行从工厂里回来。那时候是中午十二点零五分。他是早上四点钟开始工作的。夏日的午后，小睡一会儿，他就开始打理花园。接着，晚上九点，上床睡觉。

　　今天是 7 月 14 日。节假日上班很值得，因为有双倍工资。再工作十年，他就可以退休了。也许他会去旅行。他至今还没见过大海。

　　在离家五米的地方，他听到了克里斯蒂安和阿兰的声音在自家花园里回荡。他听到了笑声和儿子们的女伴的声音。他推开了不再吱嘎作响的门。可他明明记得今天早上门还是会响的。谁把门的铰链上抹了油吗？

　　在亲吻孩子们之前，他先潜入阴凉的房子里，在厨房的洗碗池里洗手。他的手指在那块大大的马赛肥皂上摩擦着，指甲都嵌入其中。

　　他瞥见了镜子里的自己。两鬓斑白。从童年时代开始，人们就叫他"美国人"，因为他长得好看。很长时间，他都特别讨厌这个绰号。这话听起来就好像说他妈妈在法国解放的时候，跟一个美国大兵有过关系。不过，慢慢地，他也习惯了。"美国人，还好吗？"他不再在意这样的话。这边的人就是这样，他们不懂得叫真实姓名，就喜欢用绰号重新定义每个人。

他饿了。

欧仁妮做了一盘海鲜库斯库斯。那是阿兰最喜欢的菜。大锅的汤正在煤气灶上慢慢炖着。他揭开锅盖，闭上眼睛深深吸了一口香气。他想把自己的乐趣延长：与自己的孩子们分别已久，而几分钟之后，他就可以将他们拥在怀里了。

自从他们离开家住在里昂，时间就仿佛被拉长了，房子也变得无边无际的大。十八年间都有两个男孩子在身边，两个淘气包，总是像说好了一样同时闯祸，可他们一走，是出奇的空荡。一间间屋子，开灯只是为了清理灰尘。最令他怀念的，是三个人星期天早上骑自行车的漫游。登上山峰的骄傲，浸透了孩子们T恤衫的汗渍，他们的脖子，他们的笑声，那么相似的两人。一次搞定两个的快乐。虽然阿兰比克里斯蒂安更莽撞，也更像话痨。

他拨开门帘，跨出屋子。自从圣诞节以后，他就没见过他们。七个月，有点长。自从他们两个决定在音乐领域工作之后，就几乎没时间回密长了。他朝他们走过去。沿着果园边的小路，注意到西红柿的叶子有点发黄了，就这个季节而言，似乎有点早。

他没有马上看到她。她背对着他。只看到她金色的头发，那么闪亮，仿佛是他放在果树上用来赶走鸟儿的镜子。

看到他出来,克里斯蒂安展开一米八八的大高个,将他搂在怀里。他闭上了眼睛,尽情呼吸着小儿子身上那种甜甜的味道。接着轮到阿兰,拍着他的背,叫着爸爸。

轮到她站起来了。她的刘海太长了。一伸手,她将头发拨到两边,露出了前额。她的皮肤发亮,几近雪一般的白。她那樱桃般的嘴巴张开,露出两排整整齐齐的牙齿,跟她的皮肤一样白。简直就像一种竞赛。他握了一下她的手,对她说她的口音可以切断刀子。她没明白他说的意思,他也没有解释。甚至还背过身去。轮到向桑德莉娜打招呼了。"很荣幸。"

他自己倒了一杯波尔图甜葡萄酒。没有放冰块。他讨厌冰块。迎着安妮特的脸,他又想到了大海。想到了退休。他这是怎么啦?通常,他从来都不会这么胡思乱想。总之,不会这样乱。

有什么新鲜事儿吗?店里生意很好。双胞胎兄弟开始做起了进出口。流行的是三十分钟的单曲。英国的音乐销量特别好。不管怎么讲,那是最好的音乐。阿兰在应对客人们的空隙间作曲,而克里斯蒂安则负责理账。安妮特离开了瑞典,准备在法国定居,做彩画玻璃的修复。做什么?你知道的,就是那些教堂里面画着耶稣等圣像的大玻璃。啊,彩绘玻璃。他们需要一个漂亮的姑娘来卖唱片,这会吸引更多的顾客,很巧,桑德莉娜决定跟他们一起干。周末的时候,安妮特就来跟他们会合。噢对了爸爸,还有个好消息,我们要结婚了。弟弟向桑德莉娜求了婚,我也向安妮特求婚了,我可不想别人把她抢走,你懂吧?我们会在同一天结婚,这样我们就可以省一套礼服的钱,我们要在密里举行婚礼,绝不会在里昂办,妈妈你还是给我们准备这道海鲜库斯库斯吧,哦,不会的,不会有太多人,只有安妮特的父母和桑德莉娜的妈妈,不用大排场。你们要住很久吗?两个星期左右吧。妈妈你的库斯库斯很好吃。我太想念你的菜了。你们瑞典的特色菜是什么？特色菜是什么意思？就是你们吃的东西，每餐的正菜，最有特点的菜。夏天，吃虾，其他时间，吃鲱鱼和三文鱼。三文鱼是海鱼还是淡水鱼？两者皆有吧，它们总是从一块水域游到另一块水域。

阿尔芒觉得哪怕安妮特对他说的是瑞典语，他都听得懂。

女孩子，阿尔芒并没有遇到很多。在欧仁妮之前，他只交往过一个。那个女孩子并不是很漂亮，但是笑容很美。可他们的关系没有持续多久。接着，欧仁妮就出现了。他很快就跟她爸爸提亲了。他追求她的过程非常快，仿佛是为了丢掉一个包袱。仿佛就需要有个女人对他说"好的"，然后他就清静了。他就可以坐在任何一个地方的长椅上，安然地呼吸。虽然他其实从来都没有在任何一条长椅上闲坐过。他最喜欢的，是自行车。仿佛结婚只不过是一个必要的过程，只有这样，才能进入真正的生活，成年人的生活，结婚就像条通道，离开童年的通道。

在家里，他只有一个哥哥。在学校里，只有男生。在工厂里，只有男人。至于欧仁妮，她一直以来就是一个女人，从来不曾是一个女孩子。

这一夜，心潮激荡，一宿无眠。为什么会有种说法叫"白夜"呢？他的失眠夜可是一片漆黑。昨晚他比平时更早睡，就是为了避免重新坐在"她"边上吃饭。

这天早上，她的香水已经飘满了整个屋子。这个家的墙壁上都是她。吸满了她的味道。事实上，他发现这香气并不是那一瓶瓶装着的香水，而是她与生俱来的味道。

可他这是怎么啦？他又想起了阿兰以前那些未婚妻。一年多以前，他有过一个，她还来家里过了几次夜。一个名叫伊莎贝尔的女孩子。某一天，他为了另一个，离开了她。一个叫卡特琳娜的，似乎叫这名。接着又有一个朱莉叶特。有过不少女孩子来家里过周末，或者一个晚上，来找双胞胎兄弟玩。那些女孩子似乎都香水抹得太多了。他还记得有一个穿着黑色的长筒袜。他觉得有点粗俗。与欧仁妮完全相反,他其实一直以来对儿子们的女伴都毫无兴趣。或者可以说,一直以来,他对女人都毫无兴趣。他挺喜欢欧仁妮的,但并不曾爱过她。

每年年底,欧仁妮总会在他们单位组织的聚餐会上,看到阿尔芒同事们的老婆中有色眯眯盯着他看的。照她的说法,有一大堆。自己妻子的妒火只让他心里发笑,但他从来都耸耸肩膀,不发一语。

他从来没有在离家上班的时候,感觉这么幸福。不,不是幸福,而是"解脱"。他几乎是逃走的。那时候不过凌晨三点。他提前走了。但有什么关系。现在除了"她",没有任何重要的东西。她,这个他儿子未来的妻子。这女孩子来自瑞典。这天早上,他感觉有个肿瘤在他身体里面生根了。而且,当他朝工厂走去的时候,他知道一切都不一样了。看,他以前从来没有注意到工厂前面有这样一面砖墙。

干活的时候,在织布机上,他也只看到了她。仿佛正在织出的不再是印好的花样,而是她的脸、她的笑和她的声音。此外,他还奇怪自己的儿子阿兰,为什么会好几个钟头都花在作曲上。拥有了这样一个未婚妻,听听她的声音就够了。她说的每一个字母都像是歌剧院的小曲。虽然他并不了解什么是歌剧。这辈子迄今为止,他只在电视上看过一次:《蝴蝶夫人》。

昨天晚上,在上楼睡觉之前,他亲吻孩子们时,看到了她的脖子。她那时候正俯着身子。她把一本书放在了小客厅的桌子上,读书的时候,她的左手抚着自己的右胳膊,下意识的动作。他呆住了。他盯着她那裸露的脖子,头发用一根相当精致的粉色发带挽起来。她的手上上下下抚着自己的胳膊。而现在,现在他在这儿,面对着织布机,做着几乎同样的动作,但是速度更快,他却只看到她的手、她的手臂、她那粉白的皮肤。

他无声地自言自语。我这是怎么了？我这是怎么了？我完全疯了。被青春搅乱了的一台老机器。头发昏。老伙计，你这是有毛病了。回过神来吧。

然后，中午的时候，他没有回家。因为他再也没有家了。他的小屋、他的果园、他的餐桌、他的围栏，这一切，这一切都不再属于他了。

工头在问："还好吧，阿尔芒？现在已经下午一点钟了，得回家了，老伙计。"他说得对，我老了，我活了上千年了。下个月就五十岁，可时光都去哪儿了？我把时间花在哪里了？

当他终于回到家的时候，欧仁妮对他说两个儿子和他们的未婚妻都出去了。听到这个，他差一点就想要把她抱在怀里，拉着她转圈。就像在他们从来没去过的舞会上跳舞，因为，刚一结婚，欧仁妮就怀孕了，他们不得不小心行事，保证孩子安全。

儿子们却替他们全享受了个遍。这一对双胞胎兄弟总是四处玩，通宵达旦地狂欢。女孩子，他们认识很多。几乎每个星期换一个。而阿尔芒总是无动于衷地看着这些来来往往，就像随手翻杂志时看到的风景照。

"今天你怎么这么晚下班？"欧仁妮问他，"等一下，我去帮你把剩下的库斯库斯热一下。从昨天开始，你就神情恍惚的。"

吃过饭之后，他就钻进了阿兰的房间。欧仁妮来过了，房间一尘不染。床单垫得整整齐齐。亚麻油毡几乎在发光。墙上，阿兰的那些招贴画从来都没有缺过一个图钉。电话、唱片和头戴式耳机。一个保险柜形状的储蓄罐和一个地球仪还留在他学生时代的书桌上。几张他自己的照片，还有跟他弟弟的照片。

跟别人不一样的是，阿尔芒从来就没认不清楚两兄弟的问题。那是一个眼神的问题。一个是胆大莽撞的，另一个则保守稳重，从孩提时代就是这样了。虽然他们用同样的方式笑，甚至擤鼻涕都一个样，但眼神是不同的。

安妮特的小行李箱放在角落里。在大衣柜和床头柜之间。箱子是粉色的。阿尔芒从来没见过粉色的箱子。看来，瑞典人是铁了心跟法国人不一样。他们造出来这么美丽不可方物的女子，这么精致的发带，这样粉红的行李箱。他打开箱子的拉链。从昨天开始，他就变成了一个陌生人，一个全新的人，一个他自己也不认识的人。一个会偷偷打开别人箱子的人。一个会去搜寻香水的人。

她那些浅色的衣服叠得整整齐齐。而且，那些简直不是衣服，而是些轻盈温柔的艺术品。与欧仁妮的柜子里那些整整齐齐的裙子完全不可相提并论。

他突然把箱子合上了，仿佛一个耳光。十三天以后，他们就要重新出发去里昂了。在圣诞节之前，他是不会再见她的。而且，以阿兰的个性，也许从这时到那会儿，他早已换了一个女伴了。换一个丝毫不会吸引他注意的女孩子。

在剩下来的那十三天里，阿尔芒一直加班。下午下班的时候，已经精疲力尽，就直接去睡觉。借口头疼，避免与他们一起吃晚饭。

这样持续到第七天的时候，欧仁妮背着他叫了医生。阿尔芒极为勉强地接受了让医生听诊。大夫发现他有点轻微的抑郁，可能是过劳之故。但阿尔芒拒绝医生提议的休病假。这个时候待在家里是无法想象的。他这样子跟她见面的时间已经太多了。在楼梯上，在花园里，在屋子前。前一天，她甚至还跟他借了自行车骑出去遛弯。她的屁股坐在自己那辆车的座位上。他故意把车子停在外面，让雨淋了两天，直到欧仁妮看见了，骂骂咧咧地把车推进了车棚。

每次她都穿着不同的衣服，阿尔芒记得一清二楚。虽然他不敢正眼看她。可就那么瞥一眼，已足够刻在脑海里。接下来，无论他眼睛望向哪里，努力把别人的脸塞在脑壳里，总是她占据着所有的位置。就那一眼，他就记得她皮肤上所有的毛孔。仿佛这是个他从不自知的超能力。他的记忆力完全只用来记住安妮特。

然后，突然发现，觉得从这会儿到圣诞节的时间，阿兰就会换女伴的想法是非常可笑的，因为她根本就无可取代。

*

空虚。1984年夏末到圣诞节，只有空虚。空缺。

为了让他换换脑子，这天下午，欧仁妮让他帮忙包礼物。那是要送给双胞胎的礼物，以及送给桑德莉娜和"她"的。

他从给双胞胎的礼物开始包。两件欧仁妮自己织、他们永远不会穿的毛衣，以及两顶高礼帽，那是为他们的婚礼准备的。是的，因为一切已经定了，他们定好了日子，就在来年二月份结婚。

而且，阿兰并没有把"她"给换掉。

他用来包给儿子们礼物的包装纸上是冬青的图案。看不到那些叶子顶端的尖刺。然而，它们刺痛了他的手指。他有种奇怪的感觉：所有的一切都变得有棱有角，不再柔滑。哪怕是他呼吸的空气也令他生疼。他不知道为什么这样的事情会发生在他身上，降临到他头上。

爱上自己儿子的女朋友，是卑鄙龌龊的。这会儿，他只想自杀。可在他家里，从来没有人自杀。只能躲进过去，或者打开电视机。他重新回顾自己的童年、少年、他和欧仁妮在一起的青年时代、和儿子们一起骑车登山顶的时光，那时候儿子们还没惦记着女孩子，他们仨总是在下午一起把轮胎打足气，擦干净所有的链条，为脚镫子和刹车上油，用旧毛衣改出来的抹布把车框擦得锃亮。

一旦回过神来又到了现在,他就重新回忆过去,或者打开电视。那是他希望把一切抛在脑后的方式,仿佛纵身跃入一道深渊,无数次循环访问。

"孩子们明天到。"以前,这是他最爱听的话。现在,却是令他最难受的话。

以前,电话响的时候,他总是急切地冲过去接,哪怕仅仅为了听儿子们叫一声"爸爸"。而现在,他总会把自己关在某个地方,直到欧仁妮接起电话为止。

圣诞节期间,工厂是关门的。他就没办法在凌晨三点钟逃到厂里,然后在里面磨蹭大半天。他将不得不与她擦肩,在楼梯上,在厨房里,在客厅间,在楼道上。不过,或许也有可能,他们很快就会回里昂去看着店铺,因为节日里,人们很喜欢买音乐唱片作为礼物。

这会儿,他继续包着给儿子未婚妻们的礼物。两个浮雕玉石的挂坠。他把它们放进小盒子里,然后用同样的礼品纸包起来,那些没有尖刺的冬青。他觉得对于年轻的女孩子而言,浮雕玉石有点过分老气了。但他什么也没对欧仁妮说,家里的气氛已经非常紧张了,虽然表面上波澜不惊,默然无声。

圣诞前夜,当他躲在自己房间的百叶窗后面,看到她从阿兰的汽车里下来时,他发现她穿着冬天的衣服,更美了。

欧仁妮穿着睡衣为他们开了门。他们从里昂来。已将近半夜十二点了。他们什么也不吃,马上就去睡觉了。明天中午庆祝圣诞节。他听见他们的脚步声,他们说话的声音在楼道里回旋。房门关上了。接着是一片寂静。除了欧仁妮回到床上,而他假装睡着了。欧仁妮双脚冰凉,把它们贴在了他那条纹睡衣上。

当安妮特走进厨房的时候,是第二天上午十一点。只有他们俩。欧仁妮出门去买圣诞蛋糕和面包了。双胞胎兄弟和桑德莉娜还在睡觉。

"早上好,阿尔芒。"

他正在开牡蛎:他机械地重复着动作,将牡蛎打开,把里面的海水倒掉,将牡蛎一个个排列在盘子里。等到中午的时候,会有新的汁水渗出来,美味至极。这是诀窍。把它们打开之后,让它们重新产生汁水。

"早上好,安妮特。"

她踮起脚尖跟他行贴面礼。他右手拿着刀子。他呼吸着她的前额,接着是她的头发。他闭上了眼睛,以免失去平衡。

"夏天以来,过得还好吗?"她边拿起一个碗,倒着欧仁妮留在炉子上的牛奶,边问他。

她那瑞典口音生硬锋利如同皮鞭。他居然答不上来。他看着她把烫手的锅子里热牛奶上那一层皮拨开。她一边咬着嘴唇,一边用一把木勺子拨着奶皮。接着,毫无预兆地,她抬起头,盯着他,露出一个可人的笑容。

"好奇怪,阿尔芒,您说话的时候总是加'L'的音。"

"是的。"

"还好吗,阿尔芒?您看起来非常苍白。"

"开牡蛎让我头有点晕……看起来,我们在把它们吞下肚的时候,它们还都是活着的。"

"哦。如果这样的话,就不应该做这事儿了。"

她的嘴唇浸入牛奶里,吹了口气,又浸进去。

"阿尔芒,如果您不想做这事儿的话,就不应该去做啊。"

她放下碗,几乎是盯着他看。

他也盯着她看。

"您跟欧仁妮结婚很久了吗?"

"我不知道。"

她开始笑起来。

"怎么,您不知道?您总是像克里斯蒂安那样心不在焉吗?"

"心不在焉。"

他离开了厨房,那里的空气变得令人窒息。出门的时候,他跟购物回来的欧仁妮正好撞上。

"你把牡蛎都开了吗?"

"没有全部弄完。"

大家进了客厅。

这一年,欧仁妮买了一个闪亮发光的圣诞花彩。所以,她特意把灯光调暗了,以便大家可以欣赏这新的装饰。

大家在半明半暗的氛围里喝着开胃酒:那还是他们结婚时候的香槟酒。阿尔芒嚼着花生米,阿兰在对他大谈店里生意火爆的状况。把桑德莉娜安排在收银台真是个绝妙的主意。这样子,他就有时间作曲了。他已经寄了一些自己曲子的录音给巴黎的唱片公司。

阿尔芒眼里却只有安妮特的脸,消失,再出现。这个闪闪发亮的花彩可不是一个好主意。

大家开始上桌吃饭。

阿尔芒重新打开了天花板上的大灯,惹得欧仁妮生气地说他。安妮特三步并作两步地上楼,接着又带着一包蜡烛下来,放在桌子上,擦着火柴把它们点亮了。然后她把大灯关了。

"太美了,我亲爱的。"阿兰轻轻地在她耳边说。

确实,这样太美了,阿尔芒仿佛从另一个角度,重新发现这个自己认识了二十多年的饭厅。一如他的生活。

安妮特没有碰牡蛎,也不吃鹅肝酱,而双胞胎兄弟则大快朵颐,阿尔芒已经喝光了第三杯酒。欧仁妮很奇怪地看着他。他又给自己倒第四杯酒。孩子们在讨论着他们的婚礼。将在二月份举行。

到了拆礼物的时间了。

桑德莉娜递了一个金色礼品纸包着的礼物给欧仁妮。

"是我和安妮特送给您的。"

欧仁妮好不容易才打开了扎在礼物上的缎带,当她看到里面是一条爱马仕围巾时,嘴里发出完全听不懂的声音。她不知道该拿它怎么办。她看着这礼物,仿佛是有人刚把一个新生儿递到她手里。本该戴上的,她却小心翼翼地把它叠好,又放回了盒子里。接着,安妮特转身对着阿尔芒轻轻地说:

"这,是我送给您的。"

"谢谢。"

他感觉到自己像个小姑娘一样脸红了。安妮特送给他一个大卫·里恩电影合集:《相见恨晚》《远大前程》《威尼斯假日》《日瓦格医生》《雷恩的女儿》《阿拉伯的劳伦斯》《深情的朋友》《天伦之乐》。

当他跟她行贴面礼感谢她的时候,感觉自己像得了流感一样颤抖不停。

儿子们戴着他们的高帽子在家里转悠。阿兰模仿着《虚拟特工》里贝尔蒙多的样子,而桑德莉娜和安妮特两个,脖子上戴着那玉石挂坠的项链,笑得无忧无虑。安妮特不知道贝尔蒙多是谁。

26日一早,安妮特就得走了。她要回瑞典去与她的家人一起过新年。为了让阿兰继续享受跟父母在一起的时光,她没有让他送去里昂机场。她预订的出租车已经到了。阿兰和安妮特在家门口吻别。

看着她消失在出租车里,躲在窗帘后面的阿尔芒感觉自己变成了一个贼,但心里想的是他以后应该不会再见到她了。就在那一刻，他是确信这一点的。她不会再回到法国来。法国可不是唯一有耶稣玻璃画出现的地方。她不过是个过客。她永远不会嫁给阿兰。她可以到另一个国家去工作。玻璃彩画，到处都有的。她会在那边遇见另一个人。可以从她的眼睛里看出来——她的眼神与桑德莉娜看克里斯蒂安的眼神不一样。她不会再回来了。

1月2日，凌晨四点，他会重新踏上去工厂的路，随着时间的流逝，他会忘记她的。

52

帕特里克和祖儿来圣埃克苏佩里机场接我。奇怪的是,我几乎有点失望,因为接我的人不是那个永远套着一条格子外套的"我叫不上来名字"先生。

我什么也没法跟祖儿他们讲。从芒努斯嘴里听到的一切,我永远不会说给任何人听。就在他滔滔不绝地对着克莉斯黛尔说话的时候,我感觉听到了安妮特的名字。她回到瑞典的某个夜晚,告诉她父亲一个秘密。

在照顾老人的这些年里,我学到了两件事。年复一年,从一个房间到另一个房间,从一位老人到另一位老人,都在对我重复着这不变的两句话:

"好好享受生活,人生太短。"

"绝不要把秘密告诉别人,哪怕那个人是你的兄弟、孩子、父亲、最好的朋友,或者一个陌生人。绝对不要。"

我递给他们一盒巧克力,编了一个最简单的故事:朱尔的外公外婆不在那里。我遇到了他们同一楼道的邻居,他会说法语,告诉我说芒努斯和艾妲两年前离开了瑞典,移居加拿大了。

祖儿对我说那也好,总之是我过分纠结那个问题了。我的父母在一场车祸里死了,很不幸,但已成事实,当人只有二十一岁的时候，得多想想未来，只想着未来。

在她说话的时候，帕特里克不停地点着头，就像人们在汽车前面放的那种玩具狗一样。这两个人最让我喜欢的，是他们的爱。

对他们撒谎我很惭愧，但若不这样，我又能怎么做呢？我不能背叛安妮特。而且我不确定她在地下是否安眠，因此，我不能再发出任何声响。

我的眼皮很沉，我想睡觉。我的脑海里又浮现出了斯德哥尔摩的街道，那些结冰的下水道，橱窗里的圣诞装饰，喝着啤酒的人，雪。芒努斯和艾妲给我泡的那杯茶的香气。他们漂亮的脸，他们的眼泪，他们求我说服朱尔重新跟他们联系，给他们写信，去看他们，原谅他们。还有克莉斯黛尔，戴着那顶瓶底绿的帽子，翻译着，重复着那句话："您是我们与朱尔和解的唯一希望。"

"朱朱，朱朱，你醒醒啊！"

我正在做梦。朱尔结婚了，我拉着新娘的裙拖，却看不到新娘的脸，当她转过身来的时候，却是珍妮·盖诺。

我们到了。帕特里克把车停在爷爷奶奶家门口。夜色已经降临。大概已经是傍晚五点半了。厨房里有光，朱尔的房间也是。明天，我得把送给他们的礼物包好。离圣诞节只有两天了。

我不想一个人走进这个家。半梦半醒之间，我提议祖尔和帕特里克进来一起喝一杯。可他们没空。祖尔今晚值班，一个小时以后她就得上班了。

"朱斯蒂娜，我得跟你说个事儿。"

突然之间，祖尔神情变得严肃了。她几乎从来都不叫我朱斯蒂娜，一直只唤我"朱朱"。瞬间，帕特里克的神情也严肃了。这两个人的表情似乎都是同步的。

"发生了什么事？"

"埃莱娜·埃尔昨晚被转到医院急诊去了。"

53

1947年3月30日一点钟,艾德娜生下了一个女孩。那个婴儿出生的时候是臀位,所以生产的过程持续了七十二个小时。西蒙/吕西安自始至终没有放开她的手,任她咬、骂、叫、哭、哀求。等到新生儿发出第一声啼哭,艾德娜就失去了知觉。她放弃了。

当她重新睁开眼睛的时候,看到西蒙/吕西安在床边,怀里抱着他们的孩子。他那么专注地望着孩子,仿佛想在她的脸上找到一道痕迹、一个印记,某种熟悉的东西。吕西安没有对他的女儿笑,而是用眼神在对她提问题。

"西蒙,你想给她取个什么名字?"艾德娜问他。

他不假思索地回答说:

"罗丝[1]。"

"为什么叫罗丝?"

"因为那是我最喜欢的味道。这个我还记得。那是我最喜欢的香气。"他重复着。

---

[1] 法语Rose,意即玫瑰。

罗丝出生几个月之后,他们一家搬到了菲尼斯太尔地区拉贝尔拉奇镇上的天使路。那里海浪滔天,一天内涨落数次,看潮水翻腾,冲刷一切,在阳光和阵雨间,思绪可以迷失、奔腾,或者躲进无人之境。

那正是艾德娜想要的。躲进无人之境。不要再与任何熟悉的脸孔相遇。没有任何人会再收到她曾经看到的那封信,还伴着手绘的吕西安·佩兰的肖像。

西蒙/吕西安在一家罐头食品厂里找到了一份工作。艾德娜在一所学校当护士。她刻意地、极其小心地避开了所有的医疗机构。因为那封信。

面对自己的女儿,艾德娜有时候也会感到面对自己丈夫时那种强烈的感觉——仿佛那是她从另一个女人那里偷来的。晚上,当她起身去哄孩子的时候,会有负罪感袭来。她觉得罗丝哭是因为她在呼叫自己真正的妈妈。当她的怀抱无法安抚她,她那些柔情软语和亲吻拥抱无法令她安静下来,她会有想把她扔出窗外的念头,会想把她放上一列火车,装进一个信封,写上:路易老爹咖啡馆,教堂广场,密里。

艾德娜更喜欢从前。那时候她只需要爱两个男人:西蒙和吕西安的魂灵。自从生下罗丝之后,她感觉埃莱娜离他们越来越近了。

艾德娜想要远离这一切。她想出国去。只要他们还留在法国,就会有危险。她越来越想去美国,那里一切都是可能的,那里有秘密,有外国人,有骗子,就像她一样。有一种新的语言需要去学、去讲、去写,也许这才是她爱的那个男人真正的解药。因为他们越来越陷入一种无声的抑郁之中。他花大把大把的时间,去空空如也的脑海中探寻自己的过去,一边读着那些他觉得在受伤之前读过的小说,一边拼命地回忆。他对着客厅的墙壁提问题——哪里?什么时候?可他得到的回答只有一片寂静，在他的周围，没有任何回音。于是，他就上楼去睡觉，脑袋里装满了空洞。只有罗丝可以让他开怀。那才是一种真正的笑，一种会发出声音的笑，一种来自身体内部的笑，那是某个装着仅有的一点快乐的角落。

有时候，艾德娜会怀疑有没有可能，一个陷入爱里的男人，会一笔一画地复制一个像他爱着的那个人的婴儿。在她看来，罗丝越长大，有些时候就越像埃莱娜。艾德娜的内心仿佛藏着某种疯狂的粒子，正慢慢长大。自从她的女儿降生之后，她就时时刻刻在为自己的谎言付出代价。而以前，至少某些时间，她还拥有过宁静的快乐。虽然短暂，却无比安然。在噩梦里，她又看到咖啡馆吧台后面的埃莱娜，她又看到她那扫过却从不会停留的目光。

当她醒来的时候，艾德娜又不想知道。她不希望知道。她不想有回忆。她打开窗户，让海洋的气息吹进来，让大风卷走一切可怕的念头，可那些念头死命抓着他们房间的窗帘，那个她和西蒙再也不做爱的房间。

54

　　埃莱娜在昏迷之中。她的嘴巴和鼻子被一堆连着人工呼吸器的管子遮住了。她的左胳膊和左手上打着点滴,一些药水正一滴滴地流进她的体内。看到她的那一刻,我多么希望自己是学过医的,可以找到救她的方法。

　　罗丝抚摸着她的手。一个女人在她的旁边。那个人不是医院的工作人员,也没有穿着白大褂。罗曼坐在房间的另一头,眼神涣散。当我敲门的时候,他说了句:请进。

　　罗丝叫了我的名字:朱斯蒂娜。

　　那个女人看了看我,冲我微笑。罗曼站起身来,走向我,跟我行贴面礼。他的脸颊冰凉。仿佛他才是那个刚从外面进来的人,而不是我。

　　那个我不认识的女人走近罗曼。罗丝走过来亲吻我,跟我说:

　　"您能来真是太好了,我还以为您在度假呢。"

　　罗曼没有让我有时间回答:

　　"朱斯蒂娜,我为您介绍我的妻子,克洛蒂尔德。克洛蒂尔德,这是朱斯蒂娜。这就是我经常提起的那个女孩子,正是她在养老院里照料埃莱娜。"

克洛蒂尔德又冲着我微笑。我很有礼貌地跟她打了招呼。可是,我梦想的是大喊:为什么有人会取这么难听的名字?!她完全就是我想象中的样子:完美极致。看起来就像是格蕾丝·凯利的一幅广告。

我走近埃莱娜。我认不出她来。如果罗丝和罗曼不在这里,我会以为自己走错了房间。完了,埃莱娜老了。她看起来就像别的老人一样了,生命已经放弃了她。

我将脸颊凑近她的头发。我闻着它们的味道。第一次,我感觉她的海滩上被黑夜所笼罩。空无一人。没有女人,没有孩子,没有男人,没有浴巾。天并不冷。空气几乎还有些许温暖。大海是平静的。埃莱娜没有在等吕西安和他们的女儿,她的眼睛盯着海平线,或者一本爱情小说。她睡着了。月亮挂在空中。一轮满月。

当我回过身来的时候,罗丝、罗曼和克洛蒂尔德都不在。他们离开了房间。就像埃莱娜海滩上的那些人。只剩下我们两人,在旺季之外。

我生命中第一次感觉到了孤独。我真想替她去死。我想离开。我想第一个看到吕西安。

我从口袋里掏出那个蓝色本子。我想读最后几章给埃莱娜听。或者,是最开始的几章。

"你几岁了,我的爸爸?"

罗丝拧着他的鼻子问他。逗得他笑了。她轻得就像一片羽毛。吕西安将她搂在自己的怀里。天刚下过雨。通往家里的路变成了一个大水洼。

"我不知道。"

她把小小的脑袋靠在他的脖子上。他的皮肤能感觉到她的呼吸。他抬起头,观察着那些在天空中跳着华尔兹的鸟儿。海鸥在等着归航的渔船。

吕西安和罗丝的头发迎着风,吕西安的脑中,有着无数的空洞。那些天上的云仿佛是怪兽。

"你不开心吗,爸爸?"

吕西安抽回目光,勉强地笑了笑。

"没有,只是我的眼睛有点累。"

他把她举上了自己的肩头,她张开臂膀假装飞机的翅膀,他开始跑起来,一直跑到了自家门口。

跑着,有女儿在肩上,鼻腔中呼呼地吸着风声,土地和大海的气息,雨点像缝衣针一样扎着皮肤,真好。

他们没能去美国。因为法国行政部门不能给他们出证件。失忆无法归入任何一档,而西蒙/吕西安的存在,没能令他拥有一本护照。

罗丝的笑声令他开怀。他模仿着飞机发动机的声音,只需要一点点,他们就可以起飞了。

当他推开家门的时候,却不禁倒退了一步。屋子里,床垫都被掀翻了,柜子被掏空了,锅碗瓢盆都打翻在地。厨房的地上撒满面粉和糖。

罗丝还太小,不知道发生了什么,她只是重复着从她妈妈嘴里听来的几个词:真是乱得一团糟啊。

艾德娜的行为越来越古怪。她莫名其妙地流眼泪,可以持续几个小时,越来越经常地,她会突然消失好几天。可这个样子,整个家被洗劫一空,却是头一回,这不可能是她做的。连地板都被撬开了。

一个小时之后,两个警察来取证,痕迹、足印,等等,他们解释说最近这一段时间,有好多家都被洗劫了。吕西安非常手足无措,他说不上来为什么,但看到穿着制服的人在他家里,就觉得非常不舒服。

他们走后，罗丝帮她爸爸捡着地上的东西，一边玩。在衣服、罐头和瓶子中间，她找到了几张旧报纸，就把它们放在炉子边上的木柴堆旁。因为她知道自己一个人不可以打开炉子的门。吕西安在打扫卫生，他擦着、扫着。他喜欢做这些事。抹去灰尘。他多么希望自己也可以擦拭掉脑袋里的灰。

罗丝上楼去房间里玩了。

吕西安打开了炉子门，放了几块木柴进去。他拿起了那些旧报纸，揉了揉，准备擦根火柴点燃，突然就看到了报纸上的那张照片。那是一片白桦林。他打开了被揉皱的报纸。他认得这林子。他到达巴黎东站的时候，手里就拽着这报纸。

突然间，一切都回来了。诊所，艾德娜的手，纸盒里的那几页纸，他受伤的手拼命捏着它们，治疗室，包扎伤口的纱布，一种恶心的味道，昏迷。

他把它们给忘了。它们在哪里？为什么到了布列塔尼的这个家里，在被打劫的这一天，又出现了？

有人来敲门了。

他发现自己当时在火车站，手里拽着的几张报纸都放在那堆木柴上。都放在一起。他观察了一会儿，仔细闻了闻。那是些外国报纸。

外面的人继续在敲门。

吕西安去开门。门口站着两个警察，架着一个年轻男子，那人戴了顶鸭舌帽，一脸几天没刮的胡子。

吕西安感到一阵晕眩。他扶住了门框。为什么看到这些穿制服的人，他就会有这么强烈的反应？

其中一个警察开口说：

"我们抓到了偷东西的人。"

但是吕西安没听到他说什么。他什么都没听到。他只是把手里的报纸递到那个男人面前。

"您在哪里找到这个的?"

其中一个警察回答说:

"在车站附近,他想逃跑。"

"我不是跟您说,"吕西安干巴巴地回答,"我跟他说。"

吕西安只是坚持伸着手,把报纸递到年轻人面前,那个小偷的神情似乎越来越尴尬。吕西安那张带着刀疤的脸和灼灼坚持的目光,都令人震撼。

"您在哪里找到这个的?"他继续问。

"不是我,先生。我是无辜的。"

第二个警察从他口袋里掏出了一条金链子。吕西安立刻认出了那件首饰。那是艾德娜受洗的圣牌。那个项链的挂坠——圣母马利亚——在警察的手里来回晃动着。

"您认得这个物品吗,先生?我们在这个人身上找到的。"

"我没有偷!那是我妈妈给我的!"

吕西安盯着这个小偷。这人有点发窘,身子左右摇摆着,鼻子里大声喘着粗气。

"这东西不是我的。"

吕西安的回答令这个戴着鸭舌帽的人和那两个警察都很震惊。他们一遍又一遍地跟他确认,可吕西安就是坚持自己的说法:他从来没见过这首饰。这链子既不是他的,也不是他的伴侣的。

"朱斯蒂娜,我们走吧。"

爷爷在我身后。是他带我来急诊室的。他不想让我开车,因为当时的我太紧张,恍然无措。我不停地喊着:为什么她就在我离开的这两天,心脏出问题了!只是两天啊!虽然,我非常明白,那些养老院里的老人,经常是在熟悉的人不在身边的时候,就病倒了。

是因为我的原因，埃莱娜陷入了昏迷吗？这是对我去瑞典探寻安妮特的秘密的惩罚吗？是因为我去强迫芒努斯开口吗？

朱尔问我是不是我去里昂过了个"小周末"，我说：是的，太棒了。如果他知道真相的话，他大概会宰了我。

爷爷站在我的身后，他摘掉了他的鸭舌帽。看他站在这里，在这个医院的房间里，我想可能有好多年了，我从来没有在家或者花园之外的地方看到他。他看上去有点局促、笨拙。

我们之间沉默着。断断续续的，一些机器的声音。

"埃尔夫人怎么样了？"他问我。

"她还在昏迷中。"

他什么也没说，只是看着埃莱娜。

"爷爷，你认识她吗？"

"谁？"

"埃莱娜，你认识她吗？"

"只照过面，可能。他们经营咖啡馆的时候，我还很小。"

那是第一次，他第一次回答我的问题，说了这么多的字。二十个字，不算标点符号。

我打开自己的蓝色本子，继续读我的记录，仿佛爷爷不在一样。其实，他什么时候在我们身边过？

吕西安在几个小时之后，又找到了刚才那个年轻人，在一家小酒馆的吧台边。他看起来神色恍惚。当他抬起头，看到吕西安走向他的时候，还以为是来找他算账的。出于本能，他伸出手，抱住了脑袋，以防吕西安给他几巴掌。

"我啥也没干，先生。"

"您在哪里找到这些报纸的？"吕西安又提问。

那个年轻人的身子又开始左右晃动。他明明是洗劫了这个人的家，可这个人，为什么偏偏只关心这几张破纸呢？

吕西安盯着他。仿佛在知道答案之前,永远不会放弃。他那双蓝得异常的眼睛,冒着一种几近疯狂的光。那颜色,仿佛是游艺会上的两盏灯泡。

"在一块地板后面……在您的厨房里……我还以为是一沓钞票,真是失望。"

吕西安停顿了一下。

"您叫什么名字?"

毫无疑问,这可真是个奇怪的家伙。

"夏尔,先生。"

吕西安依然盯着他。

年轻人赶紧在口袋里摸索着,找到了那条艾德娜的金链子,掏出来,恋恋不舍地递出去。

"留着它吧,夏尔,"吕西安对他说,"送给你的未婚妻吧。"

"我啥也没有,先生。一个未婚妻,您倒还真有想象力。"

夏尔还是迫不及待地又把金链子塞进了自己的口袋里。

"不过,谁知道呢。"

当艾德娜下班回家的时候,她差点惊叫出来。西蒙好像一下子变了个人。当他站起身来的时候,简直就像又长高了。这天晚上,他比任何时候都更英俊。比早上他们道别的时候更英俊。

"我找到了一些文字。"吕西安直勾勾地盯着她的眼睛说。

"文字?"

艾德娜被他那种寡淡的语气给惊到了。

"是我写在那些报纸上的文字。为什么你要把它们藏起来?为什么?"

艾德娜坐了下来,仿佛自言自语道:

"我不知道。我不记得了。"

他递给她那些她不曾烧掉的旧报纸。她应该早点把它们烧掉的。

"盲文,你听说过吗?"

"嗯,"艾德娜回答说,"那是为盲人发明的书写法。"

"我不知道为什么,但是我懂盲文。我想那是我写给某个人的。"

"某个人?"

"一个嘴里有一只小鸟的女人。还有一个咖啡馆,门口的牌子上写着'歇业休假'。"

"你想听我……"

她犹豫着。想要用一种自然的语气说话,但是她的心正在狂跳。

"你能把那些文字读给我听吗?"最后,她叹了口气,只说了这句。

吕西安小心翼翼地把纸展开。他闭上眼睛,用手摸着那纸面,高声朗读道:

"我心爱的人啊,第一次吻你的时候,我感觉自己的唇上仿佛有一只鸟儿在拍打翅膀。我先想到的是一只鸟儿在你的唇间挣扎,你的吻并不喜欢我。可当你的舌头来寻找我的舌头时,那只鸟儿开始与我们的呼吸游戏,仿佛我们在将它抛来抛去。"

艾德娜听不下去了。他爱她。他爱着她。继续吗?把他带去那里?和孩子留在这里?没有他?等到明天早上再跟他说出真相:1946年,我曾经收到一封信,"某个人"在找你……?

将他与女儿分开?重新回到密里?跟埃莱娜联系?看看她的近况再说?还活着?死了?再婚了?当了妈妈,爱上了另一个男人?杀了她,然后逃跑,为了重新生活下去?

我们可以像偷一张钞票那样,偷一个男人吗?如果我们把一个男人从另一个女人的生活里偷走，会坐牢吗？

自杀。然后留下一封信，在信里，写上：埃莱娜·埃尔，路易老爹咖啡馆，教堂广场，密里。

那我的人生呢，该到哪个地址去找？我活过吗？不。就让他这样老去，死也不说。无论如何，都已经太晚了。

吕西安的嗓音将她从麻木中拉回来。那是第三次了，他在重复着同一个问题，为了跟她同一个高度，他正蹲在她的面前：

"你是不是知道一些我所不知道的关于我的事情？"

"不。"

一个护士进了房间。

爷爷没有动。看他的脸色，感觉因为我停下来不读了，有点失望。他按了一下我的肩膀，似乎想表达对我的疼爱。他的那种笨拙，令人心疼。

那个护士换了一下输液瓶。她朝我们笑了一下，然后又看了一眼摊开在我膝上的蓝色本子。

"您为她朗读真是太好了，她什么都能听见。"

她离开了房间。爷爷坐在一个角落里，双手交叉着，仿佛陷入了沉思。看着他，我心想究竟人们为什么会陷入爱里。我每天每夜从每个老人那里听各种各样的故事，非常清楚地了解到一件事，那就是：爱是无法解释的。

"继续念吧。"他对我说。

1951年夏天，从密里火车站到路易老爹咖啡馆的路上，艾德娜没有遇见一个人。在村子里，烈日的白光令灼热的街道一片寂静。四处都只有沉默：树，人行道，墙壁。家家户户的百叶窗紧闭。地面上的反光令人眼前白花花的。艾德娜穿过教堂广场,看到自己的影子,惊讶地感觉那仿佛是有血有肉的。咖啡馆的露台上没有一个客人。

咖啡馆里面也是空空荡荡的。那时是下午三点钟。从上一次她来,到这会儿,仿佛没有任何改变。正门和窗户都大开着。空无一人。似乎所有的灵魂都在午睡。只有轻微的缝纫机在运作的声音,以及,某只猫的哼哼声。"她"在那儿,关在她那个作坊里头,针脚正在一块布上游走。艾德娜在门边上站了许久,其实只需要朝前走四步,就可以跟"她"说话,后退四步,就可以回到她来的地方,什么都不说。

有只苍蝇在她耳边盘旋。汗滴从鼻尖往她的嘴唇方向流去,顺着"天使的印记"。她用手背擦了一擦,又想到那个传说,其实每个生命在出生之前都会了解自己的人生,但有个天使会来把手指放在婴儿的嘴唇上,让它闭嘴,就在嘴唇之上留下了这个印记。如果她提前知道自己这一生的遭遇,她可能不会让天使留下它的印记,而是直接放弃这一生。

缝纫机停了下来。上次她见过的那条狗奇迹般地突然出现了。它喘着粗气,头低垂,眼睛微闭,似乎是热坏了。这狗儿远远地嗅着艾德娜,接着在地上趴下来,却没有移开盯着她的视线。埃莱娜出来了。她穿着一条黑裙子。在吧台后面,她开了水龙头,抹了一把自己的脸。当她看到有这么个客人在门边上站着时,便拉了条围裙系上,朝她打了个招呼。她的眼睛自从上次见过,是又变大了吗?为什么她的脸看起来仿佛都被那眼睛的蓝色吞没了。跟吕西安一样。

"您需要点什么?"

艾德娜依然站在入口处。

"我知道吕西安在哪里,"艾德娜回应说,"现在,他现在叫西蒙。"

艾德娜并没有预先准备说这两句话。她曾经想过坐下来,慢慢地,那个瘸腿的年轻服务员应该在,她可以安静地观察,掩身在顾客中间,等着咖啡馆关门,甚至等到天黑。可是没有。这地方这会儿天热得像火炉,令她不得不这样跟"她"面对面,周边没有任何旁人。

埃莱娜打量了一下艾德娜,她的话还在空荡荡的大厅里回旋。酒瓶、酒杯、茶杯、桌子、椅子、吧台、镜子、珍妮的照片、电动弹子台,把这一字一句当成子弹一样弹来弹去:我—知—道—吕—西—安—在—哪—里—他—现—在—叫—西—蒙。

埃莱娜一言不发,盯着艾德娜那薄薄的鲜红嘴唇。

"这是他的地址。"

她的手递出一张纸片。身子没有动。依然站着,木然不动,在咖啡馆的入口,她无法跨越那一道看不见的屏障。

埃莱娜走近艾德娜。她目不转睛地看着这个护士,仿佛下一秒这个人就会消失一样。她拿过那纸片,展开,看了一眼,假装识字那样,盯了几秒钟。永远不要,永远不要,对着一个陌生人承认她不识字。她抬起头,问:

"您怎么知道是他?"

"我收到过您的寻人启事,有他的画像的那个。"

"可是……那是很久以前了。"

艾德娜放低了眼睛和嗓音。

"他曾经伤得非常严重。但现在好多了。"

"您是他的妻子?"埃莱娜问。

"是的。"

震了一下,埃莱娜拉过一把椅子坐下来。

"他现在哪儿?"

"在我们家。和我们的女儿在一起。"

"为什么您来这儿?"

艾德娜没有回答。她离开了咖啡馆,飞快地消失了,仿佛来时那样。被白日的光吞噬。

从她离开，到小克洛德到咖啡馆，起码有一个小时。埃莱娜，呆在咖啡厅正中央，坐在椅子上，手里捏着那张纸。咖啡馆里依然是空空如也。仿佛这个世界上，当阳光如此毒辣的时候，再也没有口渴的人了。

克洛德好不容易才搞明白埃莱娜对他讲的，一个很高的女人，很瘦，是吕西安的老婆，黑头发，他现在叫西蒙，伤得很重，一个小女孩，跟我说他没死。这炎热让克洛德无法思考，无法理解他这个老板娘颠三倒四、断断续续的话。最后，埃莱娜把纸片递给他，他高声读了出来："天使路，拉贝尔拉奇镇。"

*

吕西安拉开门。埃莱娜不记得他有这么高。他变了很多。他现在像一个男人了。原来感觉他们俩差不多年纪，可这会儿，她发现自己看上去比他年轻多了。他的头发颜色更深了。一道极深的刀疤划过他的脸，从左边的太阳穴一直到右边的耳垂，把他的鼻子都砍变形了。他那双无边的蓝眼睛盯着她。接着，他后退了几步，让她进门，仿佛一直在等她。

她的双腿仿佛支撑不住身体的重量。出于虚荣心，来之前，她还愚蠢地精心打扮了一番。她本不该这么做。如果她知道他已经变了，她就会知道不该化妆的。这本不是一个欢庆的节日，而是他们两人青年时代的葬礼。走进这间陌生的屋子，四处都是罗丝的照片，感觉无边无际，她不禁想，是不是在吕西安被捕的清早，两人一起死了更好。和西蒙一样，死在那些德国人的子弹之下，就永远不会走到这一刻。我们可以想象一切战争的残酷。可能自己的男人会死去、会受伤、会变残、会瘫痪、会变成疯子，变成恶人，变得暴力，变成酒鬼，妒忌成性，心理创伤，面目全非，无法共同生活下去，但永远不会想到，会在另一个家里看到他，在另一种生活里，和另一个女人在一起。

"我们认识吗？"

吕西安刚刚问出这句话。她不知道这是个问题，还是种肯定。他的声音有点变哑了。她无法相信面前这一幕是真实的，她正面对着吕西安，他一直没有回来，因为他选择了另一个家、另一种生活、另一个女人。

在她身边，只有一些他天天用、天天处着的东西。她变成了一个局外人，那个等着一种未知太久的局外人。

"对，我们认识。"

"海鸥，是您？"

"它是我的。"

他用目光吞噬她。她感觉他在抚摸她。她仿佛重新回到了1936年夏天，他们相互触碰的那一刻。一个颠倒的夏天，仿佛在一个噩梦里。

"你怎么找到我的？"他问。

"我本不想来。是一个朋友逼我来的。"

他从高处看着她。她想强挤出一丝微笑，可全身上下每一寸骨肉都在哭泣，甚至她穿着的那条裙子，甚至新买的鞋子。他盯着她那双颤抖的手紧紧抓着的那个蓝色小箱子，最后，她把箱子递给了他。

"这里头有一些你的东西。你喜欢的书、鞋子和衬衫。也许已经过时了。"

吕西安接过箱子，视线却依然定在她身上。吕西安没有能力跟她道歉，没有能力向她坦承自己记不得她是谁了。他怎么可以忘记这个女人？他有权失去记忆，却不能失去这个女人。

＊

平时，艾德娜下班的时候，收音机总是开着的，今晚却没有。罗丝努力想把厨房地上的那个蓝色箱子打开，但她的小手没法拉开那把手。艾德娜一看到它，便明白埃莱娜来过了。她记得西蒙/吕西安写的信里说过："你，买足了所有的食物必需品，而我，准备了那个蓝色的行李箱，我把它放在我们房间的地上。那是地板上的地中海。一汪装满了我为你念的小说的蓝色水面。"

艾德娜等这个箱子等了很久了，她原以为这会在很早以前就发生。可自从她去那个咖啡馆把地址给埃莱娜·埃尔已经六个月了，长长的六个月，一百八十个日日夜夜的准备。他会跟她一起走吗？他会认出她来吗？六个月来，她一直在做准备，面对一个人去楼空的家。

罗丝似乎对箱子里的东西很失望，只有几本书、几双战前的旧袜子、三件白衬衫。没有任何可以玩的东西。

西蒙在楼梯口现身。

"你没听收音机？"艾德娜不知该说什么，只好问了这么拙笨的一句。

"没有，我没心情。"

他下楼来亲吻罗丝。艾德娜正在打量那些白衬衫。

"这箱子是什么？"她问。

"我找到的。"

"好奇怪，看起来这衬衫是你的尺寸。"

吕西安拿起箱子里的一只旧鞋子，穿了上去。

"是的，看，"他说，"这鞋子我穿着正好，简直就像是灰姑娘的水晶鞋。就像在一个没有仙女的童话世界。"

"你为什么这么说？"

"晚餐有大菱鱼。我去处理一下。"他回应说。

他讨厌鱼。他讨厌吃鱼,也讨厌处理鱼、煮鱼、触碰鱼鳞、砍鱼头。死鱼的味道,都令他恶心。

罗丝模仿着爸爸的样子,她也套上了一只大皮鞋,发出一阵清脆的笑声。

*

克洛德在朗德圣母修道院门口等着埃莱娜。他坐在一条石凳上,看着一群小孩子玩足球。她走过来的时候,风把她的头发吹乱了,扎头发的丝带飘向了大海。看着她越来越近,克洛德心里想到的,却是自己从未爱上过她。在咖啡馆里,这么多年来,客人们总是喜欢跟他打趣。承认吧,小克洛德,你是爱上你的老板娘了!不,他爱她,却是一种不含情欲的爱,就像人们爱一位值得敬重的夫人,埃莱娜就是一个伟大的女人,她是那种无论在擦地、在缝衣服或者在读《海的沉默》,都始终如一的女人。

克洛德只爱过一次,那是一个近两年来,每周四都会来咖啡馆的女客人。

周四早上,是密里赶集的日子,在买好东西之后,她就会来路易老爹咖啡馆喝一杯。她的父亲通常点一杯咖啡,而她,一杯石榴味的糖水。克洛德为她倒石榴汁的时候,把整颗心都放在里面了,他偷偷把她喝的那只杯子藏在吧台下面的抽屉里。他把那只杯子和别的杯子分开来洗,用一块特别柔软的抹布轻轻地擦干净,擦到可以让光透亮。当她喝水的时候,那几秒钟时间,他是不呼吸的,只是屏气凝神地看着她,如何吞咽那红色的液体。他特别喜欢那些个天气火热的周四:他就可以不停地为她加水,却不收任何添加的费用。那样的日子,她总是喜欢坐在露台上,而他总是会取出专门为她准备的遮阳伞,为她造一片阴凉。她没有像对别人微笑那样对他笑,克洛德非常确信,她也爱上了他。这看得出来,从她那一路走来,从教堂广场到咖啡馆的路上,寻找他的身影的眼神,就可以知道。她总是在十一点钟左右出现,和她父亲一起。他们的时间是可以掐算的。每次,总是坐上午九点四十五分那班公交车到,装满他们的菜篮子,喝一杯,然后再坐十一点四十分那班公交车离开。每个周四,克洛德总有那二十分钟左右的美好时光,那就相当于多少年的夫妻生活,他在心里想。尤其在这样一段战后的岁月,每天醒来,都惊叹自己居然还活着。而她离开咖啡馆的那一刻起,他就只为了下一个周四而活着。

一个周四早上,她没有来,她父亲一个人来的。克洛德以为她生病了。接下来那个周四,她也没来。第三个周四,克洛德终于鼓起勇气问那位父亲他是否该为他的女儿准备石榴水,于是那位父亲答道,不,玛尔塔去巴黎一个公证人那儿工作了。克洛德听了差点晕倒:就在他得知她叫什么名字的这一天,他也失去了她,这真是双重打击。玛尔塔再也没有回来,克洛德的周四慢慢地就变成了跟每个星期的其他几天一样平淡。天气晴朗或者下雨,对他而言没有任何区别。那只杯子在抽屉里藏了很长一段时间,然后,有一天,大扫除的日子,他把它跟架子上其他的杯子放在了一起。

当他注意到埃莱娜没有拎着那只蓝色箱子的时候,他就明白那个人指点的地址里住着的确实是吕西安。是他坚持让她来一趟的,可看到她走近时的模样,手里拎着那双新鞋子,一脸极度的哀伤,脸上的线条都扭曲了,他开始后悔自己的坚持。

两个人一起坐车回去,克洛德没有再向埃莱娜提一个问题。可她在回去后,把一切都跟他讲了一遍。

在回程那十四个小时里，埃莱娜望着天空，好几次跟他重复说：我不知道为什么海鸥还不肯跟我回去。它在那里待着已经没有任何意义了。

*

她从布列塔尼回来那天，最令她伤心的，是狼宝的眼神。仿佛那条狗也明白自己永远见不到等待的主人了。埃莱娜害怕将要再次面对他那张床的时刻。自从他被捕那天以来，她总是带着再见吕西安的希望睡在那里，正是这个希望，令她心意未寒。但从今往后，她的夜晚将永远寒凉如水，哪怕有狼宝躺在她的脚边。

埃莱娜依然不愿意撤空衣柜的左半边，那里曾经放着所有吕西安的东西，他的长裤、短裤、马甲、香水。她决定晚点再说。当下，她就只打开右半边，那里挂着她的裙子。

*

那天晚上，吕西安把那只蓝色箱子放在他们房间柜子的后面。艾德娜很恨他这么做。居然放在"他们的"房间里面，而不是地窖、阁楼，或者储物室这种无关紧要的地方。他想把那个"地中海"留在身边，而它，却是他另一段爱恋的目击者。深夜，艾德娜听到它的嘶吼。仿佛一只蜷缩在角落里的动物，一头凶恶、残酷的野兽，最终将她吞没。

为了安慰自己，她吞了安眠药，也给自己编故事……他没有和她一起走，他决定留下来和我在一起，那是他的选择，前天晚上九点零五分，他非常温柔地看着我，上周去上班之前，他还亲吻了我，他的嘴唇几乎碰到了我的嘴唇，他在吃晚饭的时候还对着我笑,十天之前,他还问我冷不冷,没等我回答,就把一条披肩盖在我的身上。艾德娜在自己情感的小本本上,一点一滴地收集着任何可能的爱意。

某个周日早上,在埃莱娜来过几周之后,吕西安在床上打开了那只蓝色箱子。他久久地凝视着其中的物品,却没有动弹。艾德娜躲在门后面观察着他。她心里想着,等他看完了,她要把床单也换了。接着,他把箱子里所有的书都取了出来,然后合上箱子,重新放回了柜子后面。他把书放在一张扶手椅边上,随意取了一本,打开来看,接着是第二本,他开始一本又一本地看书,每天都重新看一遍。大约一共有二十来本。其中十多本是乔治·西默农的小说。

*

吕西安仿佛重新看到了在门口的埃莱娜。当她走进屋子的时候,闻到的是她身上那种玫瑰的芬芳。优雅、娇小的女子,皮肤白皙,她大大的眼睛,和她头发上的丝带。他又看到了她,嘴唇颤抖着,拼命扶着那只蓝色箱子,仿佛扶着一艘船的扶栏,以免被风浪卷走。他的眼里只有她。六年以来,他一直生活在艾德娜身边,他对她似乎一无所知,仿佛失忆是生活中理所当然的一部分。艾德娜的一切都是整齐有序的,包括她的发丝,都必须扎成一丝不苟的发髻。而在几分钟之内,他仿佛就对海鸥了如指掌。他把她叫作"海鸥",因为他不知道她叫什么名字。

一切。在她进门的那一刻,他就了解她的一切。"细致"是她最喜欢的一个词,她洗碗的时候喜欢唱着歌,因为其实她非常讨厌洗碗,她从来都不擦杯子,而是把它们放在水池边上晾干,她喜欢在清晨做爱,她怕冷,她喜欢吃红苹果,她穿羊毛袜,她喜欢风,喜欢阳光,却又喜欢躲在树荫里,她喜欢节庆集市，喜欢在草丛中撒尿，喜欢骑着自行车过水洼，喜欢玩骨牌，喜欢把头发编成辫子，喜欢蓝色、满月、游泳、缝纫、笑、走路、做梦、安静、会响的地板、热水、米粉、白色的床单、黑色的裤子、玫瑰香水、衣柜里的薰衣草干花、小雀斑、用手触摸。她的嗓子很脆弱，稍有点冷意，她就会感冒，她会头痛，也会痛经。

一切。然而，他又什么都想不起来。甚至连她从哪里来、他们一起在哪里生活都不知道。因为，他和那个女人一起生活过，这一点，他确信。艾德娜知道，为什么他什么都想不起来，而她却知道，她知道海鸥的存在。她那不停游移的目光出卖了她。

天空中的海鸥依然在那里，仿佛一个老朋友，仿佛有太阳的日子里，恒久相随的影子。它总是停在屋顶上面，他去罐头厂上班的时候，它就跟着他。他不喜欢他的工作，因为太重的鱼腥味。他不喜欢他的生活。他不喜欢自己那张被伤疤横过的脸，每天早上刮胡子的时候，都会在浴室的镜子里看到。

只有罗丝给他撑下去的勇气。罗丝，以及香烟，他特别喜欢吞烟雾的味道，晚上，当他定定地注视着天空中的某个小点时。

一个周二的下午，他提早下班，因为知道艾德娜在夜幕降临之前不会回家，他又取出那只箱子。他一件又一件地试着那些白衬衫，看着衣柜镜中的自己。他没有认出那些衬衫的主人，却很羡慕他。

*

埃莱娜让克洛德在一块白色的牌子上写了黑色的"出售"两个字。用线、剪刀和丝带，她又做了个扎牌子的带子。她把那块牌子挂在咖啡馆的门上。克洛德问她是否确定要这么做,她今后有什么打算?她回答说她准备带着狼宝回克莱蒙自己父母那里去。他们已经不做裁缝,也已经卖了店铺,但她总可以找到一些缝缝补补的活儿。克洛德依然自责把她带去了拉贝尔拉奇镇。因为他当时真的相信吕西安会回来的,比她更相信。这么多年以来,他一直想着有一天吕西安会回到咖啡馆,会站在那个吧台后面,仿佛一切都没有中断过。他把埃莱娜的信仰当成了自己的信仰。而那一趟旅行,把他们的希望都毁灭了。

在密里,路易老爹咖啡馆要出售的消息宛如一颗炸弹。大部分男人都到咖啡馆门口来亲眼确认那是否一则假消息:埃莱娜·埃尔,他们的埃莱娜·埃尔,要卖了他们的咖啡馆!他们都来了:年老的、年轻的、退休的、酒鬼、工人、农民、勤劳勇敢的、懒惰怯懦的、老兵、手艺人、神甫、工头。这不可能。她怎么能走呢?像扔臭袜子一样把他们都丢下?没有她,他们会变成什么样?谁能再来帮他们补裤子,没日没夜地给他们上酒上菜,谁能再来听他们唠叨,卖香烟给他们,谁来管波德莱尔,谁能对他们微笑,像她那样微笑?他们都觉得将要失去他们早晨、中午和夜晚的精华。因为在日常的一地鸡毛里,为钱、为孩子、为女人、为挣回家的工资奔忙,最令他们快乐的,只有这个酒瓶花园,没有比推开路易老爹咖啡馆的门,遇到一两个老朋友,喝一杯,东拉西扯讲一两件糟心事儿,更令人开怀的了。路易老爹咖啡馆,是他们碰头的十字路口,可以握个手,聊聊工厂、送货、牲口、老板、收成、近况。冬天,那里头温暖,埃莱娜会盯着炉子里的柴火。再说,那里头味道也好闻:要么,是中午那道菜的味道,要么,是玫瑰香水味。并不是因为人有几分醉就不喜欢玫瑰香水味了。收音机掌握着节奏,时事新闻,爱情歌曲,来一杯热的或是冷的,让嘴唇沾沾湿,生活才能继续,以更加轻盈的方式,就像埃莱娜·埃尔那样轻盈,她可是个理想的女人，那么纤细，仿佛用一个手指头就能举起来。

很快，恐慌弥漫全村：谁会是新的咖啡馆主人呢？不会再有那么清澈的眼神，不会再有人无论客人醉成啥样都送回家，不会再有人无论要啥都尽量给，不会再有人管着火炉，永远不会。无论是战胜或者战败，人在任何战争中，都会失去，而埃莱娜却不可以失去。再说了，如果那个买咖啡馆的人，把他们的咖啡馆改成一间仓库，或者服饰用品厂，怎么办？很快，有谣言传开去，任何人，想走进路易老爹咖啡馆去出价买，都会悔到肠子都断了（而且，没有人能找得到那个人的尸首）。

没人敢冒险。于是，埃莱娜永远都不会知道，为什么没有人来买她的咖啡馆。仿佛她那个牌子是没人能看见的。她还不得不换了三块牌子，因为天气，或者是有人故意损坏，前几块都不翼而飞了。

1953年初，埃莱娜不得不要求克洛德把"出售"两个字写在门玻璃上面，但这也无济于事，她依然没看到一个人来开价。

开头，克洛德其实是写了"周五见"，因为他知道埃莱娜永远不会察觉。但是接下来，他又后悔了，于是才用松节油把"di"擦掉[①]。

*

"朱斯蒂娜，已经半夜十二点了。该回去了。"

爷爷的声音把我拉回了现实。

我亲了一下埃莱娜，把蓝色本子合上了。我不知道她有没

[①] 法语中，vendre是"出售"，而vendredi是"星期五"。

有听到我读的。

在走道里，罗曼、克洛蒂尔德和罗丝都在那儿。我给他们介绍了爷爷。罗曼对我说：

"珍妮·盖诺因为三部电影得了奥斯卡，《高光时刻》《街上的天使》和《晨曦》。那时候，还能因为一个演员演的几个角色叠加而得奖。"

我更喜欢他对我说，朱斯蒂娜，我爱您，克洛蒂尔德从来没有存在过。这是个拙劣的玩笑。这个房间里的不是埃莱娜，那不过是个替身。埃莱娜去尼泊尔那边高山徒步了。

至于珍妮·盖诺的奥斯卡，我早就知道了。我还知道迪斯尼的创作者，正是按她的脸型创作了白雪公主。可我只是对他说：

"再见。"

现在是深夜一点。仿佛上天要向珍妮致敬，下了一点雪。车窗刷发出咔咔的声音。爷爷以每小时两公里的速度前进。

"你读给埃尔夫人听的，是你自己写的？"

"对。"

"很好。"

"谢谢。"

我想告诉爷爷我是为了埃尔夫人的外孙才写的，我爱她外孙爱得发疯，我想告诉他我去了瑞典，芒努斯什么都告诉我了，我想告诉他在"绣球花"的屋顶上，有一只海鸥，我想告诉他我跟"我叫不上来名字"先生睡觉，我想告诉他有一天，我回家太早了，发现奶奶穿着水管修理工的衣服，我想告诉他帕特里克和祖儿真心相爱，但最后，我只是假装睡着了。

在我沉沉的眼皮后面，克洛蒂尔德和埃莱娜的脸混在了一起。有时候，我会睁开眼睛瞥一眼爷爷的侧影，当我们穿过一座村庄或者经过一盏路灯时，若明若暗的光会照在他身上。我的脑海里，只有已经结婚的罗曼和接近终点的埃莱娜。我想着在下一个转弯处等着我的沙漠。可我的爷爷，他在想什么呢？这个从来不说任何事情的爷爷。他在想她回来了？

安妮特回来跟阿兰·雪结婚了，那是1985年2月13日下午三点，在密里的教堂。她那金色的头发上插着白色的花朵。阿尔芒只看到这个：一个白色的花冠。他没有看到挽着克里斯蒂安手臂的桑德莉娜的美丽，他没有看到芒努斯领着颤抖着的安妮特走向圣坛，他没有听到他们相互的承诺，他没有看到欧仁妮抹了一下眼泪，他没有听到在新人们交换戒指之后放的歌是约翰·列侬的《想象》。他那一整天，都在金发间的白色花朵里。

他不知道在离开教堂之后，他们是走着还是坐汽车回家的。他不知道那一天，对于二月而言，是冷还是非常冷。他不知道他们的车队有没有按喇叭。他不知道那两对新人有没有穿着同样的礼服。阿尔芒特别讨厌欧仁妮把他们打扮得像小时候那样，穿完全一样的衣服。但那个1985年2月13日，他根本没有注意这些细节。

他们围坐在饭厅的桌旁，大约有十五个人：阿尔芒、欧仁妮、克里斯蒂安、桑德莉娜、她妈妈、阿兰、安妮特、她的父母芒努斯和艾姐、安妮特的哥哥和新人们的其他几个朋友。

欧仁妮要求阿尔芒推动了家具。为了宴席，她用了白色的桌布。阿尔芒说好的，阿尔芒说不，阿尔芒笑着，阿尔芒倒着香槟酒，或者其他的东西。

他们一起吃了那个有名的海鲜库斯库斯。欧仁妮前一晚就开始准备了。她用了小半夜的时间去做那些粗粒小麦粉，照着她那个朋友法蒂娅教她的办法。

芒努斯用克里斯蒂安的相机拍了一些照片。然后他们跳舞。

先是老人，其实年纪也都不算大，接着是年轻人，年纪也都不是太小。克里斯蒂安和阿兰为他们的婚礼录了磁带。那些磁带，朱尔到现在还留着，放在他那张书桌的抽屉里。

当那些老人都坐下来的时候，阿兰放了普林斯的那张《时间印记》的唱片。

接着，他们吃了安妮特和桑德莉娜一起切开的婚礼多层蛋糕。那个蛋糕的顶上，有四个小人偶，代表着两对新人，相互拥抱。

安妮特把其中一对小人偶拿起来，舔了他们脚下的奶油和焦糖。

傍晚时分，两个新郎上楼睡了会儿午觉，而新娘们则留下来跟客人们一起聊着天。欧仁妮回到了厨房里继续准备饭菜。艾姐和芒努斯帮她的忙。就在那个时候，安妮特放了滚石的那一首《天使》，然后邀请阿尔芒跳舞。

在跳舞的时候，贴着她的身体，他想，我消失了。有一些人走了，突然间就消失了。我已经在一个电视节目里看过这样的报道。随着《天使》跳舞的时候，他感觉自己的手在蠢蠢欲动，仿佛有一只小鸟在他的手指之间。他张开了手，它们就飞了。那首歌放完了。

安妮特头上的花冠掉在地上了。阿尔芒弯腰捡起它。

安妮特开始又哭又笑，有鼻涕流到她的嘴唇上，她抽泣着说着瑞典话，阿尔芒从来没见过任何比她用手背擦去鼻涕更美的瞬间。芒努斯从厨房里出来，把他的女儿抱在怀里，拍着她。接着，她去洗手间，在里面关了很长时间。除了阿尔芒，没有人注意到。所有人都以为她上楼去和她丈夫待在一起了。

在他们一起喝洋葱汤的时候，阿兰讲着笑话，所有人都哈哈大笑，尤其是他的弟弟。阿尔芒去洗手间，安妮特刚刚从里面出来。她揉碎了一些促销杂志,和一些纸巾一起扔在垃圾桶里。它们浸满了她的眼泪。阿尔芒把它们都放进了自己的口袋,想关住安妮特的忧伤。

他在那个马桶前站了很久。他真想在那里待到死。那个她刚待过一个小时、两米见方的地方,是他未曾预料到的墓穴。

他解下了裤子,坐在依然温热的马桶上。他没料到有这样的温度。那是她留下的温度。他闭上眼睛,哭了起来。

55

今天早上下雨了。埃莱娜双眼肿了,因为哀伤。天很冷。她用围巾盖在肩膀上。往炉子里放木柴。

她早上六点半把门打开。她看了一眼"出售"那两字。漆色已凋零,从来没有人来买。她又机械地朝着天上看了看。她不再等吕西安,却在等她的海鸥。

如往常一样,波德莱尔是第一个顾客。年岁渐长,他的背越来越弯。他一边低头看着路面,一边往前走,不厌其烦地背诵着那些诗句,仿佛那些诗句都是写在地上的。

七点钟,纺织厂的工人们陆续进来喝一杯咖啡。他们大多默不作声。就是同样的这些人,在正午时分会再来,那时候,就喧哗了。

八点钟,他们都走了。

九点左右,是一拨退休的人,他们三三两两地围着炉火打牌,直到十一点半才走,就在第一批工厂下班之前——一组人工作四个半小时——下了班就会来。

埃莱娜打开大咖啡机边上的半导体收音机,珍妮·盖诺在那咖啡机的上面安然若素,朝她微笑。她习惯性地用目光寻找着狼宝,却突然想起来它昨晚上死了,就在她关门之后,仿佛一直等到那一刻才死去，免得打扰她。埃莱娜的头碰到了水盆，便把水倒了。她感觉失去了一个安静的妹妹。心里很疼。

她听到十点钟的火车到站了。火车站就在离这里步行五分钟的地方。旅客，是她这个店里唯一不固定的客人。有些人在等着转车的间隙，会进来喝一杯，暖和一下。这天早上，有五个。

他们和克洛德同时进了咖啡馆。克洛德走近埃莱娜，问她还好吗。她点了点头，表示还行。正是克洛德帮她在前一晚埋了狼宝。这会儿，既然他已经到了，她就可以回去那个缝纫机边的位置。

中午十二点，她重新出来帮忙。那是客人最多的时间。人来人往，仿佛是在火车站台上。有准备进来用餐的，也有起身离开回家吃饭的。那些退休的人走了，那些农民、泥水工和送货的人，正走进来休息一下。

这一拨客人走了以后，埃莱娜会敞开大门，通通风。那种冷冽的烟草烟，总令她想起西蒙被杀害、吕西安被带走的那一天。

西蒙，那个温柔的吕西安的教父。如今的吕西安就躲在他的影子里。为什么吕西安称自己西蒙呢？

埃莱娜还留着他的小提琴、他的帽子和他的那些乐谱，以防有一天，会有人过来找她要。这些东西都安放在作坊的一个架子上。有时候，她想要试着拉出几个音符，却只会让琴弓在弦上发出吱哑的声音。那样的声音，听着就像一头落入陷阱的野兽发出的叫声。

她经常会想起西蒙的微笑。有时候，也会想起他头上那些刻上去的字，但想得少一点儿。她从未切实了解他死的那一天被埋在哪里了。人们跟她说着各种版本，有些一听就是胡说八道：在教堂后面，在一个草场里，1949年的某一天，被人发现那里有一堆堆的白骨，在德军当年驻扎的司令部附近，就是当时她骑着自行车摸去的那个地方，在离密里不远的一条公路的基石堆里，当年似乎有德军军官要求手下把尸体都堆在那地方，上面还浇了热的石灰。她真想能找到他，把他带回波兰，葬在他的家人身边。

下午一点零七分的火车进站了。天已经不下雨了，阳光重新抚慰着咖啡馆的门面。

正当她准备回作坊去赶一件比较麻烦的外套时，被一位女客人叫住了——为了一个裤腿的问题，这位客人的丈夫一条腿比另一条腿长。多亏了她的缝纫功夫，进咖啡馆的女客人越来越常见。不仅限于星期天了。不仅限于年轻姑娘了。开始那些年，只有星期天早上，会有女人在教堂弥撒之后拿着需要的针线活过来。而现在，她们随时有问题都会来找她，也会坐下来喝一杯，朋友几个聚拢来聊会儿天。

克洛德在露台上放了些椅子，对于寻常十月而言，今天算是个好天气。

埃莱娜穿过教堂广场，送波德莱尔回家，他头疼。她不喜欢看他一个人回家。她帮他打开了百叶窗，透透风，又帮他擦了擦厨房，重新整理了床铺，为他泡了咖啡。

当她回到咖啡馆的时候，看见了它。先是只见一个白色的影子。她的心开始狂跳：她的海鸥停在屋顶上。

埃莱娜的脚迈不动了。

在教堂广场上，离咖啡馆大门几米远的地方，一个小姑娘正扔着一块小石头，单腿跳着，在玩跳房子的游戏。她哼着一首黛莉达的歌《班比诺》。"我知道你喜欢她，班比诺，班比诺，她的眼睛非常美，班比诺，班比诺。"

女孩子还太小了，记不清歌词，但她记得曲调，就自己编着词儿唱着。

咖啡馆的窗子反射着阳光，令埃莱娜看不清咖啡馆里面坐着的客人们。

她身子发抖。眼睛从孩子身上移到屋顶上的海鸥。

"他"在那儿。他回来了。

埃莱娜把一只脚放在另一只脚前面，挪着，挪到了台阶前。仿佛是此生第一次走路。

他是路过吗？他走了八百公里路，只为了来喝一杯？他回来是为了算账拿钱？他回来准备待一个小时、一个星期，还是一直待下去？

她后悔自己今天早上没有打扮一番，穿了一条这么旧的裙子。她后悔自己因为狼宝的死哭了一整夜，两只眼睛都肿着。她又后悔自己居然有这么蠢的念头。

她摘下了身上的围裙。

这一刻，她想象过上千次，白天，黑夜，冬天，正午，星期天，或者夏天，但她从来没想到自己在咖啡馆外面，而他在里面。居然是她推门进去，而不是他。她想象过她跑着，投入他的怀抱，他抱着她飞旋起来，一切都飘起来：那是快乐的晕眩。为什么总是在不再期待的时候，期待的事情才降临？为什么总是一个时间的问题？

她走进了咖啡馆。用目光搜寻着他。他坐在靠窗的位置，双腿交叉着，仿佛一个客人，坐在他自己的咖啡馆里。他穿着高领的黑色毛衣和黑色的裤子。他穿得像一个鳏夫，可她明明在这儿，好好地活着。他微微侧着头，关注着那个在外面玩着跳房子的小女孩。埃莱娜注意到那个蓝色的行李箱就在他的脚边。他抽着烟。吕西安以前从来不抽烟。阳光和烟雾围绕着他，更加强了那种不真实的氛围。他那蓝色的目光转向她身上来。

*

自从艾德娜把真相告诉埃莱娜之后,就不再害怕吕西安·佩兰的画像了。她离开了学校,重新回到医院工作。重新回到那些真正需要她的人身边。

在一号病房,一个病人正在走向死亡,他无疑过不了今夜。他名叫阿德里安·莫兰,非常年轻,下个月才满二十五岁。艾德娜按下针管,把吗啡注射进他的血管。她看到他的脸部线条放松下来,慢慢舒缓,但也许这不过是她的幻想。她在他的额头画了一个十字。

艾德娜看着死亡降临在阿德里安·莫兰身上,毫不回避地看着,仿佛那些游客在每年八月侵占菲尼斯太尔的沙滩。他那略显蜡色的苍白皮肤不再有点滴生命的光辉,他的锁骨那么突出,仿佛血肉已然消退。

艾德娜见过很多很多人死去。甚至还有复活的,譬如她的男人。

深夜,回到家,她在火炉边的扶手椅上坐下来。她没有勇气去他们的房间睡觉,睡在那个男人和那个放在柜子后面的蓝色行李箱旁边。

她等到清早六点才走到他的身边。她看着熟睡中的他,然后把手放在他的肩膀上。他睁开眼睛,那一刻都没有认出她来,仿佛还沉浸在与埃莱娜在一起的梦里。

艾德娜对他说,跟我来。跟我来,就像你从东站起一直跟着我那样。

*

这一天,随着顾客陆陆续续地进来,他们说,是他,不,这不可能，我跟你们说了是他，不，那些从来没有在战前见过他的人，问着老人们。他，是谁？而那些听说过他的人说他的名字被刻在战争死难者的墓碑上，这显然是个冒名顶替的骗子。

波德莱尔又回来了，注意到了他，在他的桌子旁坐下来，对着他背起来《异乡人》：

"神秘的人，说吧：你最爱哪一个？你的父亲，你的母亲，你的姐妹，或者你的兄弟？"

"我无父无母无姐妹无兄弟。"

"你的朋友们？"

"你用了一个迄今为止我从未了解过的词。"

"你的祖国？"

"我不知道它在何方。"

"美？"

"我自然想爱她，永生的女神。"

"黄金？"

"我恨它，仿若你们恨上帝。"

"嗨！那你究竟爱什么，不同寻常的异乡人？"

"我爱云朵……那些飘过的云朵……那边……那边……美妙绝伦的云！"

56

"爷爷。"

"嗯。"

"你这辈子过的最美好的圣诞节是哪一个?"

我们离密里只有三公里了。从医院回来,用了整整三个小时的时间。

他的侧影埋在黑暗里,眼睛直盯着前面的路,一丝不苟。落在挡风玻璃上的已经不是雪,而是薄冰。

我感觉到因为刚才的问题,他的身体僵了一下。接着,又恢复了常态。不知道他心里想着什么,只看到他的肩头又松了下来。

提这个问题,确实是为了刺痛他。为了报仇。为自己的家庭报仇。因为他从不愿发出任何声音,总是死咬着沉默。他那严密封存的爱。我是他的孙女,总是会用该死的问题去扰乱他生活的孙女。而他,是那个永远不愿给出答案的爷爷。

"明天你能送我去医院吗?"

"如果你想的话,可以。"

爷爷把车停到了车库。朱尔在车灯前出现了。

"怎么回事?"

"脑震荡。"

朱尔顿了一下。

"她会死吗?"

"我不知道……可能。"

我看了看爷爷,也看了看朱尔。

"这个点你还在晃荡啥?"

爷爷问朱尔。

"我在等你们。"

"明天你还要上学。"

"阿尔芒,我们现在正放假,再说了,我提醒你一下,明天可是圣诞节。"

爷爷听着"圣诞节"这词儿,脸上抽动了一下。接着,又像一只牡蛎那样闭合了。

朱尔把我拥在怀里。他几乎比我高了三个头。

"你很伤心?"

"不。吕西安在那一边等着她呢。"

他一下子把我松开了。

"胡说八道。没有人会在任何地方等任何人。这一切都是胡说。当你死了,你就是死了。这些个故事,不过是为了安慰那些没好好过日子的人……从来不会有重来的机会,朱斯蒂娜……要么是当下,要么就永远不能。所以你应该动一动。得离开这个鬼地方。"

我不想回答朱尔。我不想回答任何人。

吕西安在某个地方等着埃莱娜,而罗曼跟一个名字十分难听的人结婚了。可只有那个名字难听,其他的一切都美轮美奂。我甚至都不想再为罗曼写点什么,因为我肯定他会把蓝色笔记本上的一切读给他的老婆听。可这个本子,我只是为他而写的。

"你跟我一起睡吧?"朱尔问。

"随便……可我得写完一个东西,你不能烦我。"

"你给我买了什么圣诞礼物?"

"我可不会告诉你,哪怕你给我上酷刑。"

"我又不让你立马告诉我。"

1989年12月24日傍晚六点钟,安妮特戴了顶绒线帽,告诉欧仁妮说她要去一趟小超市。

欧仁妮的手还插在肉馅里头,于是,她坚持让阿尔芒送安妮特去,另外还给了一张购物清单,让他顺便也买点东西回来:你们快点去吧,一会儿超市要关门了!

这一次,阿尔芒终于没有找借口避开安妮特,也许是因为她那一头金发都藏到了帽子里,相当于起了避雷针的作用。

再说,天黑了,又冷,这是一年的年底,这竭尽全力不去想她的一年,这严防死守她的到访的一年,这避之唯恐不及的一年,这天天去工厂里加班的一年,又老了一岁,他很累。

安妮特想走路去。阿尔芒却不愿意。他去开车。阿尔芒发动了车子,把空调开到最大。安妮特开了收音机。换了台,听到了一首艾蒂尔·达渥的歌《为法兰西倒下》。

安妮特问阿尔芒"为法兰西倒下"是什么意思。阿尔芒回答说那是种英雄的行为,是战士的行为。安妮特说,可这个唱歌的男人根本没有一点儿战士的嗓音。这个评价把阿尔芒逗笑了。

几秒钟的瞬间,阿尔芒心里的念头是——我要把她带走,我不会要赎金,也不会把她还给任何人。可他嘴上说的是:"你需要买点什么东西?"

她回答说:"女孩子需要的东西。"

他顿时感觉自己老了。她,是个女孩子,而自己,老了。而且,这是他儿子的老婆。

他把车子停好。

等两人都下了车，走在人行道上的时候，他忍不住去看从那张漂亮的嘴巴里呼出来的热气。那是她的呼吸在寒冬留下的痕迹。

橱窗里，圣诞节促销的商品清单上，映着两个人肩并肩的影子。他心里想，自己的影子似乎比人要年轻一点。可能是他觉得自己很老了，而事实上，并没有想象中那么老。

他们进了那个如今已关闭的小超市，现在那地方变成了车场。并不是出售汽车的那种，而是只给汽车清理、修补、换零件、检查轮胎气压之类。

两人进门，发现自己大约已经是最后的几个顾客。等他们买好东西，小超市也该关门了。大家都要去过平安夜。

阿尔芒瞅了瞅欧仁妮写在一片礼品纸边角背面的清单：粗盐、巴黎蘑菇、棉签。为什么平安夜的晚上她需要买棉签呢？

在一个货架前，阿尔芒又碰到了安妮特，她似乎对着那些卫生巾的花样正冥思苦想。

阿尔芒脸红了。卫生巾和女人的用品在家里都是放在浴室一个抽屉最里面的，每次他们家购物的时候，总是放在购物袋的底部。

欧仁妮告诉过阿尔芒，阿兰和安妮特努力想要生孩子，几乎已经到了绝望的境地。于是他想安妮特应该是很伤心吧。有点尴尬，他转身又回到食品货架，终于找到了粗盐，付了钱。

离开小超市的时候，阿尔芒对收银员说了"圣诞快乐"。他平常从来不会对陌生人说这个，他从来不是一个随和热情的人。

安妮特已经在车里等他了。她刚才十万火急地抢先去付了钱，就是为了让他不至于又像个傻瓜那样在收银处脸红。她的绒线帽已经摘下来了。当她看到阿尔芒走过来时，对他笑了笑。他其实不想上车。他听到自己心里有个声音在说：赶紧离开，快跑。抬眼，只见隐没在黑暗中教堂的那条大街。

阿尔芒上了车。插上钥匙，把暖气开到了最大，把购物袋扔到了后座上。他拉开了手刹，又朝手指哈了哈热气，却没有开动汽车，而是吻向安妮特。一边吻，一边用双手抚摸着她的头发，舌头滑入了她的唇齿之间。安妮特的嘴，似乎是一片草莓田。他闭上眼睛，便可以更清楚地看到它。她朝他倾过身来。安妮特的吻让他想起那种带点酸甜的糖果，在舌尖炸裂开来，满嘴都是水果的芬芳。孩子们小的时候，他曾经偷吃过他们的水果糖。

57

艾德娜没有一丝感觉。既不觉得冷也不觉得热。

她坐上了下午两点零三分去巴黎的火车。她刚刚抛弃了罗丝、吕西安和留在路易老爹咖啡馆桌子上的那个背包。

一切回归正轨。

转瞬间,艾德娜就变成了一个没有孩子的寡妇。

一个从未存在过的男人的寡妇。

一个没有母亲的孩子被称为孤儿。可一个没有孩子的母亲该叫什么呢?一个不属于自己的孩子的母亲。

艾德娜爱过一个借来的男人。这几年,她不停用抹布擦拭着另一个女人的痕迹,却从来没能真正地令其消失。此刻,她决定回头去清除自己的痛苦。

奇怪的是,艾德娜既不伤心也不幸福。她仿佛只是充满了空气。就像罗丝在集市上买的那只气球,用一根细线牵着的气球,充满了空气,不剩一丝感情。

想着女儿那清浅的眼眸,她感觉有一滴泪掉下来,流到自己的嘴唇上方,就停止了。艾德娜吞下了这一滴泪水。变成一只藏着一滴泪的气球。

当她到达巴黎下火车的时候,就会剪断这里牵动着自己的一切,飞到很远很远的地方。心中却不乏先谢过了上帝,某年某月的某一天,在巴黎东站,曾给了她此生最美的一件礼物。

58

到达医院的停车场时,我四处张望着寻找它的身影,和昨天一样。这一次,我很快就找到它了。它就停在屋顶靠右侧的地方,在一扇彩绘大玻璃窗和一扇天窗中间。在它边上,还有其他的鸟儿。那些都是不同种类的鸟儿,分散在树木间、天上、排水沟上、屋脊梁上。

对病人的探视是下午两点开始。罗丝在接待处。我希望罗曼和克洛蒂尔德都不在,不。上帝啊,让我这一生都不要再遇见克洛蒂尔德吧。

罗丝站在一台自动咖啡机前,看样子似乎点了一杯茶,那纸杯里液体的色泽不像咖啡。看到爷爷和我的时候,她笑了。爷爷一如既往,借口要上厕所,省略了一切的寒暄。罗丝递给我一个信封。

"给,这是给您的。"

"这是什么?"

"一封信。"

"您自己看吧……罗曼跟我说您正在写我父母的故事。那您应该会对这封信感兴趣。"

我把信放进了自己包里。

"她怎么样了？"

"她还在昏迷中。"

我突然又重燃起希望。明明刚刚还确信一切都让人感觉到了终点。或许，埃莱娜还会回到"绣球花"，坐在她的轮椅上看风景。罗曼会重新回来为我拍照片，总有一次，我会把头发打理得整整齐齐让他拍。罗丝静静地望着我怔怔发呆的样子。最后，她轻轻地说：

"我走了。我还得去赶火车。"

她把还剩着半杯饮料的纸杯扔进了垃圾桶。我不敢问她罗曼和他妻子是否在医院里。

我走进了电梯。里面已经站着一对老夫妇。他们手拉着手。我不知道为什么，但突然想到，如果死的人是一个年纪很大的人，或许人们会哭得少一点儿。他们会说就是这样，这就是人生。可是，为什么我正在掉眼泪呢？

跟昨天一样，我又搞错了楼层。我在找一条找不到的走廊。我一边推着门，一边想着，罗曼千万不要就站在门后面，在那些似乎永远没有尽头的走廊某处。到处都是花饰。在霓虹灯光的映照下，显得很是怪异。让人想到那些大超市的十二月，所有的收银员都戴着圣诞老人帽的样子。总之，有些搭配永远会显得荒诞不经。

我走进另一部电梯，终于，当电梯门在那个正确的五楼打开，我却撞上了"我叫不上来名字"先生。他穿着一身白大褂。这是第一次，我看到他穿着得体的样子。

他胸前口袋上别着的几支钢笔，令我看不到他那块标明"公立医院"的名牌上的名字。一下子，我脑袋转不过来，就直愣愣地说不出话来。

"朱斯蒂娜？"

"你在这儿干什么？"

"我是这里的见习医生。"
"啊……"
"你呢?"
"我来看……一位朋友。"
"你哭了?"
"稍微有点儿。"
"你还好吗?"
"嗯。"
"你确定吗?"
"……"
"我给你起码留了,"他想了想,"四十条短信。"
"对不起……"
"斯德哥尔摩还好吗?"
"非常冷。"
"如果你需要取暖。"

他在我唇上吻了一下,消失在电梯里。他刚刚吻了我的唇,而我连他叫什么名字都不知道……先是头发,再是嘴唇。会不会再过一会儿,我该发现其实我们已经结婚了?

我没看到他的信息。我连自己的手机在哪里都不知道。最后一次看到手机,它应该是在家里那个壁柜的抽屉里,柜子上放着那张照片——雪家的双胞胎兄弟正对着镜头微笑,拥着他们各自的妻子。

588号房间的那个女人没有一点我记忆里"绣球花"19号房间那个我总喜欢握着她的手的女人的样子。仿佛什么都没剩下了。甚至令人怀疑在被单之下有没有那具身体。相比昨天,她好似又萎缩了。

我打开蓝色本子。开始给她念她的人生:

他们像兄妹那样一起生活。埃莱娜睡在他们曾经的房间,而吕西安睡在另一间。

埃莱娜发现吕西安变了。他眼中那种青春的光已消逝殆尽。战争仿佛在他身上做了次全方位的减法。她没有后悔等了他这么多年,但他令她失望。她怨他不再那么英俊无双,而且还忘记了一切。哪怕他脸上那道深深的伤痕仿佛是刻着的一句道歉,却不足以令她原谅。但是,他看报的时候,他的下唇包住上唇的模样,那一贯的小动作,令她无比迷恋。战争没有毁坏他的举止、他的步伐。再说,吕西安,永远是那个教她识字读书的人。

今天,他带给她一个女儿。那个在战前她曾经如此渴望过的孩子。埃莱娜并不是在他们到来的那一天爱上罗丝的,她早就爱她了。当她将孩子拥入怀中的时候,她认出了她的味道、她的皮肤、她的呼吸、她的头发、她的声音、她的指甲。她感觉认识她很久很久了。仿佛是一种连贯、一种绵延、一个同类,一个自己身上的器官或者肢体。埃莱娜没有丝毫勉强,罗丝于她而言,是无需考虑的确认。

早上,他们的咖啡馆六点半开门。

八点钟,埃莱娜送罗丝去上学,并要她发誓,有任何一丁点令她伤心难过的事情,都得告诉她。罗丝认真地发誓。

接着,埃莱娜回来,坐在那台缝纫机后面开始劳作,而吕西安就在外面招呼客人。总会有个人跟他讲他被捕之前的事情。吕西安就安静地听着那些鼻子发红的人讲述着自己的青春,虽然他依然年轻。

埃莱娜再也不是寡妇,有些客人在吕西安回来之后就再也不光顾了。曾经,来喝上一杯,不过是可以看看她的一个借口,并且暗自遐想一下。另有一些人开始蔑视、诋毁这一家子。要避免经过那个声名狼籍的咖啡馆前面的那条路,因为那里生活着一对作风不正的夫妇。罗丝成了"可怜的娃"，埃莱娜是"荡妇"，小克洛德是"情人"，而吕西安是那个"逃兵"。

当克洛德跟埃莱娜提出辞呈，说现在吕西安也回来了，自己可以离开了，埃莱娜却跟他说，你得留下来，因为吕西安并没有真正回来。埃莱娜无法离开克洛德，他是这个咖啡馆不可分割的一部分。所以，也是她生命的一部分。在她眼里，他就跟阳光一样重要，每年三月到十月的阳光，透过窗棂，照亮着那些酒瓶、酒杯、地板和客人们的脸。

于是，克洛德每天上午十点过来，帮助吕西安准备中午的那一餐，那正是早上那一拨客人离开的时间。克洛德是罗丝的干舅舅。他是那个知道所有的东西放在哪里的人，在家里，在吧台下，在抽屉里，在房间里，在柜台上，在地下室，或者在工作台上。他是那个知道地板的哪一条木块在吱嘎作响的人，哪里有电表、水表、油罐、灯泡、进水口、钥匙、通往阁楼的翻板活门、煤炭、煤油罐、除草剂、开天花板上窗户的钥匙、啤酒的库存、罗丝那个布娃娃的蓝裙子，他了解每一样东西的运作习惯，比如在哪里轻轻踢一脚才能让机器开动。他是那个了解每一面墙、每一寸地、每一根管子、每一个客人、当地足球队里每一个队员的优点和弱点的人。

傍晚时分，吕西安去学校接罗丝。他们手拉手地回到咖啡馆。埃莱娜给孩子吃点心。晚上，吕西安会检查她的作业。埃莱娜为自己不能参与这个仪式深感遗憾，吕西安注意到了，但他装作没有觉察，以免令她更受伤。

他们三个人一起吃晚饭。罗丝讲着学校里的事情，埃莱娜讲着缝纫的活儿，而吕西安聊着客人们的事。有时候，他们的故事会交混在一起。

*

埃莱娜开始讲一些基本情况给吕西安听。仿佛为某个人读报纸上的新闻。他那个失明的父亲，抛弃他们父子的母亲，盲文，巴赫，婚礼，路易老爹，他的被捕，西蒙，他受洗的那天，抽签，村子里的人，战争结束后的日子，死难者的纪念碑，缝纫作坊，狼宝，那些年，那些欢庆，等待，露台上的夏天，小克洛德，悄然变化的时尚，罗亚里，布痕瓦尔德，多拉的宝藏，火车东站，寻人的信，他的肖像，艾德娜一个人偷偷来咖啡馆的那次。

吕西安信她的话，但他一点儿都不记得了。他听她讲述着自己的人生，他喜欢她的声音、她的眼神、她那时不时把手往衣裙上蹭一下、哪怕手并没有湿的习惯动作。他看到了她的美，却无法感知。没有任何东西能帮他找回通往她的那条路。有时候，他想触摸她的头发、她的脸，想品尝那种味道。但他从来不敢。他想重新体会那个让他在布痕瓦尔德用盲文在零星的纸片上写下情书的女人。

以前那些习惯性的姿态、动作，他在吧台后面都找回来了。肢体都记得，却唯独他忘了。

那种亲密，荡然无存。

他无法感到任何的欢乐，却被一种内在的、深切的平静所浸没。也正是因为这种感觉，他发现自己一点儿都不想念艾德娜。

恰恰相反，他感觉解脱了：因为不再整日整夜被盯着而无比轻松。终于逃开了那一道窥探者的目光。艾德娜总在蛛丝马迹里查探着他从前的方式，令他被囚禁在她的恐惧里。而回到路易老爹咖啡馆的生活将他完全解放出来。

埃莱娜从来不会监视他，埃莱娜不会躲在门后面，埃莱娜不会搜他的东西，埃莱娜不会在他任何一个无意识的动作或举止里寻觅他背叛的痕迹。埃莱娜不怕他，既不怕他的真相，也不怕他的过去。

随着时间的推移，吕西安越来越回味到艾德娜在知道他不叫西蒙而叫吕西安的时候，该有多么不幸，多么恐慌。直到抛下他们的孩子。

*

连接着他们的线并未断，但埃莱娜也不知道该如何从头织起，她渐渐收紧他们的故事，仿佛将它放在一个越变越小的袋子里。直到对他讲述他们的亲密。他们在西蒙去世之前，在自己房间里编织的一切。

她讲他们在教堂的相遇，讲蓝色法兰绒的套装、海鸥和他们的婚礼。

有天晚上，她对吕西安说"晚安"。她喝下一大杯龙胆酒，为自己打气，拉起他的手。她带着他来到咖啡馆关门很久后空寂无人的大厅。

在点亮蜡烛放上柜台之前，她对吕西安说，他不在的那些年里，她和别人睡过觉。茨冈人，流浪艺人，旅行者。这样，他们就不会留下任何痕迹。她毫不羞愧也不遗憾地坦承一切。这并不是一种忏悔。她也不期望他任何的原谅。

他没有感到一丝的嫉妒、怨恨，或者自尊心受损。一个过客而已。一个进过他家门的陌生人而已。

她放下头发，脱掉所有的衣服。只有荧荧烛光将她照亮。她那柔和的双乳和腹部在烛光下舞蹈。她的胯部很宽，臀部肌肉紧实。她浑身的毛孔张开，肌肤如牛奶般滑润。吕西安看到了她皮肤下血管里隐隐的蓝色。

他不是那些过客中的一个。他曾经是她的男人。她的第一个男人。

在咖啡馆的大厅里,吕西安的呼吸开始变得粗重,渐渐盖过了发电机的声音。

当他想要触摸她的时候,她却用手挡了一下。于是,他继续注视着她,很久,很久。

仿佛要这样重新认识她。

吕西安渴望她。他想要去舔她身上的每一寸肌肤,洗掉所有其他男人的痕迹,所有过去的时光,所有的沉默、缺失、放弃、遗忘。

他越是欣赏她的美,埃莱娜的眼睛就越亮。

她慢慢地在原地转着圈,他看到她修长的脖子、她的背、她的腰、她的臀,他的欲念越来越强烈。自从他被捕以来,这是第一次。

埃莱娜看到吕西安的眼睛里天空的色彩回来了,仿佛瞬间的晴朗。她一边转身,一边对他讲述着当年他如何抚摸她,如何将她拥在怀中,他喜欢触碰她身上的哪些部位,她如何挺身迎合,如何颤动,他如何为她读书,与她做爱。1936年的夏日。接着,她重新穿好衣服,对他说明天见。同一个时间。

一个护士走进来,我合上了蓝本子。打过招呼之后,她查看了一下埃莱娜的血压和体温,为她换了输液袋,朝我笑了一下。

我挺想向她打听"我叫不上来名字"先生……可我能怎么问呢?关于一个我都叫不上来名字的人,我能问些什么?

护士小姐提醒我说今晚是平安夜。今天是十二月二十四日。

爷爷!

离开之前,我朝埃莱娜俯身下去,亲了她。我希望这不是最后一次。吕西安还可以再等一等。

就在那一刻，罗曼到了，一个人。他依然那么英俊。哀伤并没有毁损他一分一毫。

"我来给她读书。"他把大衣放椅子上一放，对我说。

"谢谢。"

这是我能找到的所有可以对他说的话：谢谢。我的手里还捧着那本打开的蓝本子。我把它合起来。

"这是我外公外婆的故事吗？"

"是的。"

我走向他，吻了他的唇。他手里的小说掉落下来，将我拥入怀中。他放在我后颈上的手冰凉。他抚摸着我的头发。我闭上了眼睛。非常非常害怕一睁眼，就会醒来，发现这只是一个梦。从来没人如此温柔地抚摸我的头发，我感觉它们在他的手指下伸展、绽放。我不再是朱斯蒂娜，我遇到了另一个我。这个吻有种转瞬即逝的苦涩味道，仿佛是一个爱情故事的终点。我又陷入一种无边的悲凉。简直恍若走到生命尽头，面临死亡的感觉。

我喃喃道"圣诞快乐"，离开了房间，脚步踉跄，没有再看他一眼。我不想知道那个吻是否真实存在过。我消失在走廊尽头，离开大门后很久很久，才敢回头。

59

唱片机是早上送到的。十二张七十八转的唱片。二十四个红色的按钮，按钮边上贴着那些歌的名字。

那天咖啡馆里挤满了人。所有的客人都被这机器的构造给迷住了。按下开关之后，这台机器上就会出现星星点点构成的光带，闪闪发亮。原来这就是进步！只需要按动1到24上任意一个按钮，就可以选一首歌。就连吕西安和克洛德都离开了吧台，混在客人中间，一起欣赏着这唱片机的舞蹈。

是吕西安订购了这台唱片机。为了给埃莱娜一个惊喜。她没能看懂那机器上按钮边写着的歌名。但她记得了那个8号，因为那个按钮就代表着悉尼·贝谢的《小花》。

克洛德在一天之内就挣到了他一个月的小费。唱片机给咖啡馆带来一片欢乐的混乱，因为他没法给任何人上饮料了。只要一首歌放完，出现空白，他就跑着过去重新投一枚硬币，然后就盯着那台机器，仿佛被下了咒一样，只盯着那张转动的唱片。

临近傍晚的时候，波德莱尔和克洛德差点都动上手了，因为波德莱尔只想听提诺·罗西的《妈妈》，他认为这是世界上最好听的歌，而克洛德觉得路易·马里亚诺才是绝妙无双。埃莱娜来调停,一手按下了8号按钮。

至于吕西安,他只希望所有人都走开,只剩下他和埃莱娜加上唱片机。从她脱衣服的那一晚开始,每天醒来,他等待的便是那一件事:回到那个关门了的咖啡馆大厅里,在烛光下看她脱衣服。因为她每天晚上都重复着做这件事。而吕西安看着她脱衣服,却从来没有碰过她。他们没有越过那条依然将他们分开在两边的线。

这天晚上,他会放乔治·布拉桑那张唱片的第二面,那一首《埃莱娜的木屐》,然后邀请她跳舞。那是自巴黎东站以来,他第一次计划一件事情。首先,有了渴望,现在,开始实施。

和这样一个女子生活在同一个屋檐下却从来不碰她是不可思议的。大家谈论她的时候,他听那些客人和生意人叫她"您的女人"或者"您的夫人"。没有任何与她一起分享的记忆是不可思议的,除了当下,没有任何与她共同的东西,却对她的感受了然于胸,知道她的喜好,会预想到她的反应,会猜到她的想法。仿佛他脑海深处有一个情感层里保留着她的印记。就像她去布列塔尼带给他蓝色行李箱的时候,他没有认出她来,却可以将她背诵出来。是的,埃莱娜就是这样。就是刻在他心里可以倒背如流的一首诗,只不过他只记得韵律。

这天晚上,他们几乎是把客人轰出门的。就连克洛德都不想离开这台唱片机,将它擦了又擦,仿佛它是凯旋门赛马大会前夜的一匹纯种马。

现在咖啡馆终于打烊了,他们吃了晚饭,罗丝上床睡觉了,吕西安按下了19号按钮,设置成循环播放。他跟着唱。那是埃莱娜第一次听到他唱歌。他唱得不太准,但他一直在唱。她点上蜡烛,她开始脱衣服,但吕西安阻止了她。今晚,由他来为她脱衣服。但在此之前,他们要先跳舞。

他又朝唱片机里投了一枚硬币:

埃莱娜的木屐

满是污泥

那三个上尉

会叫她丑姑娘

而可怜的埃莱娜

仿佛一个忧伤的灵魂

不再花时间寻找泉水

你若需要水

不用再找了：就用埃莱娜的眼泪

装满你的水桶

就在唱片机送到的那一天，他们重新找到了连接彼此的线。

60

医院的停车场上一片空寂。夜幕与寒气降临很久了。爷爷在车子里睡着了。我透过挡风玻璃看着他，发现他非常好看。他脸上的线条终于放松了。他在做梦吗？我轻轻地敲了一下车窗，他睁开眼睛，用他的方式对我笑了，眉毛和嘴巴同时收缩了一下。他那一幅忧伤的面具归位。他一言不发地发动了汽车。

我在背包里找到了一张纸巾，擦了擦自己的眼睛和嘴巴。我本来想留着那个吻的痕迹。我常常在背包里找从来没有的东西。我的手摸到了罗丝在咖啡机前递给我的那封信。我大声读了起来：

1978 年 10 月 5 日

艾德娜：

你离开路易老爹咖啡馆、把背包拉在桌子上的那一天，我不记得了。当时我年纪太小。再说，失忆也是家传。说到底，这倒也是件好事。那一天，我大概是以为你让我们留下度假，爸爸、你的背包和我。

我最早的记忆是星期天的下午，埃莱娜把咖啡馆关了。那是唯一一天，她会化妆，穿上星期天才会穿的裙子。我们一起去河里游泳。我们带着一个野餐篮子，里面装着面包和煮鸡蛋，看爸爸在河里如鱼得水游得开心，我们俩坐在岸上吃得畅快。印象里，在那之前，我好像从来没有看到过这样一个爸爸：不是弯着腰、穿着黑衣服的爸爸。慢慢地，我才发现这个身材极高大、肤色略深、笑容如初生的男人。

咖啡馆的客人都很友善，经常送我礼物。小肥皂球、弹珠、彩色铅笔，等等。他们也会给我带糖来。有时候，我会听到一些私下里关于我爸爸"空缺"的话，还有，客人是叫埃莱娜"老板"。但我并不在意这些。我是一个裁缝的女儿，我穿跟童话里的女主角一样美丽的衣裙。我在村子里穿着各种各样的公主裙，幻想着一千零一种人生。而你，曾经在这些人生之中吗？

十岁之前，没有人跟我提起过你。你无声无息。但我记得爸爸把阁楼改成我的房间那一天。我问他：我们要继续留在这个房子里吗，爸爸？他笑了，回我说：你想我们去哪里呢？他让我选择自己喜欢的墙纸。我选了有船和帆的那一种。在密里，并没有大海。但我确实感觉大海就像我一个失散的姐姐。

我没有你的照片。你就像一个幽灵，没有一个地方有你的印记。有时候，我会想你究竟有没有存在过。

我觉得我爱埃莱娜，就像爱任何一个亲人。但唯一一次看见爸爸亲吻她的唇，我很讨厌。从家里跑了出去。

从那一天起，他们再也没有当着我的面亲吻。我一直看到他们相爱，却没让他们知道。虽然我一直叫她埃莱娜，从来没叫她妈妈，她却把我当成自己的孩子一样抚养长大，我想，她跟你一样，一直把我当成她的女儿，而不是你的女儿。如果爸爸没有被德国人带走的话，她本就早该有的孩子。

是小克洛德第一个跟我说起你的。小克洛德是咖啡馆的侍者。他天生是个瘸子,也是我此生见过的最正直的人。我一直把他当成哥哥,一个从来不会对我撒谎的哥哥。我明白爸爸有过被战争隔断的两段人生。在第二段里,你把爸爸藏起来了。在离第一段很远很远的地方。

我从来没等过你。也没期待过你。我的父母做了一切能令我的童年幸福快乐的事。我的童年充满了阳光,没有任何一个阴暗的角落,令我需要躲在里面等你。我变成了绘画师,在我的画里,背景中常常会出现一个女人。那个女人,可能是你。

小克洛德是上周五找到你的。他找了你很多年了,却从来没跟我提过。据说你现在在伦敦生活,依然是护士。你照顾过多少孩子,是否有想着我的时候?你听到过多少心跳,是否有想到吕西安的时候?我给你写这封信,是想告诉你——上周五,他的心脏停止了跳动。就在小克洛德找到你的那一天,爸爸走进了生命的第三个阶段,那里既没有埃莱娜也没有你。

爸爸走的那一刻我就在边上。我回来跟他们一起待几天。我来帮他们的忙,一整辆大巴车的客人一下子把咖啡馆填满了。爸爸正在给人调薄荷水。他突然倒下来,就再也没有起来。开始,我以为他只是不小心摔倒了。埃莱娜却立刻明白她此生的至爱这次是真的走了,你再也不会把他带回来。第二次,她当着我的面亲吻了爸爸。

我失去爸爸的那一天,有人找到了你。生命在同一时刻离去和归来。但我不知道它要还给我什么。生命里的很多事都是如此。

我很清楚你永远不会读到这封信。我把它放在你的背包里,背包一直挂在我房间的门后面。爸爸一直留着背包,在我十八岁的时候给了我。我从未敢打开它,仿佛那是在掏一个陌生人的行李。爸爸和埃莱娜把我教育得太好,令我不愿做这样的事情。但我一直把背包留在我小女孩时期住的房间里,因为那些船帆一直在墙上,有一天,也许我会坐上一艘船去看你。

最后,我想说你做得很对——把爸爸带回给埃莱娜。他是在幸福中离开的。

罗丝

我大声朗读罗丝的信,直到最后一行。

爷爷一直在开车。应该还有近五十公里的路要开。他没说一句话。没有作任何评论。

"你了解后来的事吗,爷爷?"

"……"

"爷爷,你知道后来发生了什么吗?"

"什么后来?"

"在吕西安死了以后,埃莱娜将路易老爹咖啡馆给了克洛德,她去了巴黎生活。"

"那罗丝呢?"

我从来没听过爷爷问我关于他人的任何问题。甚至在我小时候,他从来没问过一次我有没有好好刷牙。

"罗丝和她的儿子罗曼一起去伦敦找到了艾德娜。他们在那里待了一段时间。"

开始,我并没有看到他在流泪。因为路边的灯光映照,我看到了他的侧影,听到他正暗暗地抽泣。

当我终于发现他哭了的时候,完全没有时间说一句话——他在路边停下来,整个人瘫在了方向盘上。他哭到近乎痉挛,呻吟声令我心痛如绞。

有生以来,我从未遇到过如此悲剧性的一刻。我被吓呆了。几分钟,或者几个小时以后,我根本不知道过了多久,才把颤抖着的手搭到他肩上。

他那廉价的羊毛大衣扎了我的手。从我和朱尔在他们身边开始,爷爷和奶奶就一直穿廉价的衣服。而在以前那些照片上,他们的穿着要时髦得多,我不知道是因为孩子们的死亡还是抚养孙子孙女的生活令他们变穷了。我在那一刻才意识到他承受了太多。

"爷爷,还好吗?"

我的声音仿佛给了他一下电击。他瞬间直起身子,喃喃道:"你有没有纸巾?"

又一次,我在包里瞎找,万一有呢。但我并不是那种身上永远带着纸巾的女孩子。每一次,我都非常努力地找,但能找到唯一的东西,只有零零碎碎的一块饼干、一些面包屑、一支已经用净的润唇膏、空荡荡的零钱包、朱尔小时候送给我的皮卡丘。我的包其实毫无用处。我绝望地在手套盒里摸着,最后找到了一块旧布,满心愧疚地递给他。他大声地擤了下鼻涕,擦了擦脸。

我们依然在半明半暗的光线中,在车子里面。马达轰轰地响着,完全不顾爷爷的心境。天开始下雨。他打开了雨刮、车灯,重新出发。

再也没有说一句话。

大约开了二十多公里,我才重新鼓起勇气,问了他一个长久以来萦绕在心头的问题。我想这是唯一的机会。不然,可能一辈子我都无法开口问他了。他和我共同坐着一辆车,平安夜的晚上,一场大雨,在经历了罗丝那封信的震撼之后。

"爷爷,安妮特是什么样子的?"

他身子僵了一下,肉眼几乎无法察觉,除了我这个孙女。

他舔了一下嘴唇。仿佛答案灼热非常,烫到了他的唇。

"她是闪闪发光的…… 我觉得可以用她的光来照亮我……她

喜欢别人说短的句子。"

"那她应该非常喜欢你啊。"

沉默。

"她爱我。"

他蹦出这几个字,仿佛是此生说的最后一句话。仿佛他生来就是为了在这辆车子里说这句话,就在此时、此刻,他终于实现了目标。哪怕他当下死在我面前,也不令人惊讶。

他超越了一辆大卡车。用了十多分钟。实在是个物真价实的马路杀手。为了驱散我的恐惧,我对他说:

"安妮特爱阿兰伯伯。朱尔是个爱的结晶。那是肯定的。可以感觉到。可以看到。可以呼吸到。"

他奇怪地盯着我看。我敢打赌他几乎都笑了。突然间,我感觉自己坐在一个不认识的男人身边。仿佛有个魔术师刚刚把爷爷换成了另一个人。我观察着他,一切都变了。自打他说出那最后一句话"她爱我",他就以肉眼可见的速度变年轻了。如果继续下去,也许到家的时候,我们就可以直接庆祝他二十岁的生日了。

"朱尔,不是一个爱的结晶,那就是爱。这世上,有一些首饰是镀金的,另一些,是真金打造的。而朱尔,就是真金的。"

这一下轮到我崩溃了,轮到我在包里找纸巾。万一有呢,可我只摸到了皮卡丘。眼泪如掉了线的珍珠般滚落下来。

我的眼前仿佛看到一场幻景。爷爷在车祸之后,到了停尸房。他一个人。他去辨认尸体,一个又一个。他是从哪一个开始的?他的某个儿子?还是某个儿媳?

我看到他从冷库里走出来,重新上汽车,出发。仿佛就像我们今天这样回家。到家之后,他对奶奶说了什么?"就是他们,他们四个都死了"?为什么奶奶没有和他一起去认尸体呢?

我又看到他，第二天，在花园里，正在烧那两棵果树。他的双眼蒙着泪光，而我，还是个孩子。"你的父母出车祸了。"

"爷爷我爱你。"

"但愿如此。"

61

埃莱娜朝着海鸥扔石头,让它走,让它去跟着吕西安,但它没有动。海鸥本就属于她。它再也不会走了。

她终于缝好了吕西安那一边要穿的衣服。白色麻料做成的夏衣。一条有笔直裤缝的裤子和一件短袖衬衫,衬衫上还有个口袋,可以放一包烟和他那本洗礼簿。她选了他最喜欢的鞋子,那双棕色的皮凉鞋。

埃莱娜将咖啡馆的大门钥匙转了两圈之后,递给小克洛德,对他说:我把我们的咖啡馆卖给你,收你象征性的一个法郎。让公证人准备好所有的文件,我回来后会签字的,反正我也看不懂,所以,得由你去办。

三十年来第一次,她取出那个盒子里攒着的钱。那是她缝纫赚的钱,一共有两万法郎。

接着她开始收拾自己。她最不想穿的就是约定俗成、葬礼上该穿的裙子。她想为吕西安庆祝。她化了最美的妆,穿了一条覆着蝉翼纱的白裙,带珠光的扣子在背后。以前都是由吕西安为她扣的。每个星期天早上,她裸着背站在他面前,挽起自己的头发,微微朝前弓背。一共有十八个扣子,他每扣上一个扣子,就对她说"我爱你","我爱你,我爱你,我爱你……"

一口气不停,直到扣上第十八个扣子。当所有的扣子都扣好的时候,他会在她的后颈落下一吻。

星期天的晚上,当他为她解开这些扣子时,总是从脖子那边开始解,接着慢慢往下,温柔备至,直到腰部,嘴里呼出的热气吹动着她的发梢。他一边解开,一边喃喃自语:"爱到发疯,爱到发疯,爱到发疯。"

这天早上,为了扣上这些扣子,她不愿意打扰罗丝请她帮忙。于是,她把那个全身镜拉到了大衣柜的镜子前,以便能看到自己的背。她的双手反转,弯着身子,扭着手腕,却依然没有办法扣上中间的扣子。她心里想,现在,只剩我一个人了。接着,她往嘴唇上抹了一点儿红,没有过分的艳丽,以对应现下的哀伤。

最后,她站在一个小矮凳上,拿到了那只蓝色行李箱,走出去,上了正在等她的罗丝的车。太令人骄傲了,一个有驾驶证的女人。

吕西安从来没有通过驾照考试。但他还是买了一辆雪铁龙Ami6,用那辆车,他们一家三口周日一起出游,逗罗丝开心。他们总是清早出发,夜色降临时才回来,以免被警察抓到。那辆车在七十年代初的时候寿终正寝,吕西安便没有再买别的车。他对埃莱娜说,我们去坐火车。那是他们从来没尝试过的。

他们总是星期天关门休息。

从咖啡馆到火葬场的路上,罗丝告诉母亲她的病叫诵读困难症,专业的医生可以治好的。其实并不是她的眼睛有问题,而是她脑子里某处有所异常,但可以矫正,就像有的人脚摔断了,再重新恢复走路一样。

埃莱娜心想,自己的病有个复杂的名字,也许,就是得等到吕西安过世才能去治。

吕西安不会葬在密里,也不会葬在任何其他的地方。好几年前,在墓园里,波德莱尔荒草丛生的墓碑前,他曾经请求埃莱娜在他过世后将他火化,让他能永远在旅行。埃莱娜答应,并发了誓会帮他实现愿望。

在火葬场,只有古典音乐的唱片。埃莱娜本希望有布拉桑、布莱尔、费雷。她最后为仪式选了巴赫的《序曲》。她亲了好几次棺盖。并不是为了隔着木头亲吕西安,而是为了确认他是不是还在动。他有没有在呼唤她。这一次,无论是艾德娜,还是任何一个别的女人,都不会再把他带回来了。

两个穿着深色正装的男人抬着棺材。里面,躺着身穿夏装的吕西安,以及西蒙的帽子和小提琴,西蒙不曾有过葬礼。因为吕西安曾经在与艾德娜一起的日子里冠着西蒙的名字,所以,他的身上也有一部分西蒙,所以,埃莱娜觉得这样做是合适的。

这一天,罗丝没有叫她"埃莱娜",她拥着埃莱娜,一只手穿过了她的头发,在她耳畔轻轻地唤着"妈妈"。

埃莱娜在火葬场的花园里等。花园一派萧索之气,黄杨木剪得并不齐整,有些叶子还是枯黄的。仿佛那地方也极度克制,以免开出花来,会令失去亲人的人更加难过。此外,还有罗丝。她比埃莱娜高多了。有时候,埃莱娜会想为什么她会这么高,接着,她才想起来她并不是从自己的肚子里出来的。

"我并不惊讶自己生不了孩子,"在试了无数次想要第二个孩子失败后,从医生那里回来的时候,埃莱娜是这样对吕西安说的,"一个眼睛不懂得识字念书的女人不会有孩子。人的身上,肚子的运转是跟着脑袋的。如果我的肚子跟我的眼睛一样,那一定是不正常的。"当埃莱娜很确信的时候,她是滴水不进的,所以,吕西安也无话可说。他没法教埃莱娜的肚子学盲文,让她为他生一个儿子。

穿着深色正装的男人中的一个将装着吕西安骨灰的罐子递

给她。埃莱娜谢过他们，把罐子装进了蓝色行李箱。罗丝没有发表任何意见。她没有问任何问题。她看着埃莱娜将自己的父亲装进了蓝色行李箱，就准备重新上路，送她回密里。埃莱娜却拒绝了。她对她说，她要和吕西安一起去旅行。从今往后，咖啡馆就归小克洛德了。

我枕着蓝色小本子睡着了。手里还拿着笔。朱尔刚刚从天堂俱乐部回来。身上满是酒气和烟味，他倒在我的身旁。我几乎要从床上弹起来。

"混蛋朱尔，你真讨厌！"

我正在做梦。我走在埃莱娜的海滩上。她不在了。我遇到了罗曼，穿着白大褂的罗曼，他对我说吕西安来找她了。在我们的头顶上方，一只海鸥在盘旋，罗曼将我拥入怀中。他正准备吻我……

朱尔将一个礼品盒子放在我肚子上。

"这是一个家伙让我给你的。在天堂俱乐部。"

"谁？"

"你的男人。"

"我没男人。"

"嗯，有吧……你的男人，那个医生。"

"你怎么知道他是医生？"

"嗯，他跟我说的。"

"你在那里跳舞，然后他就这么跟你讲：你好，我是医生？"

"不，不是的。他在停车场等你。"

"他在等我？"

"是他送我回来的，我喝太多了。他喜欢你，肯定的。"

朱尔发出一声喘息。转身倒向另一边，立刻打起了呼噜。我晃着他，想把他叫醒，却根本叫不醒。

我掂了掂那个礼品盒。小心翼翼地撕开了包装纸。盒子很美,像是天鹅绒做的。里面有一个比戒指盒子大了许多的首饰盒,大约有三十厘米宽。我打开盒子,发现了一条链子,串着一个小小的金海鸥挂坠。

从来没有人送过我如此精美的礼物。看来,在问了我那么多问题之后,"我叫不上来名字"先生已经了解我很多。我三步并作两步地下了楼,光着脚。我得找到自己的手机,给他打个电话,谢谢他,搞清楚他的用意。轮到我对他提问题的伟大时刻到了。

饭厅里,时钟指向了七点。爷爷和奶奶还在睡觉。这个点其实挺罕见的,不过昨天晚上,因为是平安夜,他们到了午夜才睡下的。桌子上,没有任何剩下的东西。厨房里,一切都整整齐齐,奶奶从来都不会任一堆东西摊着就去睡觉,明天再收拾这种事在她身上从未发生过。有生以来,我第一次发现原来还可以留到第二天早上再收拾,是在祖尔家里。那一年,我十九岁。

和往年一样,我们四个人一起过的平安夜。我们从来都没有朋友。爷爷和奶奶,是因为他们的忧伤,他们那悲剧的味道。我,是因为从来没有一个女性朋友愿意带上一个完全不赶潮流还总得拖着个弟弟的人一起玩。

朱尔和奶奶在那棵小小的人造圣诞树前面等着我们,那是一棵塑料的假圣诞树,我们每年都会在这个时间从地下室里搬出来。一年又一年,我们甚至都不再花力气去换树上的装饰物。每年节过完,我们只是在树上套一个从来没闻过海味的渔网,然后就放回储物架上。每年十二月二十二日的早上,爷爷都会钻进地下室,把它拿出来。偶尔,如果那些花饰带太旧了,我们可能会换一下。奶奶用一块海绵擦拭圣诞球,用一把小扫帚扫一扫那些塑料树枝,接着往上面喷一下去除异味的喷剂。电影里那种圣诞节的魔法,在我们家是不存在的。

当我们从医院回来的时候,奶奶正在看电视里的一个综艺节目,所有参加节目的人都穿成圣诞老人的样子,而朱尔则在一旁玩着手机。奶奶立马发现了爷爷跟平常不一样。他似乎受到了极大的震撼,一副神情恍惚的样子。她大概会想这是因为埃莱娜和我的关系,在医院待了一下午,是种糟糕的体验。

她递给我们的那些餐前开胃点心几乎都化了,因为家里的温度特别高。温度计上的显示指针超过了最高点。就像那些我强迫自己喝下去的气泡酒一样。朱尔说我看起来很奇怪。我说没有。但我想到此刻,感觉自己应该是有点奇怪的样子。因为我知道了一些别人永远不会知道的事情。感觉就像我的认知超越了时间。朱尔长得像安妮特,而安妮特像芒努斯。这种相像无疑救了他的命。令他不会无谓地思考其他的问题,或者说,那些至关重要的问题。爸爸和伯伯把相貌的相像只留给了他们俩自己,没有跟我们分享。这一点,对一直希望在我们脸上找到与自己的儿子们相似点的奶奶而言,是让人失望的。特别是在朱尔的身上。而这一刻,我终于懂得了其中的缘由。

妈妈知道这个秘密吗?安妮特对她说了吗?如果安妮特没有死的话,还会发生什么事情?最近这几周收集到的答案又引来了新的问题。问题总是无休无止。

奶奶把礼物递给我,仿佛能读懂我的心思一样——她送给我一张FNAC书店的购书券。给朱尔的是同样的礼物,而爷爷则是一张家乐福的购物券。自从奶奶发现了购物代金卡,简直是发现了万能方案。这个二十一世纪的发明大幅度加速了她的疗愈进程。

我又喝了另一杯气泡酒,感觉有点醉了。这令人感觉很好。我甚至开始为朱尔每一个傻瓜式的笑话哈哈大笑。接着,我们又吃了热菜。虽然,那些本该是凉菜,在我们盘子里也都是热的……

我把橱柜的每个抽屉都翻了一遍。终于找到了自己的手机，奶奶把它放在了一张 1975 年的说明书上面，那说明书还是中文或者日文的。为什么我的爷爷奶奶真的、真的从来都不会扔任何一样东西呢？

我关上抽屉，抬眼就看到了兄弟俩的结婚照。每次从它边上经过，爷爷会是什么感觉？或者，他从不会在它面前经过，为此，他每次都特地去厨房绕道而过以免看到它？

给手机充电的时间，我正好去洗澡。这个时间，我可以任意洗。因为在我们家有两个浴室，其实，说浴室有点夸张了。在底楼储物间那边，有一个老的淋浴头，二楼，有一个浴室。如果不凑巧，在楼下用了热水而楼上正有人在洗澡的话，就会只剩一丝水线。

洗完澡，穿好衣服，我就去听手机里的留言。"我叫不上来名字"先生没有说谎。他确实给我留了四十条信息。而且，他没有提自己的名字，这一次我敢肯定，他是故意的。

"我叫不上来名字"先生每天都给我打电话，有时候一天打几次。他的留言很有趣。有时候，他会唱歌，有时候，他只是跟我说自己正在喝一杯咖啡，天下雨，有点冷，他穿了那件我特别讨厌的红毛衣，他经过一家花店，想到了我，他也有一个弟弟，很想介绍给我，他正在值夜班，或者，如果我感冒了，他可以帮我治。

最后一条是他三个小时之前的留言：

"朱斯蒂娜，今天晚上我又值班。我会去天堂俱乐部。该死的……我真希望这一晚能在你的怀抱里结束……如果不行……圣诞快乐。"

62

那是埃莱娜第一次到巴黎。

在拉雪兹墓园的火葬场门口,坐上出租车之前,埃莱娜亲吻了自己的女儿,并给了她一封信——如果她去伦敦看艾德娜的话。把信递给罗丝的时候,埃莱娜说那是这天早上她口述,请克洛德记录下来的一封给艾德娜的信。

艾德娜在几个星期以后,会发现信封里面只有一张白纸,未着一字。罗丝收下了信,没有说一句话。

埃莱娜想,如果克洛德在吕西安离开那一天在伦敦找到了艾德娜的踪迹,那就不是偶然。那么,罗丝就该去那边看望她。她的信可以为她开路。

接着,埃莱娜对出租车司机说:

"先生,请您去机场。"

"哪一个机场?"司机问。

"就是那个会有飞机去海边、天气炎热的国度的机场。"

从火葬场去机场的路上,她那个蓝色的行李箱和储蓄罐就放在膝上,埃莱娜唱着吕西安最喜欢的歌:

埃莱娜的木屐

满是污泥

那三个上尉

会叫她丑姑娘

而可怜的埃莱娜

仿佛一个忧伤的灵魂

不再花时间寻找泉水

你若需要水

不用再找了：就用埃莱娜的眼泪

装满你的水桶

"您唱得太好了。"

天空灰暗、低沉。已是秋天，吕西安刚刚走。太阳从此就只为别人升起了，她心里想。

司机问她从哪里来。

"从密里来。"埃莱娜回答说。

"那，是哪里啊？"

"在法国的中部。"

"那边吃得很好吧，是吗？"

"那得看是谁做的。"

到达机场的那一刻，司机把收音机的音量调高了，大叫：

"天哪，布莱尔死了！"

吕西安特别喜欢布莱尔。埃莱娜心想他们两个人几乎是同时过世的，那么，这样一来，他们就非常有可能会在那一边碰到，他们会在同一列队伍里，等在天堂的门口。

最近这些天，吕西安喝醉的次数比以前多了，总是和那几个喜欢唱片机的客人，盯着吧台里存着的酒。布莱尔是他的最爱。费尔南，玛蒂尔德，弗雷达，玛德莱娜。在最后一台唱片机里,可以放一百张四十五转的唱片,其中有十五张都是布莱尔的。

吕西安对她说,亲爱的,如果没有布莱尔,叫这些名字的人都该怎么办?没有任何一个人可以像布莱尔那样赋予一个名字如此丰富的内涵。

他叫她亲爱的,而她叫他:吕吕。

1954年的一天早上,她正在缝纫机前赶工,吕西安走进作坊,看着她,只是抓了一个没有客人的空当,进来看一眼。她抬眼望着他,对他说:我爱你,发自内心的爱。他回答说:我知道。我失去了记忆,却没有失去你的爱。

飞机在起飞、降落。

埃莱娜请出租车司机在门口等她,说她不会待太长时间。

"您是要去接什么人吗?"

"不,我是陪我的丈夫,您可以等我吗?"

她从储蓄罐里掏出一张一百法郎的钞票。司机对她说:这个价,他可以等她到下一次总统选举。

"噢,您知道吧,我对政治可一窍不通,我只会给人端酒水,做裙子。"

"是嘛,那您做的裙子一定都美丽非凡。"司机一边收起钞票,一边对她说。

她从出租车上下来,一只手拎着蓝色行李箱,另一只手抱着那个储蓄罐。她盯着那些显示屏,写着到达的城市名,那些遥远的都城,她永远不会去的地方,因为她看到的是所有字母都混乱的排序,所以,那是些永远不会存在的城市名。

吕西安跟她解释过时差的问题。当他们睡下的时候,地球的另一端,人们正在起床。他还对她说过,天上的星星比撒哈拉沙漠里的沙子还要多。她就是因此而爱他。爱他教她的一切,她这个曾经缩在裁缝工坊里一字不识的小姑娘,如果没有遇到他,也许就永远只是个不识字、一无所知的人。

吕西安从来没有拿到过护照。在法国政府的体系里,他早已是个不存在的人。在官方记录里,吕西安·佩兰被德国人逮捕、流放,并在布痕瓦尔德遇害。他回来密里的时候,已经太晚了,无法再消除已登记的死亡证明。不过,重要的是,他的洗礼手册在他的衬衫口袋里。对埃莱娜而言,这比世界上任何地方的护照都重要。

吕西安死了两次。第二次,他决定单独上路。在给一个不比吧台高的小男孩调一杯薄荷水的时候离去。他甚至没有时间把冰块放进玻璃杯里。只倒了薄荷糖浆,他的心脏便停止了跳动。

她随机买了一张飞机票。她出示了自己的身份证明。埃莱娜·埃尔。在递给售票员之前,她看了一眼证件上的照片。真是奇怪,罗丝会那么像她。也许因为吕西安爱她,所以,连跟另一个女人生的孩子都像她。

"您需要买回程票吗?"

"不需要,谢谢。"

稍后,她把那只蓝色行李箱放在了托运传送带上。

"夫人,这是您唯一的行李吗?"

"是的。"

"一路平安。"

"谢谢。"

埃莱娜目送着那只蓝色行李箱消失在传送带尽头。

当她再次坐进出租车时,司机问她,她的丈夫在哪里。她回答说他出去周游世界了。

"您为什么不陪着他呢?"

"我晚一点再去跟他会合。"

63

罗丝昨晚上打电话给"绣球花"了,说埃莱娜的状态稳定。她说的是"状态稳定",而我听成了"海滨浴场"[①]。

当我回到家的时候,客厅里回荡着"午夜剧场"的主旋律。我从来没见过比这个更好的节目片头:那么多演员脸部特写的黑白照片,一幅幅显现,又消失。

我在沙发上爷爷对面的位置坐了下来,爷爷几乎都没有注意到我,当我看到那正是珍妮·盖诺主演的《小外省人》时,失声叫了起来。爷爷抬眼看我。

"你怎么啦?"

"没什么。我只是刚巧认识珍妮·盖诺。"

他盯着我好一会儿,随后又一言不发地回到他那个黑白电影的世界之中。半个小时以后,他睡着了。我想他之所以看老电影,就是为了睡得更好,可以在梦里,去到任何他想去的地方。

我的视线却无法离开电视机屏幕,心里想着,不知道埃莱娜和吕西安有没有去电影院里看过一部由珍妮·盖诺主演的

---

① 法语中,stationnaire(状态稳定)和station balnéaire(海滨浴场)发音相近。

片子。

我睡得很不好。我知道手机一定会响。很快便有人会对我说埃莱娜死了。

在法国,人们似乎跟这个字眼不和,在"绣球花",我们也无权说这个词。那些老人经常带着点阴暗的调调表达这个意思,譬如:折断了烟斗,拐杖爆了,滚蛋了,错过了灵魂,从根上吃掉了蒲公英,去了离圣皮埃尔更近的地方,等等。而护理人员则会使用一些更委婉庄严的词:消失,离世,安息,走了,没有痛苦地沉睡了。

一如既往,埃莱娜总是那么体贴,一切都逐步推进,毫不突兀。她从来都不喜欢被人关注。她不会粗暴地撒手人寰。她会踮着脚尖,悄无声息地离开。

奶奶在厨房里,拿着她那些卷头发的工具等我。爷爷刚去普罗斯特老爹那里买滤网。咖啡的滤网盒已经空了。他无法忍受快空的盒子。在我们家,一切都是双倍存货。咖啡,糖,油,醋,芥末酱,盐,肥皂,牙膏,洗发液,火柴,黄油,面粉。一切都是双份的。不能缺任何东西。那是一种强迫症般的习惯。

我为奶奶卷头发。她盯着我的项链。对我说那个挂件很美。问我是谁送的。

"'我叫不上来名字'先生。"

"你该努力一下的。"

她的点评令我忍不住笑了。我用梳子抓起她的头发,卷进彩色的卷发夹子里。我有点心不在焉。我还没有打电话给"我叫不上来名字"先生向他道谢。在听完了所有的留言以后,我直接按了2号键回拨,但在听到第二声响铃的时候,又掐断了电话。一想到有人可能喜欢我,我就害怕。再说了,如果我这就打电话给他的话,事实上就是把某些东西给确定了。

奶奶一下子把我从胡思乱想里拽了出来。"一下子"这个词可能还不足以形容当时的震撼。

"昨天,我在打扫你房间的时候,发现了你那张去斯德哥尔摩的机票。"

我感觉自己脸红了,手心开始冒汗。我开始奋力与她的头发作战。我一回来,就应该把这张该死的机票给处理掉。其实我应该把它藏得很好。可奶奶那打扫卫生不放过任何一个角落的好习惯,会令所有的私密全部曝光,没有例外。

"我把它扔了。我想你应该是不想留着它的吧。"

"是的。"

"要是让朱尔看到了,你能想见后果的吧?"

"是的。"

"你见到他们了?"

"是的。"

沉默。

"你把我的头发扯痛了啦。"

"对不起。"

沉默。很长时间的沉默。我终于把所有的卷发夹都用完了。我用一张网罩在她头上。有个卷发夹掉了下来,我捡起来,又用它把最后一缕挂下来的头发卷好。我去找吹风机,通常一吹头发,她就会睡着。可今天早上,我感觉那样的热气并未令她睡过去。我感觉她在观察我。她很想知道芒努斯和艾妲对我说了什么关于安妮特的事,关于朱尔的事。我感觉她的眼神完全聚焦在我身上。

我什么话也说不出来。因为我不知道她是否知道内情,我也不知道她知道些什么。

哪一个人,在经过我们家的小房子,看到那个种满蔬果的小花园、小木棚、用水泥砌的围圈,会想象到这一切之下所隐藏的秘密?

我把电罩拉到奶奶头上,调好了温度和时间。她得在电罩下待二十五分钟。这也是我得以放松的时间。我有二十五分钟的时间,可以编一个谎言。但我没有任何方向。等时间到的嘀声响起的时候,我已经喝到了第三杯咖啡。我被吓得跳了一下。确实如我所料,今天,她没有睡着。平常,当我把电源拔掉的时候,她还在轻轻地打着呼,头微微靠前,嘴巴半张。可今天,她只是用眼神逼问着我。我抽掉了网罩,一个接一个地把卷发夹摘下来。接着,我去找了一把野猪鬃梳子,用尽所有的力气,默不作声地努力为她的头发整形。她却不放过我:

"朱尔长得很像芒努斯,对不对?"

"是的,简直就是他的复制品……我就是想到了去看他们一下。为了安慰他们。告诉他们朱尔和我们在一起很幸福。告诉他们他马上就要高中毕业了,明年会去巴黎。"

我知道她清楚我在撒谎。于是我又找了点儿别的说:

"朱尔告诉我说他想上建筑师学校,那是很贵的。我去问他们可不可以出点儿钱。"

奶奶的脸色转青了。

"你居然去那里问瑞典佬要钱!"

"我没有去要钱,我这是保护朱尔,仅此而已。"

爷爷走进屋来。一片静默。我用眼神恳求着奶奶闭嘴,她也是。这一次,她相信我了。从她脸上我看出来她这是相信我的话了。所有的咖啡滤网加在一起,大概也接不住她用眼神甩给我的那些指责。我希望她别这一下就气得去自杀了。

爷爷观察着我们,吸了下鼻子,把咖啡滤网安放好,转身去水龙头上接了一杯水喝。

"我已经跟你说过一百遍了:别直接喝自来水,那里头全是脏东西!"奶奶冲着他喊。

爷爷看了她一眼,仿佛准备说什么,可一下子又有什么念头令他忍住了没说。他吞下了多少话？他转身背对着我们，离开了这间屋子。

我没有给奶奶继续发脾气的机会。学着爷爷的样子，嘴里说着我上班要迟到了，便也开溜了。

我几乎提早了一个小时。于是，我先去了一趟墓园。我站在童年时代就熟识的墓前。我想我可能再也不会回来了。我想朱尔说得对。这里，我再也没什么可做的了。

我的手机在口袋里震动起来。我猜大概是"我叫不上来名字"先生的电话。而我却连开口谢谢他送我项链的礼貌都没有。我是一个感情上的残疾人。只有那些从来不可能存在的东西才会令我感兴趣。

我决定接这个电话，因为在这一刻，在我父母的墓前，二十一岁的我终于决定给自己这个机会，与一个起码有三十岁的真实的人发生一段有可能"幸福"的关系。可这并不是"我叫不上来名字"先生的号码，而是家里的固定电话号码。

"喂？"

"是我。"

"奶奶？"

64

1996年10月5日至6日的夜

欧仁妮突然醒来，嘴巴发干。前一晚，她菜里盐放多了。那个库斯库斯里，她不小心放了两次盐。白天洗衣机坏了，她因此手忙脚乱了好一阵；最后不得不强行打开那个玻璃门盖，机器里的水把整个屋子的地板都淹了，不得不用拖地的抹布一个屋子一个屋子地吸水打扫。来修理的人毫无办法，这洗衣机算是报废了。就因为这一摊事儿，她放了太多盐在菜里。这是近十五年以来，从未有过的差错。

从前，她夜里不会醒过来。但自从双胞胎和孙子孙女来过周末，她就听到朱尔哭了两次。他的安抚奶嘴丢了。她不太喜欢给婴儿用这样的东西。她从来没有给自己的儿子用过。克里斯蒂安小时候是吮吸自己的大拇指，而阿兰有一个布偶兔子，他一直会咬着兔子耳朵。阿兰三岁那一年，她故意让兔子消失了。阿兰四处找它。她对他说也许是小兔子回树林里去找妈妈了。事实上，因为那个兔子无论怎么洗都开始发臭，而且他也到了年纪，应该不需要再咬着它睡觉了。她把那个玩偶放进一个塑料袋，扔到了邻居家的垃圾桶里。她差一点儿就转念想去把它捡回来，但阿尔芒正好开始轻轻地触摸她的乳房，那是该履行夫妻义务的信号。后来她就睡着了，颈部带着阿尔芒呼出的热气，直到凌晨五点，她被收垃圾的卡车经过的声音吵醒。那已经太晚了，兔子玩偶被带走了。

时间过得太快了。最开始那几年总是精疲力尽：两个婴儿，一个睡了一个醒，轮番要吃奶、换洗，没日没夜；她被购物、洗衣服、做饭、打扫卫生等家务所淹没；孩子生病，也总是双倍的，一个好了一个又倒下，隔上几天，绵延不绝。比如一个发水痘，另一个两天以后也发了。也许，只有个别夏日的星期天，她感觉幸福仿佛触手可及。而两个孩子，如同阿尔芒在他们出生那天种在花园里的两棵果树那样，蓬勃生长。

她为两个儿子奉献了他们所需要的一切关心和爱护。一切，除了温柔。她从来没学会如何温柔：亲吻、拥抱、甜言蜜语，等等。那些爱的表达，她从来都不知道该怎么做。她从来都不懂得如何去爱，如何把爱体现在行动上，就像把盐放进菜里……有些时候，会放得过多。

然而，某些放学回来的夜晚，当他们饿着肚子下课的时候，她原本是有把他们拥入怀里的冲动，想紧紧地抱他们一下，想把他们完完全全地吞下去，可她从未付诸行动。她最多只是让他们多穿些衣服，以免感觉到学校里太冷。她是一个农场里出生的女儿，七个孩子中的"老大"。如她的父亲所言，"她是家里唯一的男孩子"。她几乎就是一头万能的牲口：做饭，做家务，照顾弟弟妹妹们，搞定所有机器，搞定所有牲口。除了接吻，她什么都会。

她从未成功地、真正地爱自己的儿子们。她的心一直是冰凉的。然而，在孙辈们出生的时候，仿佛有一些充满爱意的东西出现了，仿佛某种魔法的启动。她开始有一点点想要触摸他们的念头。

她没有听到他的呼吸声。她伸出手去,阿尔芒的枕头是凉的。她在黑暗中睁开眼睛。打开了床头灯。眯了眯,她看到闹钟上显示的是半夜一点。

她套上拖鞋。一直以来,她都不喜欢光脚走路。她下楼到厨房去喝水。她不喜欢水龙头里的水,因为特别讨厌那种漂白粉的味道。她给自己拿了一只杯子,倒了一点矿泉水,她从来都没有对着瓶子喝水的习惯。她是那种哪怕在外面吃饭也要用手把杯子擦干净的女人——每年一次,她会不在家吃饭,因为阿尔芒的工厂里有邀请家属的聚餐。

在离开厨房之前,她又郁闷地看了一眼那台没用的洗衣机。

她是在一个舞会上遇到阿尔芒的。他当时邀请她跳舞。当他朝她走过来的时候,她心里一直跳动的念头是他一定搞错了。这个男人想搂在怀里的一定不会是她这样的女人。她穿着父亲在她二十岁那年送给她的裙子。她的第一条裙子,带白点的红裙子。女人味于她而言,是一辈子的陌生人。那个从来不曾开门进来的陌生人。有几次,她也曾尝试着化妆,但她的皮肤仿佛抗拒所有的色彩,会把任何脂粉变成粗俗与可笑。她一直都知道自己配不上阿尔芒。在各个方面都不如他,他是个非常帅气的男人,她却平淡无味;他很聪明,她却毫无学识;他一点都不会捯饬修理的活儿,她却懂得把任何东西修好;他从来都不和善,她却是极好说话的人。但她最终明白过来,他选择了她,只是因为她属于那种不会惹麻烦的女人。是那个不会打扰他的女人。那一类永远不会令男人心乱的女人。

他们结婚那一天,她挽着他的胳膊,非常骄傲。骄傲到她几乎要后悔从来没有闺蜜朋友,不然一定可以让她们嫉妒。但新婚之夜是那么粗暴、突然,她其实并没有准备好,一无所知。她以前见过牲口交配,但她并没有看到痛苦。她妈妈什么都没有对她说,除了叮嘱她要当一个好妻子,要做一切丈夫要求她做的事。这一晚，阿尔芒简直撕裂了她的下腹部。后来，每天晚上，他都重复着，直到她那下面、腿根部的肌肉和她的腹部都习惯了这一切，不再令她感到疼痛。

她又想到那句话：美总是有代价的。

生下双胞胎那一次又是撕心裂肺的痛苦，令她暗下决心再也不要生孩子了。她后来真的没有再生孩子。而真相是，她从来都没喜欢过当母亲。

后来，出现了电视和女性杂志，她才听说做爱也可以是一种享受。很长一段时间，她认为，这样的乐趣，大概只是某些女人的特权，漂亮的那种。直到有一次，她的邻居借给她一堆小说，里面有那本《O 的故事》，她才发现原来世上还有自慰这回事。再后来，她开始爱上那样的夜晚，她终于喜欢上紧贴着自己的丈夫——那个高大俊挺的男人的感觉。

她只有过一个朋友，法蒂娅·哈斯贝拉维。那是双胞胎青少年时代，她在村里的医生家打工的时候认识的。法蒂娅是个厨师，也负责洗衣服。她就住在医生家里，问诊室楼上一个独立的房间。是她教会了欧仁妮做海味库斯库斯。她还教会了她一边吃着杏仁羚羊角，一边听着她从阿尔及利亚带来的故事，一边哈哈大笑。欧仁妮有生以来的记忆里，在医生家打工的那三年，是她这辈子最快乐的时光，特别是早上，她打扫完诊所，坐在厨房的桌子边，喝着茶，听法蒂娅讲着男人、女人、远方那边的生活，还模仿着肚皮舞。跟法蒂娅在一起的时候，她才接触到女人之间的谈话，那些在学校里本该和其他女同学有过的谈话，可惜从小到大，她一直是以假小子的样子活着的。法蒂娅跟她聊爱、性、恐惧、避孕、情感、自由，没有任何禁忌。

可惜那个乡村医生，爱南部的阳光胜于一切，终于有一天决定离开密里，到法国南部去生活，带上法蒂娅一起。欧仁妮也想跟着他们一起去。医生也向她提议了，可阿尔芒听过后，只嘲笑她的短视："难道我们要去那里，靠你那点做用人的钱生活吗？"她那个医生老板和此生唯一的朋友的离开，很长一段时间都令她陷在绝望与孤独之中。之后，她再也没有找到过其他的工作。纺织厂已经很长时间没有再招人了。只要看一眼那会儿能买到的衣服，所有那些产地标签，就可以明白。

法蒂娅每到过年都会给她打电话。听到她那声熟悉的"新年快乐，妮妮"，欧仁妮都特别开心。一直到孙子孙女出世之前的每一个早晨、每一天、每一个星期、每一个月、每一年，她的日子都是如出一辙的。一天又一天，唯一变换的，只有她穿的衣服。

她重新走向楼梯，却差一点滑倒。她在地板上打了太多的蜡。阿尔芒曾经说过这家里简直就像个滑冰场。

她听到阿兰和安妮特的房间里有声音。安妮特应该是起身去看朱尔了。这该死的安抚奶嘴。

当她推开门的时候，却吓了一跳：阿兰正坐在他们的床上。一动不动。上一次她看他这样在房间里，应该还是阿兰十二三岁的时候，那时候他得了中耳炎，特别难受。那时候的他一直哭，还发着烧。她不知道该以怎样温柔的动作去安慰他，不知道他需要什么。

"你怎么啦，儿子？发生什么事了？"

阿兰没有回答。他的眼神是空洞的。他一直盯着面前那一面墙，那面挂着合家欢照片的墙。

她打开了顶灯。问他是否需要喝点什么。他脸色苍白。坐在床边，却仿佛如临深渊。她从未见过他这个样子。在两个孩子中，阿兰一直是更乐天、更热情、更无畏的那一个。阿兰，是她的偏爱，是她的太阳，从他会走路开始，就是拉着她跳华尔兹的那个。而阿尔芒，却一直更喜欢克里斯蒂安，那个孩子更加内敛，更加沉静，远不如阿兰那么张扬。阿兰是老大。阿尔芒曾经说他懂得跟他弟弟讨价还价，争取到了先出世的权利。

欧仁妮靠近他，碰了碰他的额头，接着又摸了摸他的手。一片冰凉。她取了一条披肩盖在他的肩头。多么奇怪的一幕：阿兰，她的大儿子，穿着一条印着"NIRVANA"的 T 恤，上面还印着一张金发男子的照片，下身是条纹大裤衩，又披着大红花的披肩。他一脸惊恐。仿佛刚刚看到了一个幽灵。接着，就像个机器人一般，他站起身。在关门之前，回头看着自己的母亲，喃喃地问：

"所以你什么都没看到吧，妈妈？"

她没明白：看到什么了？

她跟着他在走廊上游荡，又看着他进了自己的房间，把门关上了。她站着，面对那扇紧闭的房门。她不敢去敲门。她不敢进去。再说，还有朱尔和安妮特睡在里面呢，不该去吵醒他们。

可阿尔芒在哪里呢？他有失眠的问题，可能是出门去走路了。最近越来越频繁。他变了。开始失眠和抑郁。

她重新躺下，却没有睡着。她又想起刚才自己儿子的样子，坐在床上，眼里充满了惊恐之色。可晚上的时候，他明明挺好的啊，还讲着笑话逗大家。还拉着朱尔在自己的腿上跳。难道是他工作上出了什么问题？或者说他又后悔把那个唱片店的一半股权转给了自己的弟弟，为了去瑞典生活？或者是有生以来第一次，要跟弟弟分开生活，有点恐慌？

"所以你什么都没看到吧，妈妈？"

阿尔芒大概在凌晨四点钟的时候回来了。从一点到四点之间，他在干什么呢？她闭上了眼睛，没有动，甚至还屏住了呼吸。他在她边上躺下来。他的身体是滚烫的。他不是从外面走路回来。

"你刚才在哪里?"

阿尔芒没有回答。转向一边,背对着她。她点亮了床头柜上的台灯,看着他。他穿了一件衬衫,而不是睡衣。那是他平常在星期天才会穿的最好看的一件衬衫。可是大半夜的,他穿戴整齐干什么去呢? 阿尔芒依然毫不动弹。也没有说一句话。她其实完全习惯了他这种沉默,一直以来,这种沉默只有一个意思:我高你一等。

说到底,此生他唯一正眼看她的一次,仅仅是他们相遇的那场舞会上。就在他选中她的那一天。她一直是他这个家里的女人,而不是他眼里的女人。阿尔芒从来都没有机会抱怨自己的袜子上有一个洞。从来他的衣服都是洗干净,烫好,折得整整齐齐,放在衣橱里。下班回来,他的家里永远打扫得一尘不染,干干净净,饭桌上永远有吃的东西。他从来没对她说过一声谢谢。从来没有真正的交谈,除了偶尔会发几句评论,关于某项政策,或者某个运动员,某个歌手,某个电视节目主持人。他一直是这样的行为作风,仿佛他们从来没有真正在一起。他一直只是在他自己那一边生活。而她,常常会起念,想穿过去,走到他那边与他会合。

她观察着他的背部,结实、宽广。接着,她做了一件从来没有做过的事,突然一把扯开被单。他下身只穿了一条三角裤。没有穿睡裤。他转过身来,对着她,眼中同时显现出愤怒和羞耻。他从来没有打过她。然而,她却一直怕他,发自肺腑的怕。

他的衬衫半敞着。她看到他的上身,精壮紧实。他们一直在黑暗中做爱。他的身体,她只是通过触摸的感知,通过味道。做爱。他刚刚去做爱了,他身上散发着那种做爱的味道。他的脸、他的头发、他的手、他的眼神都散发着那个"她"的味道。

可他并没有出门。他没有离开他们的家。她看着他,内心一片刺骨冰寒。

"所以你什么都没看到吧,妈妈?"

65

我到了"绣球花"。祖儿在。她正准备离开。前一晚轮到她值班。她有点紧绷的样子。马上跟我聊起了埃莱娜。跟我解释说已经整理好了她的东西,下午两点钟,有另一个老人会过来,就住她原来那个19号房间。我想看看她的私人物品。她的东西都被装在纸板箱里,存放在勒加缪夫人办公室了。埃莱娜的女儿一会儿会过来取。

"你那边,有什么消息吗?"祖儿又问我。

"我昨天去医院了。她依然昏迷着,我想她的身体应该是已经放弃了。"

"朱斯蒂娜,她今年九十六岁了,不要期待奇迹。"

"让年纪都见鬼去吧!埃莱娜永远只有她在教堂遇到吕西安的年纪!"

祖儿问我还好吗,对我说看起来我的脸色很差。我回答说没什么,我只是刚刚跟我的奶奶聊了一个小时的电话,她告诉了我一些事情,因为之前她从来没有跟我聊过她的人生,甚至从来没有为了哄我睡觉讲过一个白雪公主的故事,所以,这一次,让我很震惊。

祖儿提议我跟她一起去喝杯咖啡,顺便清理一下思路。我很想对她说，也许，终于有这么一次，我的包里，可能依然没有纸巾，却有比养老院那些老人电视上看的连续剧更加匪夷所思的故事。可最终，我什么也没有说，只是抱紧了她，问她是做了什么，可以一辈子爱着帕特里克。她回答说自己什么也没做，只不过运气比较好。

去换工作服之前，我上了顶楼，海鸥果然已经飞走了。第一次，我也想离开这里。抛开我的工作、我的家，离开眼前的这种生活，去过另一种人生。

下楼的时候，我经过保罗先生的房间，门是半掩着的。已经有好几个月没有为那些被家人遗忘的老人出声的匿名电话了。

我看到一个背影，正躬身对着保罗先生，在他耳边说着什么。看到那个访客小心仔细地拉着保罗先生的手的样子，我轻轻地拉上了门。

我去更衣室里找到了工作服。我把双手消了毒。我碰见了玛丽亚。

"大年夜你准备怎么过？"她问我。

"哪个大年夜？"

"嗨，朱斯蒂娜，醒一醒，明天晚上，我们就要过年了。"

管它过不过年。再说了，对新的一年，我根本没什么好感。

"玛丽亚，有个人在保罗先生的房间，你认识他吗？"

"那是他孙子。他经常来。"

"是吗？我以前从来没见过。我还以为保罗先生从来没有人来探访呢……"

"我倒是经常看到他，通常他都是一大早来的。"

"哦，是吧。这倒是个新闻。"

我回到了护理室。在准备我的护理车时，我想到了罗曼，令人伤怀的爱，迷失的爱，不存在的爱。在遇到第一道走廊、第一扇门、第一个房间、第一声"您好"、第一记痛苦、第一种遗忘、第一声辱骂、第一个故事、第一块尿不湿的时候,我真想替埃莱娜去死。但我知道她才是赢的那一个。她比我领先太多了。

66

吕西安和埃莱娜造了一个结婚纪念日。新年的第一天。许下誓言的日子。12月31日,他们中午就把咖啡馆关了,出发去度蜜月。

那是一年中唯一一天,吕西安和埃莱娜睡在同一个房间。哪怕是有了唱片机、罗丝长大离家之后,他们依然是分房间睡的。

埃莱娜的房间四十年未变。一张白铁方格床。一个梳妆台,一个衣柜,一面全身镜,淡蓝色的墙,两扇窗上都是有花边的窗帘,一面对着咖啡馆后墙,一面对着教堂广场。

随着罗丝长大,越来越多新的照片被框起来。每过十年,吕西安就会把所有的相框重新刷上同样的颜色。

12月31日下午一点,吕西安把蓝色行李箱放在埃莱娜房间的地板上,他们就重新开始1936年那样的旅行。每年,他们都会换一个目的地,可每一年,吕西安都会选择天气炎热的国度。因为太阳。那都是些靠海的国度。因为大海。

每一年,吕西安都是船长。他最喜爱的国家是埃及。红海。他躺在被单下,闭上双眼,告诉埃莱娜他看到了美人鱼,有一条美人鱼的眼眸湛蓝,跟她房间的墙一样。

到了午夜时分,他们互道结婚纪念日快乐。

2日早上,他们的咖啡馆依然会在早上六点半开门,皮肤上闪耀着他们梦想中太阳的金芒和肌肤相亲的芬芳。总得把一些现实放进梦想中,反之亦然。

67

1996年10月6日，星期天

"所以你什么都没看到吧，妈妈？"

不，我看到过的。看到过一次。那种叫人避之唯恐不及的场面。欧仁妮以前总觉得阿尔芒不太喜欢安妮特，或者说，他根本不太在乎。他跟桑德莉娜更合得来。可是，两年前，在朱尔出生前的某一天，她撞见阿尔芒和安妮特在一起滔滔不绝地聊天。欧仁妮当时被那样一种突如其来的亲密震惊了。那样地默契。那是熟到极致之后，无需再刻意相互注视的默契。有点像法蒂娅和她，她俩当年在医生家里喝茶的时候那样。只不过阿尔芒仿佛在喝着甜美的牛奶，无比愉悦地享用着那一刻的时光。欧仁妮从来没有从那个角度看过自己的丈夫。简直就像有聚光灯正对着他。仿佛她曾经看到的萨尔瓦多·阿达莫，在马宫那个搭建的舞台上，唱着那首《任你的手搭在我腰间》。他脸上那些原本是僵硬、封闭的线条，仿佛被安妮特的光所覆盖了。她发现了一个男人春风满面的笑颜，那是一个在她的屋檐下生活着的陌生人。那是她的丈夫。

欧仁妮没敢惊扰他们。她回身去看自己正在做的苹果派烤箱的温度是否合适。

欧仁妮、阿兰、安妮特围坐在厨房的餐桌边。桑德莉娜和克里斯蒂安还没有下来吃早饭。

欧仁妮不看安妮特。阿兰也不看安妮特。欧仁妮和阿兰却不住地相互对视。

阿兰坚持要带朱尔一起去参加洗礼仪式。可欧仁妮却不同意,朱尔必须留在家里,和她在一起。孩子发烧了,得待在家里休息。再说了,无论如何,他们下午的时候就回来了,不是吗?

阿兰还穿着睡衣。安妮特身上穿着黑色的真丝睡袍。她的手指神经质地扒着餐桌布。欧仁妮已经穿戴整齐。她从来不会在孩子们面前不穿戴整齐,哪怕是睡衣也没出现过。

克里斯蒂安踏进厨房。阿兰挪了一下,给弟弟让出一个座位。阿兰盯着安妮特那碗牛奶,她正用小勺子把奶皮扒拉开来,放到一边,仿佛一层蜡制的网。今天早上,欧仁妮心想,我的两个儿子不相像了。阿兰的脸色一片苍白,白得令人发怵。他不停地重复说要让朱尔跟着他们。安妮特沉默不语,几乎和阿兰一样苍白。

"我不会让你们带上朱尔的。"

没有商量的余地。欧仁妮从来不是个专制的人,她从来都不会强求别人做任何事情,这一回,却仿佛铁了心一样。克里斯蒂安观察着她。他从来没有听到自己的母亲说过一句重话,可这一次,她的口气仿佛一种宣判。阿兰起身上楼,回房间去了。安妮特跟着他。

克里斯蒂安一边把面包浸入自己的牛奶咖啡里,一边问母亲,她怎么了。

"注意点,别让阿兰把朱尔带上汽车。"

克里斯蒂安感觉到有什么问题。屋子里有一种紧张至极的压力，仿佛一触即发。他的爸爸不开心的时候会发脾气，可他的妈妈似乎一直是平和顺从的。

阿尔芒待在花园的角落里。他想走，想逃离这个家，可他的车轮胎瘪了。起码有两厘米长的口子。难道是阿兰想复仇，本想在他身上拉一道口子，最后却换成了在轮胎上戳个洞，是他吗？那确实是他该受的。他儿子确实该要了他的命。

下午，阿尔芒会去上吊。他会扫除一切障碍。欧仁妮可以得到一笔补偿金，他在工厂里买过一份挺不错的保险，而阿兰会和安妮特、朱尔一起离开这里，去瑞典生活。一切都将不复存在。自从早上欧仁妮骂了他之后，他仿佛什么感觉也没了。她是喃喃低语着骂他的。他从来不知道这般悄声无息地说"垃圾"居然也是可能的。他以为她一定会嘶声大叫。她对他说她永远不会原谅他，也不会让他走。他是她的丈夫，他一定得留下。她那样一种说话的方式，带着令其面容扭曲的愤怒，简直就像一个装满爱的痰盂。是的，仿佛她正朝着他的脸上吐口水，同时，却说着"我爱你"。

阿尔芒刚在楼道里与阿兰交错而过时，感觉脸上受到了一记想象中的重击。阿兰不过是朝着父亲的鞋子望了一眼。阿尔芒却看到了他的目光。

阿兰很小的时候，有个癖好，就是喜欢穿他爸爸的鞋子。他一从学校回来，就喜欢穿上爸爸的鞋子。阿尔芒并没有很多双鞋子。一双冬天穿的，一双夏天穿的。经常地，一双鞋子要穿上好几年。阿兰总喜欢拖着他爸爸的大鞋子四处走动，假装自己是爸爸。他甚至穿着爸爸的大鞋子做作业。有多少次，凌晨四点要去上工的时候，阿尔芒四处找自己的鞋子，最后是在熟睡着的儿子的床边找到的。

阿兰在那些鞋子里畅游了很多年。可是，十四岁左右的时候，他开始穿不上那些鞋子了。十五岁，就完全结束，他再也不能玩那个游戏了。他爸爸的鞋子变得太小，再也穿不进去。一年时间，他的脚长了两个码，但此后，阿兰的注意力就转移了，他开始对朋友和女孩子感兴趣。阿尔芒当时感到了一种失落。他一直想着：我的儿子再也套不上我的鞋子了。那是一种结束，一种令人伤感的结局。

阿尔芒听到有人推开了花园的门，进来，然后按响了门铃。

那是马塞尔，他的同事，带着他的小皮卡来了。阿尔芒这才从自己的伤心地回过神来。

"你好，马塞尔。"

马塞尔，是任何人家里有什么东西坏了就会想起来联系的人。为了修理，或者为了回收废品。昨天晚上，他曾过来试图帮忙修洗衣机，今天早上，他就是来帮忙把没用的机器拉去废品场。不过，在拉走之前，他还想查看一个马达上的零件，因为昨天他没想到那个问题……

"你要是知道多少洗衣机都是因为这个该死的零件才报废的！"

马塞尔在那里掏着洗衣机的零件时，欧仁妮在一旁把咖啡加热。而阿尔芒在原地打转，用单音节词回复着马塞尔的话，他这位同事浑然不觉地对他说个不停：排水泵、电动阀门、传感器、抗热性、等等……还得检查一下"碎件陷阱"。阿尔芒完全不知道在洗衣机里，原来还有一个"碎件陷阱"。

克里斯蒂安又上楼，回房间去准备。安妮特回到厨房，手里抱着朱尔。马塞尔抬起头，当他的视线落在安妮特身上时，目光闪烁了一下。该死的，她可真漂亮。

"这机器完全废了，没救了。"马塞尔下了定论。

阿尔芒和马塞尔就准备把洗衣机上的管道都拆下来，关掉进水口，可有人已经抢先关好了。阿尔芒下意识地抬眼望了望欧仁妮的方向，却根本没有一秒钟会想到正是她在掌控着一切。

两个男人合力抬起了洗衣机。天哪，这机子简直有一吨重。

同一时间，安妮特把朱尔交给了欧仁妮。欧仁妮把孩子接过来，抱紧在怀中，却没有亲吻他。两个女人没有相互望一眼。

就在跟马塞尔一起抬洗衣机出门的路上，阿尔芒听到楼上房间里传来的声音，两个双胞胎中的一个正在下楼梯。是阿兰还是克里斯蒂安？阿尔芒没有勇气抬起头。他们马上就要出发去参加洗礼仪式了。而今天晚上，当他们回来的时候，他应该已经吊死了。安妮特不会原谅他，但说到底，也没什么关系。生活会继续，她也是。她的人生里不需要他。他这样一个人，她能用来做什么呢？

阿尔芒和马塞尔把洗衣机抬出了屋子，气喘如牛，确实这机器太沉了。外面有点凉。阿尔芒帮马塞尔把洗衣机装进他的小货车，用固定的皮筋绳扎严实。他听到马达的启动声，回过身来，隐约看到那辆雷诺 Clio 飞速消逝的影子。双胞胎兄弟坐在前排。桑德莉娜的头抵在后车窗上。有那么一秒钟的瞬间，阿尔芒似乎瞥见了安妮特那金色的头发，那是他最后的一抹夕阳。

她一年来三次。圣诞节三天，复活节三天，八月十五日那个周末三天。可是，只需某个十月的一天，一切就得结束。他很少见到她，可她占据了他所有的空间。除了她，他一无所有，没有一丝一毫，没有一分钟是属于他自己的。除了她，他的脑海里什么都不复存在了。白天一如黑夜。

有几次，他们在那上面见面，在一堆杂物之中，在那个破旧玩具的坟墓，在那个顶灯坏掉的角落，他感觉自己的生命在她的生命里流过。

前一夜，他和安妮特都没有听到阿兰上楼的声音。他们看到门打开了。接着阿兰在叫安妮特。叫了好几声。安妮特紧紧抓着阿尔芒。他感觉她的指甲嵌进了自己的皮肤里。他们抱团竭力躲着,惊恐万分,想到被发现又羞愧至极,无地自容。

阿兰走近了,仿佛是被他们的呼吸声所吸引。走廊的灯光足以照到他们身上,他们就像两头在陷阱中的猎物,两个紧贴在一起的可怜虫,倒在地板上,在两个装碗碟的箱子中间。

仿佛瘫痪了一般,阿兰想要努力说些什么,嘴里却没有发出任何声音。然后,仿佛过了一个世纪,他慢慢地后退,把门重新关上,无声无息,似乎要抹去他刚才所看到的一切。

阿尔芒感到一阵眩晕。马塞尔询问他还好吗,感觉他似乎有点不在状态。

阿尔芒往他口袋里塞了几张十法郎的钞票,谢谢他的帮忙。

"为孩子们买点东西。"阿尔芒说。

另一个哈哈大笑。

"我没孩子。"

你运气真好,阿尔芒心里想。

欧仁妮怀里抱着朱尔,隐在厨房的窗子后面,远远盯着他。

阿尔芒心想,得尽快了结这一切了。这般控诉的目光,他无法承受一整天。

"再见,马塞尔,回见。"

上午的时光缓缓地流过,他假装要继续活下去的样子。他在那片蔬果地里种下春天的白菜和冬天的生菜。那是古老的十月的习惯。地里的土有些冰冻了。冬天来得很早。整个上午,他都感觉背负着欧仁妮追杀他的目光。

中午,他发现一个碟子,他的那个,放在厨房的桌子上。那是前一晚盐放多了的库斯库斯。他犹豫着是否要坐下,随即又想,还是照平常的样子做好了,省得引起怀疑。自从他们结婚以来,这还是第一次,在一个星期天,他一个人吃午饭。他望着原本放洗衣机的地方,空空荡荡的,然后又想,如果他不在了，应该不会留下任何缺憾。

家里没有一丝声响。她大概是和孩子们在楼上。吞咽着库斯库斯，他还在想为什么欧仁妮要如此坚持留下朱尔。他想是不是需要留下一封告别的信给安妮特。不。还要对她说些什么呢？我爱你？她知道的。也不用留给自己的老婆。也不用留给自己的儿子们。

前一晚，在阿兰发现他们之前，他感到安妮特的眼泪在他的脖子上流过，当她对他讲着自己在兰斯附近修复的一张圣母马利亚的脸的时候。在她描述着那一种钴蓝色时，他感觉她的嘴巴抵着自己的耳朵，瑟瑟发抖。

她哭的次数越来越多，哭的时间越来越长。真的，该结束了。

阿尔芒一边吞咽着库斯库斯，一边想着安妮特那越来越脆弱的皮肤，被那些大教堂的阴冷侵蚀着，她的小臂和手上，因为长期与玻璃接触而越来越多的伤疤。他想到她的手腕，仿佛首饰般精美。他那样一双工人的手在她那么白的肌肤之上，一直令他觉得那只是一种幻景，而非真实。但朱尔令他有了脚踏实地的感觉。

朱尔出生那一天，是他这一生中最美也是最糟糕的一天——在昨晚之前，因为昨晚更糟。

当他在妇产院里，在婴儿的小床前俯下身子，想把他抱在怀里时，欧仁妮拉住他，指给他看挂在婴儿上方的那块牌子："这个婴儿很脆弱，只允许他的爸爸妈妈接触他。"就像他第一次亲吻安妮特的那个夜晚，阿尔芒真想抱起孩子就逃跑，把他带走，永远消失。可就像他第一次亲吻安妮特的那个夜晚，他最后什么也没做，就回家了。

他洗了自己的碟子、刀叉和杯子，把它们放在水池边上。无论如何，欧仁妮会重新洗过的。她不喜欢他洗任何东西的方式。她永远说那就像洗过了又没洗干净一样。

他决定去昨晚阿兰发现他们的那间屋子里上吊。因为那里天花板很高，而且，是家里唯一一个可以从里面锁上门的房间。这一次，他一定不会再忘记了。不会像昨晚那样。而且，除了把门锁上，他还要在门上贴上一张纸，写上一句简洁明了的话，以便让他们不要在给警察打电话之前进门。

他记得在花园的某个角落里有一根绳子，绕在那架绿色的梯子上。为了走出去找绳子，他先假装看了看自己种的那些蔬果。徘徊几圈。他确定欧仁妮一定在楼上的某个房间里悄悄窥视着他。在那个角落里，他不敢看自己那辆自行车，就像故意对自己所爱的人视而不见一样。他解开了绳子，把它装进一个垃圾袋里，然后藏在自己的厚外套里面。

他打开了杂物间的门。打开手电筒，把光转向屋顶。他爬上梯子，甩了好几次绳子，才终于套住最大的那一根横梁，绕过来，打了一个非常结实的结。他开始做那个上吊的圈，试了好几次。一边做，一边回想起双胞胎的童年时代，两个孩子一起玩过很多魔术小戏法，还用丝巾打假结。可他们从来没有对他解释过那些假结是怎么打的，而他，从来只会打真正的结。

他又下到底楼，没有多少时间了，欧仁妮和孩子们倒在电视机前的沙发上睡着了。阿尔芒听见沙子商人飘过的声音。孩子们总是喜欢看同一盒录像带。他抬起那个在水池下的煤气瓶，寻找那缕他藏好的安妮特的头发——他把头发装在一个寄税单的信封里，放在隐藏的暗柜夹层里。他拿到了信封，把头发装进了自己的口袋。

他在那个通常用来记购物清单的小本子上写下警告的话："别进来，报警"。他又拉了一段粘胶带，用牙齿咬断。就在他准备上楼的时候，看到有辆警车停在了家门口。阿尔芒不敢相信自己的眼睛。他们怎么可能已经在这里了？他正在做梦吗？

他看着两个警察下车，推开栅栏门，进了自家花园。

该死，他们到这里来干什么？而且，看起来，仿佛有什么麻烦事。阿尔芒只见过其中一个。那是村里一个叫作波纳顿的，比他稍微年轻一点。那两个警察正准备按门铃。不。不能让他们按门铃，那会吵醒欧仁妮和孩子们的。

他揉起那张纸，放在口袋里，然后下去开了门。与那两个警察面对面撞上了。波纳顿军士对着阿尔芒行了个军礼，然后开口说：

"您好，请问您是雪先生吗？"

阿尔芒被这个问题给震住了。波纳顿非常清楚他是谁。

"是的。"

"您的儿子克里斯蒂安和阿兰是否有一辆雷诺汽车，车牌号为2408ZM69？"

68

埃莱娜在吕西安死后,再也没有回过路易老爹咖啡馆。她没有任何勇气回去。三十年后,当她想回到密里进养老院的时候,她也不想经过那个咖啡馆。她恳求罗丝直接带她去"绣球花",不要绕路。

这个咖啡馆,早在七十年代末就已经过时了,只有那台老唱片机,那些五十年代的家具、深色的地板和染色的玻璃,吕西安和埃莱娜本来早就可以将它出售上百次了。可他们总是能找到一个借口留下它,因为不想与之分开,其中包括小克洛德。

从七十年代开始,更加现代化的咖啡酒馆就陆续出现了。那些装着明亮玻璃的酒吧,贴着白色的瓷砖,摆放着塑料椅子、手动游戏机,吸引着年轻一代。而那些烟雾缭绕的酒吧里,总是能听到英美组合的歌,弹着电子吉他,而不再是从早到晚只有布莱尔、布拉桑那一类孤独的声音,伴着吕西安那个"归来的亡灵",在吧台后面抽着一支又一支的"茨冈人"香烟。

克洛德坚持把咖啡馆开到1986年。最后那些日子,只有几个老人会在每天早上十点之前进来喝几杯。

咖啡馆后来被改造成了诊所,一个全科医生在那里待了几年。他在底楼接待病人看诊,楼上的房间改造了一下,一间他自己住，另一间给他家里的帮工住。

自己的咖啡馆被改成一个医生的诊所，是让埃莱娜挺欣慰的事儿，在她看来，两者没有什么区别，"走进一个咖啡馆，或者一个医生的诊所，其实都是想治疗孤独的病"，她这么说。

这个医生走后，再也没有别的医生愿意来驻诊。小克洛德爱上了那个医生的帮工，决定在他们离开密里的时候，跟着一起走。

咖啡馆这幢建筑在九十年代初被拆掉了，据说是计划在那块地上建廉价社保房，却一直没建起来。

*

1986年10月，把咖啡馆卖给医生以后，克洛德用一个纸箱装着埃莱娜的一些私人物品，去看她。埃莱娜住在巴黎，她已经六十九岁了。她在帕西街上那间弗朗克父子作坊，作为助手，工作了十年。

她是那家大商场八楼上十三名裁缝之一，从那间明亮的作坊里，可以俯瞰帕西街，海鸥也在那屋顶上怡然自得。这些裁缝都是帮忙在一些高级成衣或者高定服装上修改细节的，改好后，要用熨斗烫好，装进丝质的袋子。她们通常都围坐在一张大桌子边，要么用手缝，要么用缝纫机，依情况而定。

埃莱娜在那边过得很开心，所以一直不愿离开。管人事的负责人便也对她让步，允许她工作到六十八岁。她住在十六区，离商店一步之遥的地方，这样，她还可以经常过去跟老同事们打个招呼。

她的公寓是一个住在篷坡街上的女公爵借给她的。埃莱娜每年为女公爵和她的三个女儿手工做几身裙子，用来抵房租。她们会去商店里选料子和款式，然后由埃莱娜为她们缝制。

她住在四楼。克洛德没有乘电梯。他敲了敲门,手里捧着那个纸箱,心跳得极快,因为刚刚爬了四层楼梯,更因为即将见到埃莱娜。

埃莱娜为他开门的时候,伴着一股好闻的蜡和纸张的味道。她的面容几乎一点儿都没变,只不过现在戴了眼镜,穿着裤子。那是第一次,他看到没有穿裙子的她。她的头发白了。两人紧紧地拥抱了很长时间。

克洛德对她说起法蒂娅,那个买了咖啡馆的医生家里的帮工。那个美丽的阿尔及利亚人,她最大的优点就是非常爱笑。埃莱娜对他说法蒂娅听起来就像是一首美丽的歌名。

那个下午,他们喝着茶,埃莱娜每过十分钟就会给他加一次水,然后,非常认真地为克洛德朗读一些书的片断。她只是在自己的书架上随意选了一些,随手翻到哪一页,就从哪一页读起,对他说:"听着,这一次,是你听我读。"

在接受了正音科医生的无数次纠正治疗之后,埃莱娜的诵读困难症治好了。

她读得夸张地响,而且每个音节都顿挫鲜明,听不懂是不可能的。看她像个小学生那样骄傲,前所未有的模样,克洛德禁不住热泪盈眶。

埃莱娜说她好想尽快去那一边,找到自己的父母和吕西安,给他们一个惊喜。

69

　　每年的 10 月 6 日，奶奶都会在那棵令孩子们丧命的树根上放一个花环。每年 10 月 5 日傍晚，她都会收到预订的白百合和红玫瑰。最近的一个花商在离密里二十公里远的地方，以前，她会打电话订货，现在，她会请朱尔帮她在网上订。只需按一下"哀悼订花送货"，在"葬礼用花、墓地用花或者哀悼花束"里选择一个。

　　每年的 10 月 6 日，她都会在早上八点钟离开家，一手拄着拐杖，一手捧着花。她跛着脚，一瘸一拐走上四十五钟，才能走到那棵树的地方，她放下花环，然后围一条自己绣的丝带，再回家。
　　爷爷从来不愿意陪她，也从来不曾开车送她到那棵树边，爷爷痛恨这个仪式。
　　奶奶拒绝由朱尔或者我陪同。我们小时候，对于去墓园没得选择，但她免去了拉我们去那个深坑献花的义务。如果有人开车经过，在她边上停下来，提议载她一程，她也总是拒绝。
　　每个月的星期六，当我不值夜班的时候，朱尔和我去天堂俱乐部的时候，总是会在那个花环前经过。刚开始的两周，那些花朵竭力显示着鲜花的姿态，可接近月底的时候，它们就会褪去所有的颜色。十一月，花环就只剩下一堆棕色，如果车速快的话，会把它看作一头动物或者一件丢在坑里的衣服。

一年中第一场雪飘下的时候，有人会把它清理掉。很长一段时间，我们都以为是养路工人，可朱尔十五岁那年，偶然间发现，其实清理花环的人，是爷爷。

前一年冬天，爷爷却让它烂在那里了。春天的时候，便只剩下花环周围那白色的丝带，上面有几个肉眼看不太清的字："原谅我"。

70

埃莱娜在傍晚时分离世。

走之前,留下了她的墓志铭:世上的鸟跟人一样多。而爱,就是几个人共同分享的东西。

罗丝问克洛德,他想不想留一样她的东西作纪念,譬如一条裙子、一方丝巾,或者其他什么东西。他回答说,珍妮·盖诺的照片。

71

1996 年 10 月 6 日，星期天

在清早五点到六点之间，当那个混蛋在她身边、在他们的床上假装睡着的时候，她在思考。

骂了他之后，她的心依然剧烈跳动着，仿佛比生双胞胎的那一天跳得还要猛烈。欧仁妮真想趁他睡着的时候，往他的膝盖上开一枪，让他以后永远瘫在轮椅上。可这样的痛苦似乎还不够。他依然可以继续像以前那样吃喝、睡觉。再说，那样的话，他就会以一种受难者的形象出现。不，一切都不可以像之前一样了。再说，她也无法忍受进监狱。没有人可以强迫她离开这个家，她的家，更何况是为了他，这个沾染自己儿媳妇的垃圾，为了这个垃圾，她付出了一生。而他居然用最为不堪的方式侮辱她，跟儿子的老婆睡了，那是他们的亲生儿子。

得找一个让他在这张床上只做噩梦的方式，直到他咽下最后一口气。想到此处，她决定将他从这个地球上抹去。不是肉体。不，不能一下子完成，得让他痛苦。一下子死掉太简单了，得折磨他，让他生不如死，直到断气。得找个法子，让他像被小火炙烤一般，慢慢地萎缩，陷入一种永久的、奄奄一息的状态。得给他找座地狱。一座只属于他的地狱。将他关在那四面看不见的墙里面，那由羞耻与罪恶感砌成的墙。

她记得曾经读到过纳粹曾经在囚犯身上试验肉体和精神的痛苦，是以折磨一个亲人、一个最爱的人的方式。她记得那上面写的，如果要让一个人痛苦，痛苦到极致，痛苦到无法承受的状态，绝不能直接对这个人下手，而要找出那个他在世上最在乎的人。就这样，她的脑海里生出了恶的念头。恶的根源。

要对安妮特下手才能摧毁他。

闹钟上显示六点钟了，得赶紧行动。

欧仁妮走到路上。天色还暗着，非常冷。她穿着那个垃圾去年圣诞节送给她的那件马海毛的长袍。阿尔芒的车子和往常一样，停在街对面。

她几分钟内便把一个轮胎卸了下来。在摆弄机械这方面，她向来驾轻就熟。在父母的农场上，总是由她去换拖拉机的机油。她的兄弟们甚至都因此很嫉妒她。对她而言，没有一辆车子是有秘密的。她爸爸什么都教给她。连阿尔芒都不了解这一切。她一直不希望任何人知道自己曾经是一个假小子。她开始用一把厨房的小刨子去磨刹车的挠性管，这把刨子，在双胞胎的整个童年时代，她都用它来刨土豆皮。她从来没有买过冷冻的薯条。她总是仔细挑选上好的土豆，去皮，切成又长又细的条状。在削着那第一层橡皮时，她不由自主又想到了阿尔芒回到床上来时的身体，带着那股女人附在他身上的味道。

正是这具身体令她失去了童贞。正是为了这具身体，她献出了自己的一生，和两个孩子。她曾经害怕这具令她疼痛的身体，后来却疯狂迷恋着它。这三十年来碾压着她、摩擦着她、紧贴着她颤抖的身体。每次为他洗衬衫之前，她总是贪恋地呼吸着衬衫上遗留着的他的味道。她为他修老茧，为他的伤口包扎，为他抽筋的地方抹药膏，在他咳嗽的时候给他喂药水。

破坏刹车的时候,她冒着汗,仇恨仿佛热气般涌上来。她的手没有抖。她的人生已经完了。就像那台洗衣机一样。她清楚地知道它已经报废了,在马塞尔来验证"最后一个问题"之前就知道。当一切都完了的时候,人是不会抖的,也不会哭,只会恨。

她又检查了一遍两个轮胎的螺帽,然后收起千斤顶,和其他工具一起,放回到花园里的储物角。除草剂,木胶,电钻,螺丝刀,锤子,抛光机,扳手。她假装不认识这些工具,事实上却早就对它们在家里哪个角落一清二楚,直到厕所总是堵塞那时候,她一看就知道那是因为下水道管子过窄。

"那个人"一脸漠然从厂里回来,从来都没有想过这些问题。从来都没有一个水管堵塞,从来都没有一扇门会吱嘎作响,从来都没有一颗钉子需要敲一下,从来都没有一块地毯的线头会脱开,从来都没有一件家具需要安装,从来都没有霉斑,从来都不需要刷一把漆,从来都没有一只灯泡需要换,从来都没有一颗螺丝需要拧紧,热水器从来都不会出故障,地板从来都不需要重新钉一下,墙上从来没有一条裂缝,家里从来都没有一丝锈迹。

她回到厨房。这一切只花了她十五分钟。她洗了洗那把刨子,热水令她的手指发疼。她把刨子又放回到原来的地方。

重新上楼,重新躺下,她心里想,回击了阿尔芒,终于,她感到一种满足感。终于,她被一种强烈的情感所淹没,哪怕那只是恨意。她曾经读到过,在恨与爱之间,只有一步之遥。

72

傍晚时分，吕西安游回来了。他从地中海的碧波中起身，气喘吁吁。

沙滩上、水里依然人头涌动。太阳已经快西沉，空气中却燥热未消。被日光暴晒过的沙子还是温热的。空中飘着炸糕的甜香、薯条屋的盐味，风里依稀是欢声笑语，一出美妙的交响曲，正是任意某个假期的黄昏，大海最擅长给孩子们演奏的那一曲。

埃莱娜躺在她的浴巾上，在太阳伞下。她正读着一部小说，穿着两件式的橙色游泳衣。吕西安在她的身旁躺下，边上，堆在那里的，是三十五年来一直卷成捆的他的干衣服。他用浴巾擦干了身体，套上那件已被揉皱的衬衫。她对着他笑。她的肚脐里沾了沙子，他用手指头将它们揉开。她的皮肤温热，略有点黏，混杂着莫诺侬香精的汗味。她微微颤动，对他说：我现在会识字念书了，听着。他说：好，你读吧，我听着，然后我们两个一起走吧。埃莱娜点头说好的。然后，她舔了舔自己的食指，翻了好几页，选一段文字，开始朗读。

73

1996年10月6日，星期天

早上七点左右，安妮特应该会轻轻地从楼梯上下来，努力不发出响动，不吵到任何人。她会热一点儿牛奶，用那只印着她名字的杯子——那只杯子，是她在与阿兰"交往"的时候，欧仁妮送给她的生日礼物。"交往"这个词，在欧仁妮家里，是定义婚前男女关系的用词。

安妮特会套上自己的外套、球鞋，在门口取下钉子上挂着的阿尔芒的车钥匙，出门，开车，朝着夏瓦纳山峰上老教堂的方向开上九公里——那是勃艮第一处类似加拿大风景的地方——去跑步。

每一次，都是同样的仪式。到那上面之后，她会在斜坡上停下车子，信步走向那座小教堂，那教堂的门永远是开着的，她总喜欢透过那里的彩绘玻璃欣赏清早的阳光，那里的彩绘玻璃是十六世纪的作品，显现的是马利亚-玛德莱娜下葬的情景。那教堂里面没有蜡烛，没有长凳，地面布满灰尘，却有那一面奇迹般保存完好的彩绘玻璃，吸引着这个瑞典女人。

她一个小时后回家，洗过澡，喂朱尔吃东西，一边吃早饭，一边还陶醉在那幅马利亚-玛德莱娜之中。关于那个马利亚-玛德莱娜，我们一直不知道她究竟是耶稣的情人、孩子们的母亲，或者只是一个忠实的朋友。某种意义上而言，她不过是个婊子，正如安妮特一样。一个婊子、婊子、婊子、婊子、婊子、婊子、婊子、婊子、婊子。欧仁妮从来没说过这样的粗话，这是她在心里的呐喊。

依照欧仁妮的计算，安妮特在经过第一个十字路口的时候不需要刹车，因为在那个点，路上没有任何人，她会一直沿着那条河开到高架通道，离家两公里的地方，那里有一个比较急的拐弯，会逼着她刹车，然后就是"砰"的一声。她那张美丽的小脸就该灰飞烟灭了。

时不时地，欧仁妮会朝着"那个人"看一眼，他依然背朝着她，假装在睡觉。欧仁妮躺在床上，脑海里却模拟着安妮特从他们家到小教堂的路，来回了起码十几趟，眼睛直盯着天花板，路灯的光透过百叶窗照进来投射在上面的影子。

她起床去准备孩子们的早餐。谁会来通知他们安妮特的事故呢？安妮特被毁容了，安妮特重伤了，安妮特死了，安妮特消失了。谁？

大家会为她办一场隆重的葬礼，在那些浓墨重彩的彩绘玻璃间。人们会往她的棺材上撒白玫瑰。安妮特再也站不起来了。阿兰会开始新的生活，而她，欧仁妮，会暂时照顾朱尔。绝不能让这个孩子去那边，那些带来噩运的瑞典人那边。

当安妮特走进厨房，手里抱着朱尔，红着眼眶，脸色煞白，欧仁妮只能低下头，一言不发。没有人开口说"早安"，安妮特只是准备了奶瓶，便又大步出了厨房间。

那是第一次，安妮特没有开着阿尔芒的车子，在周日早上出去跑步。她从来不用双胞胎的车子开去小教堂。阿尔芒的车子大概爬坡能力比较强，上山比较容易。那是她在前一夜刚想到的。哪怕是雨天、雪天，她都会去那里，仿佛有一只无形的手推着她。

欧仁妮抬眼从窗子里望出去，那辆汽车今天没动过。她又注意到两辆车子是前后挨着停的，一辆正顶着另一辆。阿尔芒的那辆标致，和双胞胎的那辆雷诺。那是从来没有过的事情。儿子们以前都喜欢把车子停在对面，正对着花园的地方，那曾经是阿尔芒为孩子们打造的一艘玩具船的位置。所以，双胞胎兄弟离开之后，玩具船拆掉，那片空地是凹进去的。哪怕长期空着，她也经常过去拔掉那些长出来的野草。可今天人行道上没有了车子在阳光下的影子。大概是昨天晚上，有什么东西占了位置。

欧仁妮想到了马塞尔的那辆小皮卡……他在进来修洗衣机之前，还喝了一杯开胃酒。欧仁妮走到街上，把阿尔芒那辆车子的左前轮胎戳了一个小口子，这样，今天就没有人能用那辆车了。她心里想着，明天得把那个刹车修好。

她很快又回到屋里，她想确认安妮特和阿兰没有带上朱尔去那个该死的洗礼仪式。她非常害怕那两人会大吵一架。

再说，仪式过后，一般都会喝点酒，那样太危险了。

74

罗曼对我说：
"我讨厌星期天。"
"您以后都可以回来看我的。"
我是对着自己的脚尖说这话的，因为今天早上，他的目光对我而言又变回无法承受的状态。埃莱娜的死把我拉回了起点，我无法再与他对视。
"您会留在这里吗？"
"您觉得我可以去哪里？"
"嗯，正巧，我有个礼物给您。"
他是对着正在喝的那杯啤酒说这句话的。大概对他而言，我身上也有某种令他不忍直视的东西。
我们坐在高铁站那个冰冷、毫无个性的候车大厅里，那个离密里四十分钟车程的高铁站。在候车大厅的一角，放了几张类似小酒馆的桌子，柜台的边上，有三两个旅客正托着脑袋，喝着咖啡。我们坐在一扇自动门边上，那门自发地开、关，却从来都没有任何人进出。我们的谈话，不时被经过的列车轰鸣声打断，那些高铁朝着里昂、马赛或者巴黎的方向，飞一般掠过。

早上，罗曼打电话到"绣球花"找我，说想跟我见一面，但不是在"那里"。"那里"，"绣球花"，他一时间怕是再也无法踏足。他递给我一个信封。一个很大的信封。

"您在我离开之后再打开。"

这句话，他是看着我的眼睛说的。正巧我们都抬起了头，在同一时间。

"好的。我也有个东西要给您。"

我弯腰去拿那个放在地上的背包。祖儿总是对我说不可以把包扔在地上，那会带来霉运，如果这么做的话，包的主人永远也不会变成有钱人。我一边想着祖儿对帕特里克的爱，一边把蓝色的本子递给了罗曼。

"这是您外公外婆的故事。我写完了。"

"谢谢。"

他抚摸着蓝色本子的封面，仿佛在抚摸一个女人的肌肤。然后，并没有抬头看我，而只是在呼吸着那本子里纸页的气味一般，他低声说：

"我请您写下埃莱娜的故事那一天，您有一根眼睫毛落在脸颊上……我让您许个愿。"

"对，我记得。"

"嗯……您的愿望，实现了吗？"

"是的。就是它。"

我给他看。我的愿望，就是把这个故事写到底，不要半途而废。

长时间的静默，似乎铁路系统突然总罢工，好几分钟时间里，没有一辆高铁经过。他喝了一口啤酒，用女孩子一样纤长的手指触摸着蓝色的封面。接着，他说：

"这个题目很美：《海滩上的女子》。"

"埃莱娜的骨灰在哪里？"我问。

"我妈妈把它撒在地中海里了。"

"埃莱娜把地中海叫做他的蓝色行李箱。"

他终于喝完了那杯啤酒。

"那艾德娜呢?"

"艾德娜在伦敦,和她的小女儿生活在一起。她下个月就九十四岁了。在罗丝之后,她还有……两个孩子。"

"您去看她吗?"

"看过几次。"

一个女人的声音随风飘来,那是宣告他那一趟列车马上要出发的广播声。他起身,拉起我的手,亲了一下,然后走向站台。

他的离开把我圈在了那一方吧台边。

就像在电影里那样,我又点了一杯威士忌。那是我最讨厌的酒,但我太想走进另一个人的故事里。我一口气干了威士忌。这一杯让我的内脏火烧火燎。我开始有点飘浮的感觉。我想着埃莱娜和吕西安。我又看到了他们两个,在吧台后面。他们好像换了一个酒馆。甚至,我还看到了狼宝,正躺在木屑中睡觉。

我想到了地中海。我想到了海鸥。我想到了后来,想到了爷爷和安妮特。

罗曼给我的那个信封还在桌子上。那是一个牛皮纸质的大信封,里面装的可不止一张明信片。我打开来。看到一份文件。特别严肃正统的文件。是那种人们穷其一生都得小心翼翼存着、放在抽屉里不能丢的文件。那是一份产权证。

我把那份文件看了好几遍,因为从头至尾,有好多地方都写着我的姓名,可我一时间没明白那究竟是什么意思。所有内容都是用意大利语写的。

我差点想再点一杯威士忌,就在那个时候,我又看到了一个更小一点的信封,插在那一堆纸张之间。信封上用墨水写着

"朱斯蒂娜",跟那一本《石之痛》上如出一辙的字迹。

在信封里,我看到了几行字。依然是罗曼的手笔:"朱斯蒂娜,撒丁岛的房子归你了。我的家人和我把它送给你。"

我抬头看了一下周围。我掐了自己的手臂一把。我站起身来。

我正要走出候车大厅的时候,那个小咖啡吧的服务员跑过来一把拉住了我的胳膊。就是我刚刚掐过的那一条。

"小姐,您忘了这个。"

他用手指了指靠着书报亭的栅栏放着的一个大包裹。

"那不是我的。"

"是您的。刚才跟您在一起的那位先生对我说过那是给您的。虽然它看起来特别重。"

那个包裹上,依然有用墨水写的"朱斯蒂娜"。

我问服务员借了一把剪刀。他说他没有剪刀,但从口袋里摸出了一把刀子。他轻轻地割断了那包裹上的绳子,割了三次才成功。"依我看,这可是值钱的东西。"确实,那东西看起来就像是刚从博物馆里搬出来的包装精美、价值连城的画。只不过框架实在又大又重,我一个人根本没法搬动。它也装不进爷爷的那辆小汽车。

就在服务员帮我拆开包裹的时候,我不停在查看自己的背包,那两个信封是否依然在。是否没有飞走。这一切是否一个梦。至少这也是个美梦。我,朱斯蒂娜·雪,孤儿,二十一岁,马上就二十二岁,我拥有了一幢房子,因为我听一个女人讲了她的故事。

那四个在吧台上喝咖啡的旅客朝我们走过来。当服务员终于把一层又一层保护那物件的包装拆下来时,我发现那并不是一幅画,而是用玻璃镜框裱好的一张黑白照片。

我下意识地往后退了一步,并没有注意到有人跟着我也动了一下。

照片上，埃莱娜的海鸥在前景，我十分肯定那就是她的海鸥，我可以在一千只海鸥中辨认出它来。它在我的身后飞翔，逆光，地点是那条我喂猫的小巷子。

这张照片美得无与伦比。

四个旅客都啧啧称赞，实在是太美了。那个服务员没法将自己的目光从照片上移开。他仿佛被它摄了魂。照片背面，有罗曼的签名，以及："朱斯蒂娜和鸟，2014年1月19日。"

那是埃莱娜死后的第三天，海鸥来跟我道别。而罗曼将这一刻记录下来，永恒的定格。

75

19号房间,新来的老人名叫伊万·热昂。他今年八十二岁。他的股骨颈出了问题。他的眼神和善,所有的护理人员都很喜欢他。有时候,他会悄悄地用手背抹掉一滴泪水。因为他无法忍受在这里生活。他经常对我说:"朱斯蒂娜,我从来没想到,自己会在这样一个地方终老。"

为了让他想开些,也让我自己轻松一点儿,我总鼓励他讲以前的事。只要他一讲话,他就会变一副模样。我也想要继续记录,继续写故事。哪怕热昂先生没有一个蓝眼睛的外孙。

我又去普罗斯特老爹那里买了一个本子。

我在自己的新本子上写下热昂先生给我讲的一切。有时候,我会为他读自己的记录。这令他很开心。他对我说,这样子,仿佛在听另一个人的故事,我的文字比他的人生更美。人们常常说,一个老人离世,就像是一座图书馆被焚毁,而我俨然正在抢救灰烬。

我忙完一天的工作,热昂先生就会对我讲过往,我就写下来:

我第一次去阿丽娜阿姨和加布里埃尔叔叔家,就待了一个月，那一年我六岁。那是一个冬天。我的手摔断了，而我的父母从早到晚都得在制革厂工作，又不放心留我一个人在家。阿丽娜和加布里埃尔在孚日山上偏远的地方有个农场，比铁隆镇海拔更高一点的地方。

我跟阿姨睡一床，而叔叔睡在楼上的另一个房间。夜晚，寒意彻骨，大家都得裹上风雪帽睡觉。我却特别喜欢那种包裹着我们的寒气。我爱上了我的阿姨和那里的生活。后来，每年一放假，我就去他们家，直到十五岁，每一年的暑假、寒假，以及，每一个星期天。

阿丽娜就像我的第二个妈妈。她没有孩子，我不知道为什么。我们家有四口人，爸爸妈妈没有时间照顾我们。在阿姨家，我却仿佛成了得宠的独生子。

加布里埃尔叔叔有一个儿子，那是他之前跟别的女人结婚生的，他叫阿德里安，比我大二十岁。差不多跟阿丽娜阿姨一样的年纪，可当时，我并不太清楚。小时候，所有的大人在我们眼中都是老的。

在他们家的日子，我整天在山里玩，从来不帮他们干活。他们要我做的唯一一件事情，是夏天快结束的时候，把干草整理到阁楼上去。我们通常会拿两条大床单，打上四个结，把干草放在里面。闻起来很香。

阿丽娜是我的天使。她留给我的只剩下一种味道，那是我曾经在火炉里烧过的松枝的味道。这一生，我都庆幸那一天，我把自己的手摔断了。

76

1996 年 10 月 6 日

晚上十点钟。阿尔芒和警察们走进停尸房。他假装看了看尸体，实则背对着验尸官，闭上了眼睛。

他说，"是他们"。其实，他只看了一眼阿兰脚上穿的鞋子。

阿尔芒什么都没对欧仁妮说。在他的缄默中，她明白了那是他们。一切都结束了。他们死了。四个人都死了。

欧仁妮·马丹，阿尔芒·雪的妻子，蜷缩在沙发上。她根本哭不出来，无法为自己的儿子们哭泣，也叫不出来，也无法用头去撞墙，无法昏迷，无法去死。只有一个念头在她的脑中盘旋，吞噬了她的悲伤，阻止了一切葬礼的仪式，她自问：是她搞错了汽车吗？

她在脑海里一遍又一遍地回想着自己早上做过的事，走到冰冷漆黑的街上，裹着那条马海毛的袍子，瑟瑟发抖。她走到汽车后面，取下了轮胎，从手袋里掏出那把小刨子，刮着刹车的那根线上的橡胶，脑海里却只充斥着鼻尖闻到的她丈夫手指上儿媳妇的味道。

难道说仇恨和匆忙令她犯下了一个致命的错误——把那两

辆车给搞混了？两辆车都是黑色的，一辆是标致206，一辆是雷诺Clio。那无疑是个意外，一个恐怖的意外，她破坏的是标致的刹车，可令他们丧命的是雷诺。

那是一个事故，只是一个意外的车祸事故。然而，每一次，她重新回想那天早上自己的动作，就无法再那么肯定。一会儿，她卸掉的是标致的轮胎，一会儿，她卸掉的是雷诺的轮胎。只要走到街上，蹲下来就可以知道。只要。

克里斯蒂安和阿兰从来没有把车停在那个位置。从来都没有。位置，在他们家，一直是固定不变的。每个人都有自己的挂衣钩，在餐桌上有自己的座位，在客厅的沙发上，在床上，停车，每一个人固定的位置，永远不会变。

为什么马塞尔要把自己那辆小皮卡停在双胞胎的车位上呢？那个位置是什么时候开始属于他们的——应该是拿到驾照就一直是。为什么洗衣机要出故障呢？为什么安妮特没有去夏瓦纳山上看马利亚-玛德莱娜？

只要……

*

1996年10月6日

晚上十一点钟。他们死了。四个人全都死了。更新户口本，头抵着玻璃，两眼望着黑夜，在无边的夜色之中，腿挨着暖气片，腹部发烫，泪水酸涩，衬衫上是殡仪馆的味道，脑袋冰凉，他看她走到街上，仿佛被魂灵附体，浑浑噩噩地走着，欧仁妮倒在汽车边，同样的状态，摇摇晃晃，一脸迷惘，靠着一棵树，欧仁妮，她的身影，那种令人发疯的悲伤，让视线也扭曲了，不可能，不可能，她妻子在人行道上的样子，不可能，像一个小偷一样，继承权，棺材，太平间，葬礼，他的妻子在街上，后悔，路灯惨白的光落在她的头发上，葬礼的排场，市政厅，死亡宣告，明天早上，社保，银行，关闭户头，幻觉，保险，站在汽车面前，他的妻子站在汽车面前，好长时间，一个幽灵，火化，改地址，她蹲下来，找着什么东西，没有人性一般，一把掀掉车轮罩，那些歌，宗教仪式，那些螺帽，顺时针的方向转着千斤顶，他的妻子像一个男人，那一缕金色的头发，税务局，被顶起来的汽车，他的汽车，我的汽车，手里拿着一个轮胎，他老婆，我老婆，一个轮胎，不动了，停掉电表，通知能源供应商，水，煤气，电，她，跪着，回身，抬起头看向房间的窗户，哀悼，看我，没有人性一般，她的眼神，没有人性一般，受刑的人，彩绘玻璃窗，安妮特的皮肤，那是他们，那些鞋子，一只手表逆时针方向转动指针，反方向，失去亲人的人，回家，抬起尸体，他的老婆在街上，丧事通告栏，现在她回到了家里，回到了房子里，轮胎，重新放上轮胎，在回来之前，死亡证明，申报失去亲人的家属当年的收入，烧掉那两棵果树，为什么他的老婆，为什么欧仁妮在街上，跪在他的汽车前面，汽车，我的汽车，今天早上轮胎被划破了，今天早上，马塞尔，洗衣机，报废了。

77

我是那种留守的人。那种永远不想离开的人。其他的同龄人,我班上的女生和男生,那些一年只回来一次、回老家探望亲友的人,在路上碰到我,都会对我说:"朱斯蒂娜,你一点儿都没变。"

我是那种经年累月无法改变的人,有点像那些雕像,看起来很熟悉的样子,常常会在教堂广场或者市政厅前面看到,却叫人总也想不起来他们代表的究竟是谁。

我是那种守着童年时代的房子、一直想着某天会把它变成自己成年之后的家的人。

我永远不会离开密里去别处生活。

我永远不想远离我的爷爷奶奶,远离我父母的墓地,在别处生活。

我一个星期为奶奶重新烫一次发卷。当我碰到她的头、努力用梳子分开她的头发卷起来的时候,我尽量不去想那恶的根源。

爷爷就坐在我们身边。他看着我们,看着《巴黎竞赛画报》,有时候会点评几句,可他以前从来都不会开口——在那个圣诞节的晚上,我们两个一起坐在车里之前,在"她爱我"那一句之前。

我再也没有和他谈起安妮特。我不会再跟他聊那一切。我再也没有和奶奶谈起10月6日那一天。我再也不会跟她讲起。

我就像一个孩子，发现了自己的父母中有一个是战犯，却保持沉默。为了朱尔保持沉默。

朱尔通过了他的高中毕业会考，8月27日那天，他离开了密里，去巴黎生活。刚开始，每次经过他原来的房间，发现里面毫无动静，总有错觉，仿佛他死了。可现在，我习惯了。朱尔再也不会回密里。除了圣诞节、复活节，和8月15日那个周末。

学校放假的时候，朱尔会去我那幢撒丁岛上的房子。我给了他钥匙。

去年夏天，当我第一次把钥匙插进房子的锁眼时，朱尔和我在一起。当我激动地流下热泪时，他握着我的手。那是我最初的泪水。那时候的我，还没有透过窗子看一眼大海。

朱尔疯狂地爱上了那个地方的人，特别是那些皮肤黝黑的人。那座岛美得不可方物，仿佛是一个独立的星球。此外，在那边，大海的名字叫第勒尼安。

那幢房子与邻家的房子只有一墙之隔。我们的邻居西尔瓦娜和阿尔娜是两姐妹，两个寡居的老人，非常像那部《石之痛》作者米伦娜·阿格斯的奶奶。她俩都留着卷曲的、雪白的长头发。

朱尔在那里的时候，西尔瓦娜和阿尔娜会照顾他。她们送给他金枪鱼罐头和面饼。朱尔仿佛是她们从未拥有过的儿子。朱尔是很多人的儿子。他一直相信自己是靠着阿兰伯伯留下的遗产生活的，阿兰伯伯继续在他的妻子和弟弟弟媳身边，在他们的坟头笑着。我希望能让他继续相信着。因为信徒会比其他人更加坚强。那是"绣球花"的神甫说的。

在高铁站一别之后，罗曼曾寄了一张明信片到养老院给我。还是斯塔斯基帮我送来的，我马上就明白他定是看过卡片，以他理解的方式揣测了上面的意思。让他的眼睛看到罗曼亲手写的那些词句，在我看来，就像是一种强奸。

亲爱的朱斯蒂娜：
　　在科西嘉岛，深切地想念您。
　　蓝本子在我毛衣口袋里，读了一遍又一遍。
　　如果我能更早一点读到您的文字，那我想送给您的就不只是一幢房子，而是一个鸟类的王国。
　　温柔的念想，
　　　　　　　　　　　　　　　　　　　　　　　　罗曼

附：请您继续写……

我把这些字印在了心里。六十五个音节，九十七个辅音，八十二个元音。我把那张卡片挂在穆拉韦拉的房子里，一扇窗户的下面。仿佛是为了打开另一扇窗。

我经常想起埃莱娜，想起吕西安，想起他们的海鸥。非常想念他们。非常想念他们的爱情故事。有时候，我想，罗曼把这幢穆拉韦拉的房子送给我，是为了让我看到他们游泳的样子。

在"绣球花"，我们终于迎来一个胜利：一只小小的杂种狗，它有一个滑稽的名字——"蒂蒂"。这只狗重五公斤，来自动物保护协会，所有的老人都围着它转，我是第一个为之欣喜若狂的。蒂蒂改变了19号房间的那位先生伊万·热昂的生活。他现在只想着一件事，就是带着蒂蒂到"绣球花"的花园里散步。说起来，狗狗就像好天气一样，可以令人开怀。

那个打匿名电话的人又出现了。上个星期，从29号房间，又有过三个匿名电话。全体护理人员都在被监控名单上。不过，事实上，除了斯塔斯基和赫奇，这些电话再没有引起新闻界的关心。那些老人，一般只会在天气炎热成灾的时候有人关心一下，之后，就会被遗忘。

斯塔斯基和赫奇马上就要退休了，那个"公共区域和市政服务中心"要关门。所有的档案都被搬往马宫，包括记录着我父母车祸的那些。

几年后，斯塔斯基和赫奇可能也会住进"绣球花"。如果这两个人也属于那些"星期天被遗忘的人"，那个"乌鸦"也会给他们的家属打电话吗？

我终于投降，让祖儿看了我的掌纹。那天晚上，我和玛丽亚在她家吃饭。帕特里克不在家。我们喝了不少酒，最后，我把手伸了过去。她对我说我会有一个美满的人生，两个孩子。一个男孩，一个女孩。

有二分之一的可能，我不会成为"星期天被遗忘的人"。

78

昨天晚上，我发现了那个打匿名电话的"乌鸦"。

所有的老人都睡了，包括让迪夫人——她总是会因为"轰炸"而恐慌，我不得不拉着她的手，安慰她好久，她才睡下。

睡觉之前，让迪夫人又给我讲了这几个月来她给祖儿、玛丽亚和我反复讲过的事。永远是同一个故事：她出生于1941年，一家人躲在自己家的地窖里头，躲避空袭"轰炸"。她总能听到警报的声音，听到飞机掠过长空的声音。有一天早上，她在一个不认识的房间里醒过来。地毯上绣着花，阳光从宽大的窗子里照进来。她以为自己死了，进了天堂。而事实上，是战争结束了，她的父母在她睡着的时候，抱她出了地窖，上了楼。

我在办公室，那时，大约晚上十一点。除了蒂蒂在它睡觉的小篮子里哼哼，周遭一片静谧。有人在保罗先生的房间里按响了紧急联系按钮。我赶紧跑过去，因为护士那会儿应该在四楼。

从办公室去29号房间的路上，我还想到了那个打匿名电话的人。我猜想着那个人的身份。就像在克洛德·索泰的影片《生命中的那些事》里那样，我的脑海中浮现出爷爷、奶奶、朱尔、罗曼、玛丽亚、祖尔、帕特里克、斯塔斯基、罗丝、勒加缪夫人、神甫、按摩师、我。我想象着这些脸庞正在保罗先生的房间,往那些"星期天被遗忘的人"家里打电话的样子。

我推开29号房间的门,看到自己在玻璃上的倒影。那是我的复制品。我的双胞胎姐妹。也许我有一个魔性的姐妹?鉴于近来在自己家发掘出的那一切真相,如今已经没有任何东西能令我震惊。或者说,我有双重人格,其中一个会压倒另一个?

保罗先生平静地躺着,一切正常。我按掉了那个紧急铃。

在我的影子旁,床边上,正站着那个"乌鸦"。他正在跟让迪夫人的儿子讲着电话,正是二十五分钟之前,我竭尽全力安慰的那个可怜人:因"轰炸"而惊恐万状的让迪夫人。

"晚上好,先生,密里绣球花养老院,非常遗憾地通知您:莱奥诺尔·让迪夫人过世了。是的。不。她刚走。心肌梗塞,但没有痛苦。不,现在不行,停尸房已经关门了。明天早上八点钟请您到我们的接待处。是的。我对您表达最诚挚的哀悼。绣球花养老院的全体同仁一致向您致以最诚挚的哀悼。晚安,先生。"

我坐在床上。双腿无法再支撑。"乌鸦"按下了紧急按键,因为他知道今天我值班,在办公室的人是我。我晚上守夜。所以,当他在29号房间打让迪夫人电话的时候,只要按紧急联系的按键,我就会来。他想让我知道他是谁。

"乌鸦"拿掉装在电话机上的变声装置,挂了电话。

他朝我走过来。我抚摸着他的脸庞,仿佛第一次见到他。事实上,我确实也是第一次这么看他。我仔细看着他原本的样子,而不是只看到我希望他成为的样子。他笑了。我把自己的手指按在他那两个酒窝上。

当我告诉他那些星期天被遗忘的人的时候,没想到他是真的听进去了。我以为他只是听听而已。再说,那是在天堂俱乐部之后。我喝醉了,第二天早上,我记不得前一晚的事情。只有一些片断。而他,却帮我记了下来。

他从来没有跟我说过一个字。我也没有。

他穿了一件条纹毛衣,跟他那条方格裤子一点也不搭。一如既往。也许,是时候教他一点搭配的技巧了。

这还是有生以来第一次,我为一个真实存在的人计划一些什么。

他用手指捻起我脖子上的海鸥挂坠,亲吻我的头发。就像他送我去圣埃克苏佩里机场那天一样。

"你做'乌鸦'很久了?"

他笑了。

"从我认识你开始。"

"我们认识很久了吗?"

他没有回答我。他抚摸着保罗先生的脸颊,轻轻地说:"这是我爷爷。"

我闭上眼睛,问他:

"你叫什么名字?"

致　谢

感谢我的祖父母和外祖父母吕西安·佩兰、玛丽·热昂、于格·福帕、玛尔塔·埃尔。

感谢老年医学护理师爱洛依丝·卡迪纳，她给了我一切。

感谢我的个人审读委员会，它如此重要、充满活力而又珍贵，其成员是：阿尔蕾特、卡特琳娜、妈妈、爸爸、波利娜、萨乐美、莎拉、樊尚、苔丝、雅尼克。

感谢玛艾乐·吉约。

最后，我要感谢克洛德·勒卢什，以一千零一十三个理由。